문학상 수상을 축하합니다

문학상 수상을 축하합니다

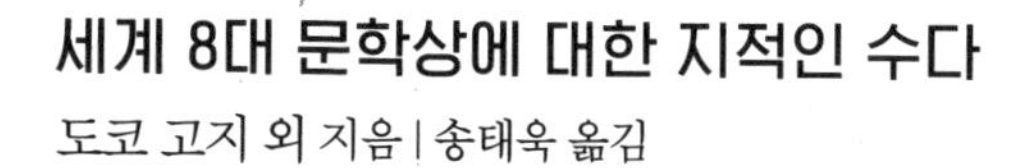

세계 8대 문학상에 대한 지적인 수다

도코 고지 외 지음 | 송태욱 옮김

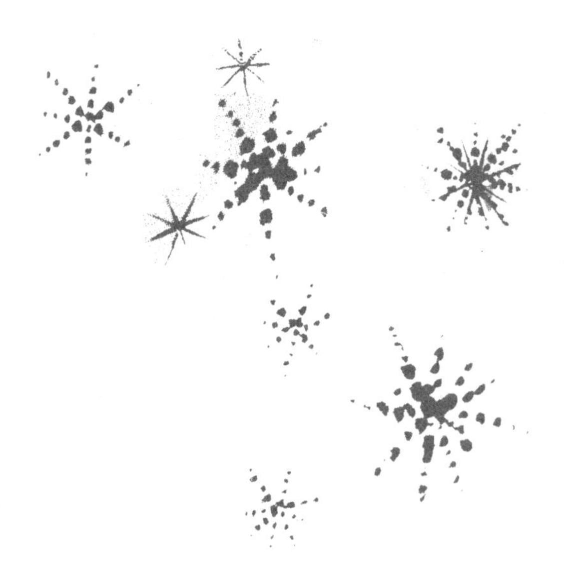

현암사

문학상 수상을 축하합니다

초판 1쇄 발행 2017년 6월 30일

지은이 도코 고지, 나카무라 가즈에, 미야시타 료, 다케다 마사키, 다키이 아사요, 이시이 지코, 에나미 아미코, 후지노 가오리, 구와타 고헤이, 후지이 히카루, 다니자키 유이, 아베 겐이치, 아베 마사히코, 구라모토 사오리
옮긴이 송태욱
펴낸이 조미현

편집주간 김현림
책임편집 송혜진
디자인 나윤영

펴낸곳 (주)현암사
등록 1951년 12월 24일 · 제10-126호
주소 04029 서울시 마포구 동교로12안길 35
전화 365-5051
팩스 313-2729
전자우편 editor@hyeonamsa.com
홈페이지 www.hyeonamsa.com

ISBN 978-89-323-1855-4 03800

이 도서의 국립중앙도서관 출판예정도서목록(CIP)은 서지정보유통지원시스템 홈페이지(http://seoji.nl.go.kr)와 국가자료종합목록시스템(http://www.nl.go.kr/kolisnet)에서 이용하실 수 있습니다.(CIP제어번호 CIP2017014851)

들어가며

문학상이란 뭘까? 매년 가을이 돌아오면 생각합니다. 노벨문학상을 발표할 무렵이 되면 올해는 무라카미 하루키가 받지 않을까 하고 미디어가 법석을 떱니다. 또 1년에 두 번 아쿠타가와상을 발표하는 1월과 7월이면 대대적인 기자회견이 열립니다. 최근에는 아쿠타가와상 수상을 계기로 마타요시 나오키의 『불꽃』이 25만 부나 팔렸다는 뉴스도 들려왔습니다.

하지만 애초에 문학이란 수수한 것이 아닐까요. 작가가 서재에서 또박또박 써나간 것을 독자 홀로 한 행씩 읽어나갑니다. 말의 감촉을 느끼며 머릿속에서 정경을 세세하게 그려갑니다. 그 과정에서 느낀 기쁨은 그리 간단히 표현할 수 없는, 지극히 개인적인 것입니다. 제 안에서는 그러한 감각과 작가에 대한 은밀한 감사가, 미디어가 마구 부추기는 세계 규모의 스펙터클과는 도저히 연결되지 않습니다.

그러나 전 세계에서 책이 이토록 대량으로 나오는 시대에, 어떤 책을 읽을지 고민할 때 도움이 되는 힌트도 필요합니다. 거기에 각 문학상은 미디어에서 화제가 되고 책의 홍보 문구로 쓰이고 수상작이 서점에 산더미처럼 쌓이는 형태로 확실히 기능하고 있습니다.

그런 까닭에 이 책에서는 세계의 문학상들 중 여덟 가지 상을 골라 수상작을 실제로 읽어보았습니다. 문학상을 받은 작품이 정말 대단한 걸까요? 실제로 읽어보지 않으면 알 수 없는 법입니다. 그래서 소설가, 서평가, 번역가 등 책과 관련된 다양한 직업을 가진 이들이 상별로 한 권씩 총 24권을 고르고, 이를 모두 읽은 후에 모여 대담의 형태로 논해보았습니다. 생각했던 것 이상으로 힘든 일이었습니다. 어쨌거나 책 전문가들이 이 한 권이 최고라며 혼신의 힘을 다해 골라온 작품들이잖아요. 읽는 것만 해도 소설과의 씨름인 데다 막상 대담을 하게 되자 세 사람이 진지하게 부딪치기도 했기 때문입니다.

이 책을 만드는 과정에서 제가 품었던 확신은 보기 좋게 뒤집혔습니다. 예컨대 그토록 야단법석을 피우는 걸 보면 노벨문학상은 세계 최고봉의 작가를 고를 게 뻔하다는 확신 말입니다. 실제로는 유럽, 특히 북유럽의 가치관에 맞는 작품을 쓰는 작가에게 우선적으로 상을 주고 있습니다. 그러므로 도덕이나 인간성의 향상이라는 비교적 고전적인 주제를 다루는 작가가 유리하고, 가치는 없지만 재미있거나 너무 전위적인 작품을 쓰는 작가는 상대적으로 받기 힘듭니다.

노벨문학상에 비견되는 권위의 상도 여럿 있습니다. 맨부커 국제상은 이미 부동의 지위를 구축하고 있고, 예루살렘상도 멋진 작품을 선정합니다. 노벨문학상이 넘버원 또는 온리원 같은 게 전혀 아닌 것입니다.

일본으로 눈을 돌려봅시다. 사람들은 아쿠타가와상이 일본 최고의 문학상인 것처럼 생각하지만, 실은 신인상입니다. 반드시 그해에 가장 재미있는 작품이 받는 것은 아닙니다. 오히려 문학 업계의 입사 시험 같은 것으로, 그것을 돌파한 시점에서 앞으로 열심히 쓰겠다고 선언하는 것에 불과합니다. 그런데도 왜 아쿠타가와상 수상작만은 안정적으로 팔리는 걸까요?

아쿠타가와상과 나오키상의 관계는 또 어떤가요. 실제로 읽어보면 대중적이라는 나오키상 수상작에 오히려 예술적인 장치가 들어 있기도 합니다. 아쿠타가와상과 나오키상 둘 다 심사위원이 거의 작가만으로 구성된 것도 수수께끼입니다. 매년 교체되는 선정 위원이 다양한 직업군으로 구성되는 부커상을 보면, 위대한 문학상을 꼭 작가들만 뽑으라는 법은 없다는 사실을 금방 알 수 있습니다.

세계의 문학상은 다양합니다. 공통점은 살아 있는 작가에게 준다는 것 정도이고, 작가의 평생 업적에 주는 상, 개별 작품에 주는 상, 여러 번 수여할 수 있는 상 등 여러 형태로 나뉩니다.

실제로 각 수상작을 읽어보면 지금까지 몰랐던 세계문학의 다양한 얼굴을 볼 수 있습니다. 캐나다나 남아프리카의 가혹한 환경에서 살아남은 여성들을 그린 앨리스 먼로나 존 맥스웰 쿳시, 일본과 마찬가지로 서양 숭배에 속박된 터키 사람들의 삶을 이야기한 오르한 파묵, 섬에 사는 사람들의 기쁨과 슬픔을 다룬 비디아다르 나이폴과 메도루마 슌. 미셸 우엘벡의 주인공이 내몰린 현대 사회의 한

없는 차가움에는 전율했고, 순수나 감동을 좋아하는 사회가 폭력적으로 변했을 때 약한 사람들이 얼마나 큰 공포를 느끼는지 보여준 필립 로스의 작품은 언제나 실제로 일어날 수 있는 악몽으로 저를 사로잡았습니다.

24권의 역작을 읽고 제가 느낀 것은 여전히 문학에서 재미있는 일이 날마다 일어나고 있다는 사실입니다. 뭘 읽어야 좋을지 모르겠다, 현대문학은 아무래도 잘 모르겠다는 분도 있겠지요. 하지만 그것은 주위에 문학에 대해 열심히 이야기하는 친구가 없어서일 거라고 생각합니다. 이 책을 만들기 위해 모인 14명과 편집자 1명은 모두 문학을 깊이 사랑하고 문학과 같이 생각하며 문학과 함께 살아온 사람들입니다. 지금까지 문학에서 받은 은혜를 꼭 독자 여러분께 돌려드리고 싶습니다. 저희의 이런 뜻이 이 책에서 조금이라도 실현되었기를 바랍니다.

도코 고지

시작한 해 First awarded

노벨문학상	1901년
공쿠르상	1903년
퓰리처상	1917년(소설 첫 수상은 1918년)
아쿠타가와상, 나오키상	1935년
예루살렘상	1963년
부커상	1968년
카프카상	2001년

상금액 Prize money

노벨문학상	해마다 다르나 10억 원을 넘는 경우가 많다.
부커상	5만 파운드
카프카상, 예루살렘상	1만 달러
아쿠타가와상, 나오키상	100만 엔
퓰리처상	3천 달러
공쿠르상	10유로

수상 대상 Awarded for

[작품]

아쿠타가와상, 나오키상, 부커상, 공쿠르상, 퓰리처상

[작가]

노벨문학상, 카프카상, 예루살렘상

제1회 수상자	First winner
노벨문학상	쉴리 프리돔Sully Prudhomme
아쿠타가와상	이시카와 다쓰조石川達三
나오키상	가와구치 마쓰타로川口松太郎
부커상	퍼시 하워드 뉴비Percy Howard Newby
공쿠르상	존 앙투안 노John Antoine Nau
퓰리처상	어니스트 풀Ernest Poole
카프카상	필립 로스Philip Roth
예루살렘상	버트런드 러셀Bertrand Russell

* 이 책의 데이터는 2016년 7월을 기준으로 한다.

* 2002년 부커상 재단이 영국의 맨 그룹Man Group을 후원사로 선정하면서, 부커상의 공식 명칭이 '맨부커상'으로 변경되었다. 다만 이 책은 원서의 표기를 따라 '부커상'으로 언급하기로 한다.

차례

도코 고지
都甲幸治

1969년 후쿠오카현에서 태어났다. 번역가, 와세다대학 문학학술원 교수. 저서로 『당신은 반드시 그 책을 좋아할 것이다』(공저), 『읽고 번역하고 이야기를 나누다. 도코 고지 대담집』, 『21세기의 세계문학 30권을 읽다』, 『광희(狂喜)의 독서가』, 역서로 주노 디아스의 『오스카 와오의 짧고 놀라운 삶』(공역) 등이 있다.

나카무라 가즈에
中村和惠

1966년 삿포로시에서 태어났다. 시인, 비교문학 연구자, 메이지대학 교수. 저서로 『내립니다』, 『지상의 밥』, 『일본어로 태어나』, 시집 『도마뱀의 나사로』, 『일기예보』, 역서로 얼 러브레이스의 『용은 춤출 수 없다』, 트레이시 K. 스미스의 『화성의 생명』 등이 있다.

미야시타 료
宮下遼

1981년 도쿄 출생. 터키 문학자, 작가, 오사카대학 언어문화연구과 강사. 저서로 『무메이테이의 밤』, 역서로 오르한 파묵의 『내 이름은 빨강』, 『눈(雪)』, 『순수 박물관』, 『나의 위화감』, 『하얀 성』, 라티페 테킨의 『우유 짜는 아가씨와 쓰레기 언덕의 옛날이야기』 등이 있다.

다케다 마사키
武田将明

1974년 도쿄도 출생. 영국 문학자, 도쿄대학 대학원 총합문화연구과 부교수. 공저로 『「걸리버 여행기」 철저 주석』, 『명예혁명과 영국 문학』, 역서로 하니프 쿠레이시의 『말과 폭탄』, 대니얼 디포의 『로빈슨 크루

소』 등이 있다.

다키이 아사요
瀧井朝世

1970년 도쿄도에서 태어났다. 출판사 근무를 거쳐 자유기고가가 되어 작가를 인터뷰하고 서평을 쓰며 산다. 인터뷰 연재로 「작가의 독서 길」, 「작가와 90분」, 서평 연재로 「사인, 코사인, 편애 리뷰」 등이 있다.

이시이 지코
石井千湖

1973년 사가현 출생. 서평가, 기고가. 대학 졸업 후 서점 점원을 거쳐 현재는 서평과 저자 인터뷰를 중심으로 활동하고 있다. 집필 매체로 《요미우리신문》, 《산케이신문》, 《주간 신초(新潮)》, 《소설 신초》, 《제이노벨》 등이 있고 공저로 『당신은 반드시 그 책을 좋아할 것이다』가 있다. 정보 사이트 'All About 〈화제의 책〉' 가이드로도 활동한다.

에나미 아미코
江南亜美子

1975년 오사카부에서 태어났다. 서평가, 긴키대학 및 교토 조형예술대학 강사. 여성 패션지, 문예지, 신문 등의 매체에서 수많은 서평을 쓰고 작가를 인터뷰하고 있다. 야마자키 마리의 『남성론 ECCE HOMO』의 구성을 담당했으며, 공저로 『당신은 반드시 그 책을 좋아할 것이다』가 있다.

후지노 가오리
藤野可織

1980년 교토시 출생. 소설가. 2006년 「천한 섬」으로 제103회 분가쿠카이(文學界) 신인상 수상, 2013년 『손톱과 눈』으로 제149회 아쿠타가와상 수상, 2014년 『오하나시 시테코짱』으로 제2회 프라우문예 대상. 그 밖의 저서로 『파트로네』, 『나는』, 『파이널 걸』, 『고와타기쓰네』 등이 있다.

구와타 고헤이
桑田光平

1974년 히로시마현에서 태어났다. 도쿄대학 총합문화연구과 부교수. 저서에 『롤랑 바르트-우발적인 사건에 대한 시선』, 공저에 『사진과 문학』, 역서에 조르주 페렉의 『월급을 올려 받기 위해 상사에게 다가가는 기술과 방법』, 파스칼 키냐르의 『떠도는 그림자들』(공역) 등이 있다.

후지이 히카루
藤井光

1980년 오사카부 출생. 번역가, 도시샤대학 문학부 영문학과 부교수. 저서로 『Outside, America(Bloomsbury Academic)』, 『터미널에서 황무지로』, 역서로 살바도르 플라센시아의 『종이로 만든 사람들』, 대니얼 알라르콘의 『밤, 우리는 원을 이루어 걷는다』 등이 있다.

다니자키 유이
谷崎由依

1978년 후쿠이현 출생. 소설가, 번역가, 긴키대학 문예학부 강사. 저서로 『날아 떨어지는 마을』, 역서로 키란 데사이의 『상실의 상속』, 인드라 신하의 『애니멀스 피플』, 제니퍼 이건의 『깡패단의 방문』, 노바이올렛 불라와요의 『우리에게는 새로운 이름이 필요하다』 등이 있다.

아베 겐이치
阿部賢一

1972년 도쿄도에서 태어났다. 도쿄대학 문학부 부교수. 저서로 『복수형(複數形)의 프라하』, 『바카날리아-술과 문학의 향연』(공편), 역서로 미할 아이바스의 『황금시대』, 파트리크 오우르제드니크의 『유로피아나-짧게 쓴 20세기 이야기』(공역, 제1회 일본번역대상 수상) 등이 있다.

아베 마사히코
阿部公彦

1966년 요코하마시 출생. 도쿄대학 문학부 부교수. 영미문학 연구, 문예평론. 저서로 『영시의 이해법』, 『문학을 '응시하다'』(산토리학예상 수상), 『'어리다'라는 전략』, 역서로 버나드 맬러머드의 『마법의 통』 등이 있다.

구라모토 사오리
倉本さおり

1979년 도쿄도에서 태어났다. 기고가, 서평가. 신문, 주간지, 문예지 등에 서평, 인터뷰, 칼럼 등을 집필. 《주간 독서인》 문예시평 담당(2015년), 《주간 금요일》 서평위원, 《소설 트리퍼》 크로스리뷰 담당 외에 《주간 신초》에 「베스트셀러 가도(街道)를 가다!」를 연재하고 있다.

일러두기

- 단행본, 장편, 작품집 등은 『』, 단편, 논문, 시 등은 「」, 미술 작품, 영화 등은 〈〉, 신문, 잡지 등은 《》로 표기했다.
- 외래어 표기는 국립국어원 외래어표기법을 따르되, 일반적으로 통용되는 경우일 때는 그에 따르기도 했다.
- 본문의 각주는 모두 옮긴이의 주이며, 문학상과 관련해 본문에 언급된 작품 중 국내에 번역서가 출간되어 있는 경우 그 서지사항을 각주에 소개했다.

1

이 상을 받으면 세계 최고?

'노벨문학상'

대담자

도코 고지 × 나카무라 가즈에 × 미야시타 료

Data

정식 명칭	노벨문학상Nobel Prize in Literature
주최	스웨덴 아카데미(스웨덴)
시작한 해	1901년(1년에 한 번)
상금	해에 따라 다르나 10억 원을 넘는 경우가 많다.

노벨문학상을 '잘못' 받은 사람들

도코 노벨문학상은 굉장히 유명합니다. 이걸 받으면 세계 최고라고 생각하는 사람도 많은 것 같습니다. 그런 노벨문학상이 선정 기준으로 가장 전면에 내세우는 것이 '인류의 이상을 지향하는, 세계에서 걸출한 문학자'라는 것입니다. 최근 수상자의 경향을 보면, 아무래도 이 '인류의 이상'이라는 것은 '인권 옹호'나 '국내에서 박해받는 사람을 그린다'는 의미라는 게 서서히 전해집니다. 예를 들어 2015년에 수상한 스베틀라나 알렉시예비치Svetlana Alexievich는 체르노빌이나 나치 독일에 대한 책을 썼습니다.

또 한 가지 말할 수 있는 것은, 수상자 중 고령자가 많다는 사실입니다. 도리스 레싱Doris Lessing이 수상했을 때 "죽기 전에 줘야지 싶었겠지요"라는 코멘트를 한 것처럼 연령이 높을수록 받기 쉽습니다. 그리고 무엇보다 유럽의 주요 언어밖에 못 읽는 사람이 선정 위원이기 때문에 그 언어로 쓰는 사람이 압도적으로 유리합니다. 또 북유럽 출신이라면 더욱 유리합니다. 그렇지 않은 작가는 본인이 영어를 굉장히 잘하든가 아니면 번역본이 무척 우수해야 받기 쉬워집니다.

요컨대 세계의 문학상 같은 분위기를 풍기고 있지만, 실은 유럽에 상당히 치우친 상인 것입니다.

나카무라　올림픽 비슷한 면도 있지요. 국가별 대항전이라고 할까요. 국민문학 작가 같은 사람이 많이 받았습니다. 물론 이제는 점점 통용되지 않게 되었지만요. 그리고 역시 인텔리 취향이라는 건 분명한 것 같습니다.

미야시타　수상자인 나이폴이나 파묵은 서구 소설과 비서구권 국민문학이 대항하는 일종의 분수령일지도 모르겠네요. 물론 파묵은 터키 본국에서도 높은 평가를 받고 있지만, 농민이나 사회적 약자의 빈곤을 그린 야샤르 케말Yasar Kemal에 대한 평가가 때론 파묵을 뛰어넘어 터키에서 '국민적 작가'라고 하면 반드시 케말을 가리키게 되거든요. 파묵은 이스탄불 출신이고, 케말은 그보다 동쪽인 아나톨리아 고원에 뿌리내린 작가입니다. 도시로 나와 고생하며 생활하는 아저씨들이 손에 드는 것이 케말이라면, 파묵의 독자는 대학생이나 교사입니다. 해외의 평가와 국내의 평가가 비대칭적인 셈이지요. 흙내 나는 국민문학의 대표자가 아니라 유럽풍의 세련된 작가가 노벨문학상을 받았다는 사실은 이 상의 유럽적인 성향을 드러내는 동시에 점점 작품의 오락성도 어느 정도 고려하게 된 변화를 엿보게 합니다. 옛날이라면 케말의 '국민문학'에 주었을 테니까요.

도코　'엉뚱한데 웃기다'거나 '엄청 야하다'거나 '너무 전위적이지만 재미있게 볼 수 있는' 작품을 쓰는 작가도 받기 힘들지요.

나카무라 제1회 때 톨스토이가 받지 못했잖아요. 하지만 이 상이 지향하는 경향은 바로 톨스토이적입니다. 일종의 이상주의나 인도주의가 그려져야 하는 거지요.

도코 좋든 나쁘든 도덕적이지요. 작품을 읽으면 인간으로서 향상될 수 있다는 19세기적인 사고방식이 아직도 관철되고 있습니다.

나카무라 19세기 러시아 문학의 유럽에 대한, 그리고 거기서 확산된 세계에 대한 영향력이란 범상치 않은 구석이 있습니다. 그 자체에서 얼마간 어긋난, 벗어난 지점에서 거대해진 영향력 말이지요. 거기 어디쯤에서 시작된 '인류를 위해 진실을 말해야 한다'는 중요 임무를 떠맡은 어떤 시대·문화의 문학적 계보와 노벨문학상은 단단히 연결되어 있습니다. 톨스토이가 제1회 때 수상했다면 그 흐름이 눈에 훨씬 잘 들어왔겠지요.

도코 그런 점에서 보면 이번에 소개할 세 사람은 '잘못 받은' 사람들입니다(웃음). 먼로는 캐나다의 시골에 살고 있는 평범한 아주머니이고, 파묵은 『순수 박물관』처럼 변태적인 이야기를 재미있게 쓰는 사람이며, 나이폴은 애초에 어느 나라 작가라고 단정하기 어려운 작가입니다. 국가 대항 같은 느낌으로 노벨문학상을 받은 훌륭한 국민문학 작가들을 이야기하기보다는 '노벨문학상을 받은 것과 관계없이 다른 이유로 좋은 작가'들을 소개하고 싶습니다.

나카무라 사람이 참 꼬였군요(웃음).

캐나다에서 죽지 않고 간신히 사는 것

도코 첫 번째 작품은 앨리스 먼로Alice Munro의 『과도한 행복Too Much Happiness』(2009)입니다. 저는 오랫동안 현대의 젊은 영어권 작가의 작품을 일본에 소개해왔습니다만, 최근에는 할아버지나 할머니, 그야말로 90세 정도의 사람이 쓰는 작품이 궁금해졌습니다. 그래서 새삼 '나는 뭘 좋아할까' 하고 생각해봤더니 '캐나다에 사는 아주머니가 쓴 문학을 좋아한다'는 답이 나왔습니다(웃음). 요컨대 마거릿 애트우드Margaret Atwood와 앨리스 먼로지요. 특히 애트우드는 저에게 신에 가까운 존재입니다.

나카무라 캐나다 문학은 여성 작가의 이미지가 강합니다. 수

잔나 무디Susanna Moodie에서부터 마거릿 로렌스Margaret Laurence, 마거릿 애트우드, 앨리스 먼로 같은 작가들 말이에요.

도코 먼로가 노벨문학상을 받았을 때 왜 내가 아니지, 하며 애트우드가 무척 기분 나빠했다는 에피소드도 전 너무 좋아요(웃음). 소설 내용은 심술궂어서 남성이 제멋대로 품고 있는 여성에 대한 이미지를 모조리 깨버리고요. 애트우드에 대해서는 뒤에서 자세히 다룰 테니까 이 장에서는 먼로에 대해 얘기할까요.

미야시타 먼로의 어떤 점을 좋아하는 거죠?

도코 먼로의 뛰어난 점은, 단편 한 편만 읽어도 장편 한 편을 다 읽은 것 같은 기분을 느끼게 해준다는 것입니다. 그런 먼로가 어떤 사람인가 하면, 경력이 너무나 수수해서 좋아요(웃음). 인구가 3천 명밖에 안 되는 작은 도시에서 태어나 대학을 중퇴한 뒤 결혼해서 아이를 키우는 틈틈이 단편을 썼습니다. 그 후 남편과 서점을 경영하기 시작하는데, 오후에는 가게를 지켜야 하니까 오전 중에만 차분히 책상 앞에 앉아 계속 썼던 사람입니다.

인터뷰도 재미있는데, 여성이라는 것부터가 이미 빈곤층 남성이 작가가 되려 할 때만큼의 어려움을 깔고 가는 길이었다고 말합니다. 항상 자신에게는 쓸 권리 같은 게 주어져 있지 않다거나 세계의 구석에서 비주류로 활동하고 있다는 느낌을 계속 갖고 있었다고 합니다. 그런 사람이 노벨문학상을 받다니, 그것만으로 경사스러운 일이지요.

『과도한 행복』은 「과도한 행복Too Much Happiness」이라는 단편 제목을 표제로 삼은 단편집입니다. 이 표제작이 재미있는데, 한마디로 하면 '캐나다의 아주머니가 러시아 문학을 써본' 것입니다. 소피아 코발레프스카야라는 굉장히 우수했던 실존 인물이 주인공입니다. 19세기 러시아에서는 여성이 고등교육을 받을 수 없고 부모의 허락 없이는 국외로 나갈 수도 없었습니다. 무슨 일이 있어도 국외로 나가 수학을 공부하고 싶었던 그녀는 위장결혼까지 해서 독일로 갑니다. 하지만 결국 대학에는 진학할 수 없어서 존경하는 수학자의 집에 더부살이를 하며 공부를 계속합니다. 하지만 아무리 세계적인 수학상數學賞을 받아도 좀처럼 인정받지를 못합니다. 그 후 좋아하는 남자와 재혼하려 하지만 잘 풀리지 않고……. 먼로는 그러한 생애를 훌륭하게 재현합니다. 이 작품에는 먼로가 겪은 여성으로서 작가가 되는 어려움이 반영되었는지도 모르겠습니다. 레이먼드 카버Raymond Carver가 쓴 「심부름Errand」(『코끼리Elephant and Other Stories』에 수록)이라는 단편이 있는데, 이것은 체호프가 죽을 때의 이야기입니다. 영어권 작가가 러시아 문학을 써본 시도라는 점에서 약간 비슷하지요.

미야시타 저도 「과도한 행복」을 제일 좋아합니다. 읽을 만한 분량이 되는 긴 작품을 좋아해서요. 사람의 일생을 드라마화할 때 먼로는 이야기 구축에 일반적으로 기대되는, 또는 영화적 연출로서 기대되는 드라마틱한 사건을 전혀 사용하지 않습니다. 담담하게 문장을 이어나가지요. 일상적인 사건이 연속되는 가운데 당치도 않게 가혹한 사건이, 아주 평범한 일이라는 듯이 쓰윽 들어오고 다시 일상이 계속되는 느낌입니다. 뻐기는 듯한 잔학성으로 그렇게 하는 것이 아닌데도 오싹하니 무섭습니다.

도코 다른 단편도 꽤 가혹합니다. 초등학생 여자아이가 '싫다'는 이유만으로 다른 여자아이를 물속에 빠뜨려 죽이거나 하잖아요. 이런 것도 애트우드와 공통됩니다. 애트우드의 작품 중에는, 임간학교林間學校에 간 여자아이가 숲 속에서 부잣집 아이를 벼랑에서 밀어 강으로 떨어뜨리는 내용의 「풍경에 의한 죽음」이라는 단편이 있습니다. 주인공은 마침 기억을 잃지만 늘 숲이 야단을 치는 것 같아 편집증에 걸리고, 결국 방의 벽을 온통 숲 그림으로 메웁니다.

나카무라 비슷하네요. 숲이라는 것도 중요한 키워드겠지요. 바로 애트우드가 자신의 캐나다 문학론에서 말하는 것인데 (Survival: A Thematic Guide to Canadian Literature, 1972), 캐나다의 자연은 광대하고 추워서 백인 식민지 개척자들에게는 냉혹하고 가차 없었습니다. 인간을 죽이려 달려드는 자연 앞에서 그들은 망연히 서 있을 수밖에 없습니다. 맹렬한 눈보라나 빙산에 부딪혀 얼어 죽을 수밖에 없지요. 그런 운명에 어떻게 맞서는가 하는 것이 캐나다 문학의 큰 주제가 되는데, 흥미롭게도 정면으로 맞서는 사람은 대부분 여성입니다. 그리고 구원의 손길은 대체로 원주민한테서만 옵니다. 대개는 지독한 일을 당해 죽습니다. 적대적인 자연을 확대 해석한 것이, 마음에 들지 않는 여자아이와의 관계성에서도 발견되는 것인지 모르겠습니다.

미야시타　먼로의 단편에 나오는 인물의 이상은, 말로 하면 굳이 추상화할 필요도 없이 한마디로 할 수 있는 것입니다. '나는 공부하고 싶다'라는 식으로요. 하지만 그것이 시각적으로는 명시되지 않습니다. 이상은 항상 머릿속에 있는데 풍경으로는 제시되지 않기 때문에 거기서 무척 답답함을 느낍니다.

도코　먼로의 작품에 나오는 인물들의 목표는 늘 '가까스로 죽지 않는 것'이니까요(웃음). 다들 한 치 앞밖에 못 보는 게 아닐까요.

미야시타　암중모색하는 일상을 한 걸음 한 걸음 나아가는, 아니 나아갈 수밖에 없는 주인공이지요.

나카무라 그런 사람의 의지가 죽음에 직면했을 때 빛이 납니다. 그것이 캐나다 문학, 특히 노인이 나오는 작품에서 읽을 만한 장면 아닌가요? 죽음과 대치했을 때 생존이라는 것이 갑자기 빛을 냅니다. 죽지 않을 수 없게 되었을 때 그 사람 안에서 일어나는 뭔가를 그린 거지요.

도코 읽고 있으면 북미 자연의 공포를 느끼게 됩니다. 예를 들면 자동차로 미국 고속도로를 달리면 아무도 살지 않는 일대 지역들이 옆으로 계속 이어집니다. 원자력발전소만 오도카니 있기도 합니다. 그럴 때 '여기서 죽으면 50년은 발견되지 않겠다'는 걸 피부로 느끼게 됩니다. 그런 생각을 하기 시작하면 자연이 점점 다가와 괴로워집니다.

이 단편집에도 「나무」라는 작품이 있습니다. 남자가 한 번 발을 삐기만 했는데 거의 죽을 뻔합니다. 간신히 목숨을 건지지만, 만약 잭 런던의 「불을 지피다To Build a Fire」(『불을 지피다』[1]에 수록, 1908)에 나오는 주인공이었다면 그대로 얼어 죽었겠지요.

미야시타 자연이 혹독하다는 것은 생각도 해보지 않았습니다. 하지만 말을 듣고 보니 납득이 갑니다. 그러고 보니 미국에서는

---

1 잭 런던, 『불을 지피다』, 이한중 옮김, 한겨레출판, 2012.

산에서 서바이벌 생활을 하는 다큐멘터리 프로그램을 자주 하네요. '미국의 대자연과 싸우는 사람들' 같은 것 말이지요. 북미에서는 굳이 등산을 가지 않아도, 일상적인 생활 속에서 단 한 번의 실수로 죽는 상황이 벌어질 수 있는 것이지요.

나카무라 아슬아슬한 상황에서 살아남는 것에만 집중할 수 있는 것은 여자 쪽일지도 모릅니다. 장기적인 전망 같은 건 아무래도 좋고, 목적지도 안 보이는 상황에서 눈앞에만 집중해 한 걸음 한 걸음 나아가는 거지요.

도코 8장에서 소개할 존 맥스웰 쿳시John Maxwell Coetzee의 『추락Disgrace』(1999)[2]에 나오는, 아프리카 농지에 사는 아가씨에게도 그런 점이 있습니다. 이상을 품고 있다가는 죽는다는 장면이 캐나다에도, 남아프리카공화국에도 존재합니다. 이상이 아니라 5밀리미터 앞만 생각하며 포복으로 계속 전진하는 느낌이지요.

책의 첫머리에 수록된 「차원」이라는 단편은, 편집증인 남편의 가정 폭력에 대해 의논하려고 아내가 다른 집에 간 사이에 남편이 세 아이들을 죽인 이야기입니다. 그 후 회복 이야기로 진행되나 했더니, 그게 아니라 아내가 수용 시설에 있는 남편을 면회하

---

2 존 맥스웰 쿳시, 『추락』, 왕은철 옮김, 동아일보사, 2004.

러 가려고 버스를 탔는데 눈앞에서 교통사고가 일어나는 겁니다. 그녀는 심폐가 정지된 부상자를 인공호흡으로 살리는데, 그 기술은 아이들을 죽인 남편에게서 배운 것입니다. 무사히 소생시키는 데 성공한 그녀는 이제 남편을 만나지 않아도 된다고 생각합니다. 이것도 결국은 어떻게든 목숨을 부지해가는 이야기지요. 도시마저도 가혹한 자연입니다. 미국 문학이었다면 좀 더 눈물을 글썽이게 하는 전개로 이어지겠지만, 먼로는 사고를 당한 사람의 기도氣道만 확보하면 충분합니다.

미야시타 즉물적으로 살아갈 수밖에 없다는 느낌이네요.

나카무라 그렇지만, 캐나다 문학에서 누구한테 가장 노벨문학상을 주고 싶으냐고 묻는다면 보통 먼로가 아니라 애트우드라고 대답하지 않을까요?

도코 노벨문학상을 받을 가능성이 높아 보이는 것은 애트우드지요.

나카무라 다소 삐딱하게 보고 있는 우리끼리니까 하는 말이지만 「과도한 행복」은 주인공이 러시아인이고, 바로 북유럽 이야기지요. 선정 위원에게는 '그들의' 이야기로 읽혔을 겁니다. 먼로가 훌륭한 작가이기는 하지만 애트우드보다 먼저 받았다는 것은, 좋든 나쁘든 노벨문학상이 북유럽 문학상이어서가 아닐까 하는 생각을 하게 됩니다. 「과도한 행복」은 북유럽 사람들이 안고 있는 고난을 나누고 있으니까요.

도코 북유럽에서만은 여성인 소피아도 대학교수가 될 수 있었다는 이야기도 나오지요.

나카무라 물론 먼로가 그런 생각으로 쓴 건 아닐 거라고 생각하지만요. 저는 이 단편집에서 「웬로크 에지Wenlock Edge」가 좋습니다. 느닷없이 할아버지에게 발가벗겨집니다. 그 상태로 아무렇지 않게 밥을 먹지요.

도코 그 장면이 굉장히 재미있는데, 주인공이 "패킹 처리가 된 매끄러운 식당 의자에서 몸을 뗐을 때 내 엉덩이에서 짝 하는 소리가 났다"라고 말합니다. 자신의 엉덩이에 자신이 없다고 하더라도 전라가 된 마당인데, 가장 신경 쓰는 것이 엉덩이에서 나는 소리니까요(웃음). 이렇게 여성이 자신의 신체를 어떻게 인식하고 있는가 하는 것이 개인적으로 끌리는 점입니다.

나카무라 아주 이상한 일이 일어났는데도 과장되게 변하는 게 아니라 스르륵 이상한 세계로 들어가지요. 게다가 이 장면에서도 주변 사람의 기척이 없습니다. 벌거벗었지만 주목받지 않아요. 세상 사람의 눈 같은 것도 없습니다.

미야시타 이 엉덩이 장면도 그렇습니다만, 조금 앞에서 미리 엉덩이에 대해 언급하며 똑딱단추를 답니다. 술술 읽고 지나가지만 굉장히 다듬어진 문장과 구성에 혀를 내두르게 됩니다.

의외로 비슷한 터키와 일본

도코 다음은 오르한 파묵Orhan Pamuk의 『나의 위화감A Strangeness in My Mind』(2014)입니다. 이건 미야시타 씨가 번역한 것이지요.

미야시타 파묵은 이스탄불의 부유한 가정에서 나고 자란 사람입니다. 그런 의미에서는 기본적으로 고생을 모르고 자란 사람이라고 할 수도 있겠지만, 화가의 꿈을 포기하고 대학 자퇴 후 8년쯤 떠돌이 생활을 하며 소설을 써나가는 힘든 시절도 보냈습니다. 그가 쓴 『제브데트 씨와 아들들Cevdet Bey ve Ogulları』(1982)[3]은

---

3 오르한 파묵, 『제브데트 씨와 아들들 1·2』, 이난아 옮김, 민음사, 2012.

이스탄불 상인 집안의 가족사라는 형태를 갖춘 대하소설입니다. 당시 아나톨리아의 농촌을 그리는 작가들이 문단의 대세를 차지하고 있던 것을 생각하면, 아흐멧 함디 탄피나르Ahmet Hamdi Tanpınar 이래 오랜만에 이스탄불이라는 문학적 주제와 적극적으로 씨름한 작가였습니다.

주제의 특징으로 말하면, '행복이란 무엇인가'라는 스탕달 같은 명제를 시종일관 붙든다는 점이라고 할까요. 그로 인한 비련이든, 역사물이든 정감이 풍부하고 어딘가 영화적인 연출(본인은 이에 대해 "나는 비주얼한 인간이다"라고 말합니다)로 독자의 마음을 확 붙잡는 기술이 뛰어났던 것 같습니다. 이상이 일반적인 소개라고 할 수 있습니다만, 개인적으로 재미있는 것은 그의 기발함입니다. 『나의 위화감』으로 말하자면 이스탄불시의 전기요금 징수 전표 80년분이 전력회사에 보관되어 있는데 그것을 추적해보면 사람들의 인생을 알 수 있다는, 사실인지 알 수 없지만 디테일이 아주 충실하여 자못 있을 법한 이야기입니다. 아마 누군가에게 들은 이야기를 부풀린 것이겠지만, 그것만으로는 단편이나 중편이 될 것 같은 이야기를 하나의 장편에 아낌없이 여러 개씩 투입하는 시원한 기질이 저는 좋습니다. 서구적인 사람이면서도 그만큼 터키적인 두목 기질이 느껴져서요. 공들여 디테일을 살린 기발함이야말로 이야기의 요체라고 생각합니다. 이탈로 칼비노Italo Calvino 같은 면을 즐길 수도 있겠지요.

『나의 위화감』은 1950년대 메블뤼트라는 시골 소년이 이스탄불로 올라와 길거리에서 수수를 발효시킨 새콤달콤한 음료인 보자를 팔아 중학교를 다니며 성장해, 이윽고 남편이 되고 아버지가 되며 늙어가는 모습을 그린 작품입니다. 그 시기의 이스탄불에는 메블뤼트와 마찬가지로 지방에서 올라온 사람이 아주 많았습니다. 그런 의미에서 현재 터키의 도시화 역사는 아주 농축된 현대사 이야기이기도 합니다.

도코　메블뤼트는 길거리에서 10시간이나 계속해서 물건을 파는 등 믿을 수 없을 만큼 일합니다. 그의 아버지가 요구르트를 60킬로그램씩 짊어지고 팔러 다니기도 하고요. 멜대를 어깨에 짊어진 모습은 에도 시대의 생선 장수와 비슷합니다.

나카무라　이 작품을 읽으면 터키 사람들은 일본 문학을 좋아하겠구나, 하는 생각이 듭니다. 행상인이나 사랑의 도피 같은 공통적인 주제가 아주 많으니까요.

미야시타　사랑의 도피라는 소재는 정말 흥미롭습니다. 터키 소설에서는 아주 흔한 무대 도구인데, 파묵은 주인공이 사랑의 도피를 한 여성의 얼굴을 봤더니 실은 다른 사람이었다는 웃음 포인트를 작품의 꽤 앞쪽에 배치합니다. 이만큼 긴 소설인데 처음부터 이런 식이면 앞으로 어떻게 진행되려는 거지, 하는 생각을 하게 만드는 장치지요. 파묵의 창작 노트는 구성이 컬러풀하게 분류되어 깔끔한데, 정말 구성력이 뛰어난 작가라고 생각합니다. 여성을 그리는 것에 서툴다는 약점도 있긴 하지만요.

도코 사람들이 품고 있는 노벨문학상 수상 작가의 이미지는 딱딱하고 어려운 순문학 작품을 쓰며 훌륭하고 머리가 좋은 사람 같은데, 파묵은 어느 작품이나 엄청나게 재미있습니다. 읽기 쉽고 이야기 전개도 있지요. 작품의 느낌은 살만 루슈디Salman Rushdie의 소설에 가까운 것 같습니다. 지금의 세계문학은 수준이 높으면서도 즐겁게 읽을 수 있는 것이 된 셈이지요.

미야시타 노벨문학상은 전 세계에서 '굉장한 상'이라고 생각하지 않나요? 그런 엄청난 상을 받고 나면 작가는 사회로부터 외적인 영향을 받지 않을 수 없을 겁니다. 그렇다면 파묵은 어떻게 변했을까요? 『나의 위화감』은 수상 후 두 번째 작품이라 자신의 작품이 각국의 언어로 번역된다는 것을 충분히 의식하면서(일본과 유사하게 터키에서는 유럽의 여러 언어로 번역되는 것이 명예로 여겨집니다), 터키 문단의 정상에 군림하는 자신의 지위에도 어느 정도 익숙해진 후의 작품이라고 할 수 있습니다. 그렇게 되면 주제 운운하는 상투적인 접근으로는 보이지 않는 변화에 주목하게 됩니다. 이 작품에서는 지금까지의 기발함이나 구성의 복잡함이 다소 억제된 것 같습니다. 전 작품인 『순수 박물관』이 사랑을 전시하는 박물관 건설이라는 기발함 그 자체를 작품의 근간에 두었던 것과는 대조적이지요. 지금까지 파묵의 주인공은 반드시 인텔리였는데, 이번에는 처음으로 배우지 못하고 그날그날 지내는 순수한 남자를 주인공으로 설정함으로써 기발함으로 이어지는 뒤틀린 시선이 퇴행하고, 순수한 가족의 멜로드라마로 초점이 좁혀진 것 같습니다. 시선을 두는 위치의 모험이라고 할까요, 아무튼 그런 것이 가장 큰 변화로 보입니다.

나카무라 터키의 대하드라마가 될 것 같은 내용이지요.

도코 조금 전에 나카무라 씨가 말한 것처럼 터키는 일본과 어떤 점이 비슷한가 생각하며 읽는 것도 재미있습니다. 예를 들어 학교에서 영양 명목으로 맛없는 탈지분유와 간유肝油[4]가 나오는 장면 같은 걸 보면 기시감마저 들거든요(웃음). 유럽이나 미국에 대한 동경도 들 수 있습니다. 미국 영화를 본다거나 가족이 다 같이 『초원의 집』[5]을 본다거나 하는 모습이 예전의 일본 그대로지요. 이소룡도 동경하고, 여자는 백인을 동경해 금발로 염색하

4 생선의 간장에서 뽑아낸 지방유로, 노란색이고 투명하며 비타민 A와 비타민 D가 많이 들어 있어 영양 장애, 구루병, 빈혈증 등에 쓴다.

기도 합니다. 이렇게 일본과 비슷한 나라도 있구나 하고 놀라게 됩니다.

미야시타 터키는 '전쟁에 지지 않은 일본'이라는 느낌이지요. 그 외에도 막과자를 덤으로 준다거나 국산 사이다라든가 대낮에 어정버정 돌아다니는 이상한 아저씨 등 쇼와昭和 시대와 비슷한 점이 적지 않고, 또 19세기 전반에서 중반이라는 동일한 시기에 근대화를 시작한 나라들이라 일본인이 아니면 즐길 수 없는 것이 있을지도 모르겠습니다.

나카무라 같은 터키의 작가인 탄피나르의 『마음의 평안A Mind at Peace』도 쇼와 문학을 방불케 합니다. 번민하는 청년들이 민족주의와 유럽에 대한 동경 사이에서 동요하거나 도스토옙스키에 심취하거나 하거든요. 근대화 이후 이른바 유럽 문화의 변두리가 되었으나 독자적인 전통도 강하게 남아 있는 비유럽 문화권 안에서의 위치는 터키나 인도, 일본 등의 나라가 공유하고 있는 것으로, 작품 속 묘사에서도 아주 비슷한 분위기를 느낄 때가 있

5 1870년대부터 1880년대까지 미국 서부를 배경으로, 소녀 로라 잉걸스와 그녀의 가족들을 통해 미국의 근대사를 묘사한 웨스턴 가족 드라마. 1974년부터 1983년까지 미국 NBC에서 방영되었다. 한국에서는 문화방송에서 1976년 10월부터 1981년 6월까지는 매주 일요일 아침에, 1982년 7월부터 1983년 7월까지는 매주 일요일 낮에 방영한 바 있다.

습니다. 전혀 다른 문화를 가진 나라인데 말이지요.

도코 『나의 위화감』의 배경은 이슬람권이라 일본과 다르긴 하지만, 길거리에 다니는 행상인이나 인간관계를 맺는 방식, 지방과 도시의 대립, 젊은이가 취직하여 결혼하면 이상하게 근면해지는 것까지 일본과 무척 비슷하다는 느낌을 받습니다.

나카무라 터키 특유의 상황으로 마음에 걸렸던 것은 쿠르드인입니다. 쿠르드인이 아니라 동부인이라고 쓰고 있는데 그건 어째서일까요?

미야시타 개정되기 전의 헌법은 터키 공화국을 단일민족국가로 파악하고 있어서 국내에 터키인 이외의 민족명을 가진 사람이 있어서는 안 된다고 보았습니다. 쿠르드어는 인도유럽어족의 언어로 교착어인 터키어와는 전혀 다른 계통이지만, 쿠르드어는 터키어의 방언이라는 원칙이 관철되었어요. 그런 이유로 당시에는 쿠르드라는 표현을 쓰지 않은 겁니다.

도코 그리고 알레비교도와 쿠르드인을 합쳐 디야르바키르인이라고 부르지요. 쿠르드인이라는 말을 쓰지 않으려고 공산주의자나 동부인이라고 부르면서 그들을 없는 사람 취급하지만 다들 그 존재를 알고 있는, 그런 상황의 긴장감이 팽팽해집니다. 민족 분쟁이 은폐되고 있지만 중요해졌지요.

미야시타 그런데도 쿠르드인이 주인공의 친구로 나옵니다. 이 작품에서 파묵은 도시 출신 터키인의 표준적인 쿠르드인에 대한 시각을 반영하고 있는 것처럼 보이기도 합니다. 과도하게 동정하는 것도 아니고, 민족이 아니라 먼저 그 개인에게 시선을 돌리는 자세라고 할까요. 애초에 쿠르드인은 수가 굉장히 많아서 쿠르드계 친구가 없는 터키인은 없을 거라고 생각하고, 사회적 출세 기회도 얼마든지 있습니다. 조금 전 이야기에서 나온 야샤르 케말도 쿠르드계이고, 대통령까지 된 투르구트 외잘Halil Turgut Özal이라는 사람도 있습니다. 물론 차별이 없다고는 할 수 없지만요.

나카무라 세계 최대의 소수민족이라고들 하지요.

미야시타 그들 중에는 산에 살면서 테러를 하는 사람도 있고, 3대 전부터 이스탄불에 자리를 잡고 사는 사람도 있습니다. 일괄적으로 대립하고 있다고 말할 수 없는 상황이기는 합니다. 아무튼 쿠르드 문제는 어렵습니다. 뭐가 어려운가 하면, 쿠르드인은 얼마든지 있고 그중에 다양한 사람들이 있는데 그 안의 여러 의견 중에서 어느 것에 역점을 두느냐에 따라 그들이 전혀 달리 보이기 때문입니다.

도코 작품 전체는 멜로드라마로서 재미있게 읽을 수 있지만, 자세히 보면 여러 종파나 민족 이야기가 나옵니다. 이런 느낌은 이스탄불에서 보통 피부로 느끼는 감각일까요?

미야시타 다소 유럽인의 눈을 의식한 점도 있지요.

도코 유럽이라고 하면, 마음에 걸리는 것은 작품에 나오는 독일이라는 존재입니다. 예를 들어 중남미나 카리브해의 작품이라면 등장인물이 미국에 가서 멋쟁이가 된다거나 미국 물이 든다거나 하는 이미지가 흔히 있잖아요. 이 작품에서는 그런 장소가 독일입니다.

나카무라 돈을 마르크화로 모으는 장면도 나오지요.

미야시타 터키어로 쓰인, 독일이 무대인 소설은 굉장히 많습니다. 처음에는 노동자가 대량으로 돈을 벌러 독일로 갔기 때문에 프롤레타리아 소설이 중심이었지만, 1980년 전후로 좌파계 작가가 속속 독일로 망명했습니다. 옛날부터 그런 왕래가 있어서인지 지금도 독일 문물은 얼마든지 생활 속에 들어옵니다. 터키의 랩 음악계에서는 터키계 독일인에게 독일어로 랩을 하게 하기도 하니까요. 노래하는 본인 빼고는 다들 무슨 말을 하는지 모를 거라고 생각하지만요(웃음). 독일에 갔다 온 사람이나 독일에서 태어난 사람은 멋지다는 풍조도 있겠지요.

나카무라 터키에서 유럽이라고 하면 우선 독일일 겁니다. 독일의 공장이나 폐기물 처리장 등 단순 노동 현장에서 한때 터키인 다수가 일했지요.

미야시타 그런 현장에 잠입했던 귄터 발라프Gunter Wallraff의 『가장 낮은 곳에서 가장 보잘것없이』[6]라는 르포르타주도 있지요. 독일인이 터키인으로 변장해 잠입했다고 합니다.

나카무라 1980년대에는 터키인 이민이 전 세계로 흘러나간 것 같습니다. 호주의 학교에도 터키에서 이민한 아이들이 많았지요.

미야시타 독일로는 1960년대부터 갔습니다. 아무튼 수가 많

6 귄터 발라프, 『가장 낮은 곳에서 가장 보잘것없이』, 서정일 옮김, 알마, 2012.

고, 터키로의 귀향은 터키의 소설에서도 영화에서도 한 장르를 구축하고 있는 것 같습니다.

도코 그리고 나오는 음식들이 다 맛있어 보입니다. 요구르트 말고는 어떤 음식인지 전혀 모르지만요(웃음).

나카무라 터키 음식에 대한 묘사는 이 소설을 읽는 즐거움 중의 하나지요. 탄피나르의 소설에서도 맛있어 보였지만요. 보자는 꼭 마셔보고 싶습니다. 그 밖에도 여러 가지 궁금한 것들이 나옵니다.

미야시타 빈말이 아니라 터키 음식은 진짜 맛있습니다(웃음). 파묵은 자국의 요소를 거의 알기 쉬운 형태로만 넣어서, 현관에서 신발을 벗는다거나 책상다리를 하고 앉는다거나 하는 유명한 생활양식 정도밖에 언급하지 않습니다. 독서 체험이 완전히 서양 쪽인 작가라서 그런 것인지도 모르겠습니다. 하지만 음식만은 터키 고유의 것이 많이 나옵니다. 외국인에게 보여주고 싶은 것은 역시 세계에서 가장 맛있는 터키 음식인 걸까요?

나카무라 그런 이야기를 들으면 더더욱 노벨문학상은 유럽의 문학상이라는 생각을 하게 됩니다(웃음).

카리브해에서 세계를 생각하다

도코 다음은 비디아다르 나이폴의 『미겔 스트리트Miguel Street』(1959)[7]입니다.

나카무라 이 작품은 나이폴이 처음 쓴 소설입니다. 나이폴의 작품 중에서 카리브해 사람들이 지금도 가장 사랑하는 작품일지도 모릅니다. 1959년에 출판되었는데, 바로 『나의 위화감』의 메블뤼트가 이스탄불로 올라온 무렵이지요. 소년의 눈으로 본 도시를 그린 연작 단편집입니다. 원문을 읽으면 이 소년의 이야기는 표준 영어지만, 무대가 되는 미겔 스트리트에 사는 사람들은 트리니다드토바고 사투리 영어를 씁니다. 미겔 스트리트에 사는 주민들은 여기보다 훨씬 안 좋은 곳이 있다고 생각하지만 다른 지역 사람들에게는 이곳이 슬럼가입니다. 그곳에 살고 있는 주인공은 이웃 아저씨들, 삶의 깊이가 있는 루저들을 바라보며 부분적으로 관여하지만 마지막에는 시험을 보고 장학금을 받아 섬을 떠납니다. 작은 식민지의 우수한 소년에게 공통되는 인생의 선택이지요.

---

7 V. S. 나이폴, 『미겔 스트리트』, 이상옥 옮김, 민음사, 2003.

도코 조금 슬픕니다. 더 성장하려면 섬을 벗어나야만 하고, 섬 사람들은 그토록 빛나 보였는데도 소년이 어른이 되어 알아차린 것은 다들 보잘것없는 사람들이었다는 사실입니다. 하지만 훌륭해진 자신을 좋게 생각하느냐 하면 그렇지도 않습니다. 오히려 그 무렵 빛났던 아저씨들이야말로 자신이 사랑했다고 생각합니다. 이는 전 세계의 식민지에서 일어나는 일인지도 모릅니다.

나카무라 나이폴은 카리브해의 옛 영국령 식민지인 트리니다드토바고 출신인데 인도계입니다. 일일이 설명되지 않고 산뜻하게 쓰여 있지만, 미겔 스트리트는 사실 여러 민족과 인종이 이웃해서 살고 있습니다. 아내와 싸울 때마다 『라마야나』[8]를 음독하는 아저씨가 있기도 하고요(웃음). 트리니다드 인구의 주류는 아프리카계지만 사실 인도계가 40퍼센트를 차지합니다. 작중에 영국령 기아나로 돈 벌러 가는 사람도 있지만 영국령 기아나, 그러니까 현재의 가이아나 역시 인도계 주민이 많습니다. 식민지 시대, 아프리카계 노예가 해방된 후 같은 영국령 식민지 중에서

8 발미키Vālmīki가 지은 것으로 전해지는 인도 고대의 대서사시로, 지(智)·인(仁)·용(勇)을 갖춘 코살라 왕국의 왕자 라마가 마왕 라바나에게 빼앗긴 부인 시타를 다시 빼앗아 오는 모험 무용담이다. 산스크리트어로 되어 있으며 마하바라다와 더불어 인도의 2대 서사시 중 하나다. 발미키, 『라마야나』, 주해신 옮김, 민족사, 1994.

인구가 많아 농업에 적합한 노동력을 확보할 수 있다고 여겨진 인도에서 각지의 플랜테이션으로 사람들을 대량으로 보냈습니다. 인도인의 인구 이동이 세계 규모로 일어난 것이지요. 나이폴의 작품은 이른바 인도인 디아스포라의 일단으로 생긴 이야기입니다.

미야시타 그런 의미에서 무대 자체가 이미 매력적입니다.

나카무라 같은 거리에 사는 가난한 사람들이 공통의 물을 사용하여 골목에서 밥을 짓거나 빨래를 하는, 일본에서 말하는 나가야[9] 생활 같은 느낌의 놀랄 만큼 파워풀하고 창조력이 있는 생활 공간이 무대입니다. 그리고 이 안마당 문화에서 카리브해를 이야기한 소설의 최고 걸작이 얼 러브레이스Earl Lovelace의 『용은 춤출 수 없다The Dragon Can't Dance』입니다. 『미겔 스트리트』와 『용은 춤출 수 없다』에는 같은 사람도 나옵니다.

도코 아, 그래요?!

나카무라 예를 들면 『미겔 스트리트』에 맨맨이라는 남자가 나

---

9 칸을 막아서 여러 가구가 살 수 있도록 길게 만든 다세대 주택의 일종이다. 일본에서 나가야의 전형적인 이미지는 서민 거주 지역의 좁은 골목에 죽 늘어선 목조주택이다.

오는데, 『용은 춤출 수 없다』에는 태피라는 이름으로 등장합니다. 갑자기 자기가 예수라며 십자가를 짊어지고 모두에게 돌을 던지라고 말하는 에피소드에 등장하는 인물입니다. 이 사람은 진짜 있었던 인물입니다. 트리니다드토바고의 유명인이었지요. 일본인이 보면 왜 저런 사람이 유명인인가 하고 느낄지도 모르지만 말이지요.

미야시타 좀 이상하지만 현지에서 받아들여지는 아저씨들 같은 느낌이라고 할까요. 주세페 토르나토레의 영화 〈시네마 천국〉에 나오는 알프레도 아저씨 같은 사람 말이지요.

도코 늘 주변에 있는 매력적인 사람들이지요.

나카무라 교양이라든가 엘리트라든가 하는 것과는 인연이 없는, 민중 속에서 생겨나는 문화가 굉장히 독특합니다. 하지만 한편으로는 교양에 대한 동경도 있습니다.

도코 그들이 품고 있는 동경은 굉장하지요. 우등생이라고 우겨대는 아이가 계속 시험에 떨어지는 「그의 천직」이라는 이야기도 있고요. 게다가 주인공은 같은 시험을 단번에 합격해버립니다(웃음).

미야시타 다들 연기하고 싶은 자신을, 고집스럽고 치사하게 계속 연기하고 있지요.

나카무라 세계의 중앙에 없는 사람들의 이야기입니다. 그런 사람들이 세계를 동경하고 책을 동경하고 영국 문학, 문화, 또는 미국 영화의 스타 캐릭터를 동경합니다. 자신들이 언제까지고 중앙에 참여할 수 없으니까 중앙에 대한 꿈을 계속 갖고 있는 것이지요. 러브레이스가 새롭다고 평가받은 것은 그런 동경을 뚫고 계속해서 현지에 뿌리내린, 카리브해 식민지의 첫 작가이기 때문이겠지요. 동경할 필요 없다, 언뜻 보기에 우리 주변에 있는 보잘것없는 것, 업신여기던 것 중에 세계와 이어지는 것이 있다, 좀 더 깊숙한 곳까지 거슬러 올라가면 수천 년이나 계속되어온 아프리카의 전통도 발견할 수 있다고 말했지요. 한편 그런 데서 떨어져 있었던 사람이 나이폴입니다. 깊은 동경을 좇아 고향을 떠났습니다.

도코 나이폴은 섬에서 나간 후 쭉 영국에서 살고 있으니까요.

미야시타 나중에야 '녀석들은 아직도 그 섬에 살고 있을까' 회상하기도 하는데, 꽤 서글픕니다.

도코 동경하던 영국에 가서 성공하는 것이 그대로 행복한 것은 아니었구나, 하고 주인공은 생각합니다. 보잘것없는 아저씨들을 동경했던 그 무렵이 어쩌면 더 즐거웠을지도 모른다는 전제가 있는 거지요.

저는 등장인물 중에서는 특히 블랙 워즈워스를 좋아합니다. 그는 별 보는 법이나 식물 보는 법, 망고 먹는 법 같은 걸 주인공에게 가르쳐주는 시인입니다. 주인공이 어렸을 때는 동경했지만 청년이 되자 별것 아닌 사람이었구나 하고 생각한 사람이지요. 하지만 더 나이가 들고 어른이 되자 실은 굉장한 사람이었을지도 모른다고 생각하게 된, 어쩐지 씁쓸하고 좋은 캐릭터입니다.

나카무라 나이폴이 그런 사람들의 정수를 장편으로 쓴 걸작이 『비스와스 씨를 위한 집A House for Mr. Biswas』(1961)[10]입니다. 이 작품은 나이폴의 아버지가 모델입니다. 역시 가난한 집에서 자라 학교도 못 다닌 아버지는 중앙의 문화나 문학의 교양, 활자 자체에 강렬한 동경을 품고 있습니다. 같은 인도인이며 꽤 괜찮은 집 아가씨와 결혼하지만, 자기 집이 없어 부모 신세를 지고 있습니다. 그래서 언젠가 자신의 집을 갖고 싶다며 분발합니다. 그리고 글을 쓰는 사람이 되려고 합니다. 책에 대한 동경은 『미겔 스트

---

10 V. S. 나이폴, 『비스와스 씨를 위한 집 1·2』, 손나경 옮김, 문학과지성사, 2014.

리트』에도 나오지요. 나이폴의 소설 중에서 처음으로 출판된 것은 『신비한 안마사The Mystic Masseur』(1957)인데, 여기에도 인쇄물에 대한 동경이 드러납니다.

『비스와스 씨를 위한 집』에서 아버지는 신문기자가 되고, 결국 자신의 집을 갖게 됩니다. 일가의 이야기를 통해 트리니다드 사회의 변화도 드러나기 때문에 파묵과도 통하는 점이 있습니다.

미야시타 『미겔 스트리트』는 모두 서로 안면이 있는 사람들의 이야기입니다. 그 덕분에 설명 없이 이야기의 본론으로 들어갈 수 있는 거리낌 없는 느낌과 인간관계의 농밀함 같은 것을 느꼈습니다만, 『비스와스 씨를 위한 집』도 그런 느낌인가요?

나카무라 『비스와스 씨를 위한 집』은 인도계 가족 이야기라서 거리가 더욱 가깝게 느껴집니다. 무슨 일을 해도 왁자지껄한 가족이 나옵니다. 나이폴은 오만한 사람이라는 소문이 있잖아요. 카리브해에서도 식민지 문화를 무시했다며 싫어하는 사람이 많습니다. 강연회에서 청중이 작품을 제대로 읽지 않았다고 화를 내며 나가버렸다는 둥 전 세계에서 여러 가지 이야기를 듣고 있습니다. 하지만 작가로서 훌륭한 것은 틀림없습니다. 무엇보다 묘사력이 아주 뛰어나지요. 『비스와스 씨를 위한 집』을 읽으면 그의 집에 있는 가구까지 가깝게 느껴집니다. 비스와스 씨에 대해서는 모든 것을 알고 있는 듯한 기분이 들지요. 미국을 무대로 한 『강이 굽어지는 곳A Bend in the River』(1979)에서는 시장에서 세면기에 넣은 벌레를 파는 장면이 나오는데, 실제로 먹은 것 같은 기분이 듭니다. 디테일이 굉장히 인상적이지요.

미야시타 나이폴의 책은 서점에서 에드워드 사이드Edward Said의 책과 나란히 놓여 있잖아요. 그렇게 되면 읽는 쪽도 미리 마음의 준비를 할지도 모릅니다만, 『미겔 스트리트』는 정말 마음 편히 읽을 수 있는 작품입니다.

나카무라 트리니다드토바고의 거리 사람들이 재미있어서일지도 몰라요.

도코 모두가 옥신각신하거나 기분이 고양되는 사건이 일어나면 그것이 서인도 제도 트리니다드섬의 민속 음악인 칼립소로 만들어져 사람들이 노래하고, 결과적으로 굉장히 유행하는 점이 좋습니다. 그 노래가 해외에서도 유행했다는 이야기도 쓰여 있습니다(웃음). 보통 사람들의 생활을 노래한 노래가 일종의 역사이고 문학이 되기도 합니다. 미국에서 말하자면 흑인 거주지의 랩 같은 느낌이지요. 그 거리감이 재미있습니다.

나카무라 역시 옛 영국령인 카리브해 안티과의 작가 자메이카 킨케이드Jamaica Kincaid의 표현을 빌리자면 "자기 자신을 스펙터클로 만드는" 형태의 자기표현이라고 할까요. 카리브해에서 처음으로 노벨문학상을 받은 사람은 데릭 월컷Derek Walcott이지만, 영어권 카리브해의 앤솔로지에는 월컷과 칼립소 가수인 마이티 스패로Mighty Sparrow의 가사가 나란히 있기도 합니다.

도코 노벨문학상 시인과 가수가 동격인 세계인 셈이지요. 주노 디아스Junot Díaz의 『오스카 와오의 짧고 놀라운 삶The Brief Wondrous Life of Oscar Wao』(2007)[11]에서도 첫머리에 나오는 것이 월컷의 시입니다. 자신 안에 여러 피가 섞여 있기 때문에 자기 혼자가 세계라고 주장하는 내용인데, 카리브해를 기점으로 세계를 생각한다는 것이 신선하고 좋았습니다.

나카무라 유럽에서 가장 오래된 신세계가 바로 카리브해입니다. 식민지에 대한 유럽인의 태도는 거기에서 시작되었고, 몇몇 나라 사이에서 뺏고 빼앗기는 쟁탈전이 벌어져서 언어도 몇 겹으로 덮어씌워져 있습니다. 결과적으로 그런 배경에서 재미있는 작가가 많이 나온 것이지요.

11 주노 디아스, 『오스카 와오의 짧고 놀라운 삶』, 권상미 옮김, 문학동네, 2009.

국민문학과 세계문학

도코 그 밖에도 영어권의 식민지계 노벨문학상 작가라면 페르시아에서 태어나 짐바브웨에서 자란 도리스 레싱이나 호주의 패트릭 화이트Patrick White 같은 사람이 있습니다.

나카무라 레싱은 영국으로 건너가 작가가 된 사람이지만 식민지에서 자란 것이 그녀의 세계관에서 기본이 되고 있습니다. 아버지가 영국인인데도 『영국인을 찾아서In Pursuit of the English』(1960)라는 자전을 썼는데, 이게 아주 통쾌합니다. 그녀에게는 아버지 같은 사람이 확고하게 믿고 있는 영국인이란 무엇일까, 그것 또한 일종의 망상이 아닐까, 하는 물음이 유년기 때부터 있었던 것이지요. 애트우드처럼 심술궂은 면도 있어서 흥미롭습니다.

패트릭 화이트는 호주의 문학적 건국을 시도한 작가였다고 할 수 있을 것 같습니다. 사실 옛날부터 호주 내에서는 일부 지식층을 제외하면 그다지 인기가 없었습니다. 철학적이고 상징적이어서 까다롭고, 게다가 게이라는 이유로 일종의 심한 비난을 받기도 했습니다. 국외에서는 높은 평가를 받았지만, 1990년대 무렵부터 갑자기 인기가 떨어진 느낌입니다. 국민문학이 지금의 세계문학과 양립할 수 없게 된 것이겠지요. 그걸 상징하고 있다고 생각합니다. 다른 각도에서 다시 읽어봐야 할 작가인 것 같습니다.

미야시타 화이트는 아베 고보安部公房를 좋아했지요.

도코 살만 루슈디도 인터뷰에서 화이트의 작품을 무척 좋아해서 그에게 팬레터를 썼다는 이야기를 했습니다.

나카무라 그의 평가가 떨어졌다는 것은 일단 국민문학의 시대가 끝났다는 것, 그리고 노벨문학상 작가에게도 엔터테인먼트적인 요소가 있어야 하고 이해하기 쉬워야 한다는 요구가 드러난 결과 아닐까요?

도코 '국민의 대표'라는 노벨문학상 선정 위원의 사고방식과 현실 세계문학의 수평적인 존재 방식 사이의 괴리가 점점 커지는 것 같습니다. 애초에 문학이란 도덕에 봉사하는 것도 아니고 말이지요.

나카무라 하지만 미美에 봉사하는 것도 아니고, 정치성이나 논리가 필요 없다는 정치관이나 도덕관 역시 굉장히 치우친 것이지요.

도코 상상을 초월한 장면에서 얼굴이 보이는 상대에게 윤리적으로 어떻게 움직일지를 되묻는 것이야말로 문학입니다만…….

미야시타 계몽의 도구는 아니지요.

도코 오히려 계몽의 도구로 하면 안 되지요. 이렇게 그다지 노벨문학상에 어울리지 않는 수상 작가를 보면 적어도 작품을 읽어 보게 되기는 하니, 이 상은 필요악이 아닌가 하는 생각도 듭니다.

미야시타 '국민문학'이나 '우리'라는 말을 들어도, 이제 어디까지가 '우리'인지 모르는 시대가 되었지요. 앞으로도 점점 변해 갈 거라고 생각합니다.

세 사람이 고른, 앞으로 수상했으면 싶은 작가

도코 : 다와다 요코多和田葉子, 조이스 캐롤 오츠Joyce Carol Oates

나카무라 : 밥 딜런Bob Dylan, 응구기 와 티옹오Ngugi Wa Thiongo, 크리스티나 스테드Christina Stead(이미 작고했지만!)

미야시타 : 이스마일 카다레Ismail Kadare

2

일본에서 제일 유명한 문학상

'아쿠타가와상'

대담자

도코 고지 × 다케다 마사키 × 다키이 아사요

Data

정식 명칭	아쿠타가와 류노스케상芥川龍之介賞
주최	공익재단법인 일본 문학진흥회(일본)
시작한 해	1935년(1년에 두 번)
상금	100만 엔

제일 '잘 팔리는' 신인상

도코 아쿠타가와상은 참 신기한 상입니다. 신인상인데도 일본에서 권위도 지명도도 제일 높고, 받기만 하면 반드시 잘 팔립니다. 하지만 대상이 신인 작가라서, 꼭 그해에 나온 가장 재미있는 소설이 받는 건 아닙니다. 그래도 어쨌든 잘 팔리지요. 작품보다는 오히려 업계에 나타난 근사한 신인을 알아보고자 하는 성격의 상인 것 같습니다. 확실히 글을 쓴 사람이 크게 주목을 받는 상이지요. 최연소라든가 최연장자라든가 미녀라든가 미남이라든가 하는 것 말이지요.

그리고 이 상의 큰 특징은 역대 선정 위원이 거의 작가라는 사실입니다. 이것도 신기하지요. 작가만 책을 읽는 건 아니니까 좀 더 다양한 직업을 가진 사람이 선정해도 좋지 않을까요. 서점 직원이나 도서관 직원, 비평가 등 책과 관련된 직업은 많으니까요. 실제로 영국의 부커상은 작가 이외의 다양한 사람들이 선정에 관여합니다.

다케다 역대 선정 위원 중에서 작가가 아닌 사람을 찾아봐도 비평가인 가와카미 데쓰타로河上徹太郎와 나카무라 미쓰오中村光夫 정도(나카무라는 창작도 발표했지만요)이고, 그 외에는 아쿠타가와상 수상 작가지만 평론가로서도 이름이 높았던 마루야 사이이치丸谷才一가 16년 정도 선정 위원을 했습니다.

다키이 임기도 특별히 정해져 있지 않습니다. 본인이 그만두겠다고 하지 않으면 계속하는 걸까요?

다케다 그리고 도코 씨가 '신인'이라고 했는데 어디까지가 '신인'인 걸까요? 예를 들어 이번에 다루게 될 구로다 나쓰코黒田夏子는 수상할 때 75세였습니다. 알려지지 않은 사람이 신인인지도 모르겠습니다만, 몇 번이나 후보가 되었다가 가까스로 받게 된 사람이라든가 결국 받지 못한 사람도 있습니다. 이와 관련된 기준은 제1회 때부터 모호했습니다. 미시마 유키오三島由紀夫는 처음부터 후보로 삼지 않겠다는 결정이 있었다고 하고, 다자이 오사무太宰治는 첫 회에 후보가 되었지만 받지 못했고 제2회 때부터는 아예 후보에서 제외되었습니다.

다키이 다자이 오사무 본인은 무척 받고 싶어 했던 모양입니다.

다케다 1935년에 생긴 상으로 역사가 아주 오래되었으니까 시대에 따라 그 역할도 달라진 것 같습니다. 아쿠타가와상이라고 하지만 실은 아쿠타가와 류노스케가 죽은 후 친구인 기쿠치

간菊池寬이 만든 상입니다. 기쿠치 간은 작가로서도 이름을 남겼지만, 나이가 비슷한 아쿠타가와가 젊어서 문단의 총아가 된 것을 선망하면서(자세한 것은 기쿠치 간의 「무명 작가의 일기」를 읽어주세요) 자신은 출판업으로 성공하여 분게이슌주샤文藝春秋社를 설립한 사람입니다. 말하자면 출판사 사장이 문단을 북돋우기 위해 만든 상인 셈이지요. 그러므로 시장을 개척하는 의미에서도 신인에게 주는 상으로 만들었던 것 같습니다. 하지만 점차 문단이 정비되면서, 신인상인 동시에 가장 권위를 가진다는 일종의 모순도 생겨났겠지요.

다키이 1년에 두 번 수상자가 나오고, 최근에는 두 사람이 동시에 수상하는 일도 흔합니다. 그래서 작가로서는 '받아두고 싶은 상'일 거예요. 미시마 유키오상三島由紀夫賞을 받은 후에 아쿠타가와상을 받는 일은 있어도 그 반대는 없잖아요. 그러므로 아쿠타가와상은 '신인상의 가장 마지막 목적지' 같은 이미지가 있습니다.

다케다 그 차이도 신기합니다. 모두 일개 출판사의 문학상인데 말이지요. 미시마상은 신초샤新潮社에서 주고 있고, 고단샤講談社에는 노마野間문예신인상이라는 게 있습니다.

다키이 순문학계의 작가는 노마상, 미시마상, 마지막으로 아쿠타가와상을 받으면 '좋은 순서로 받았다'는 말을 듣는다고 합니다(웃음). 이런 패턴은 적지만 말이지요. 모토야 유키코本谷有希子, 쇼노 요리코笙野頼子, 가시마다 마키鹿島田真希, 그리고 무라타 사야카村田沙耶香 정도 아닐까요?

도코 처음부터 여러 이야기를 해버렸습니다만(웃음), 아쿠타가와상 수상자 목록을 보면 사실 상당히 적합한 사람들이 받는 것 같습니다.

다키이 발표될 때마다 '아니, 그 사람은 떨어진 건가!?' 하고 생각합니다만, 늘어놓고 보면 다들 좋은 작가들이구나 하고 납득하게 되지요.

도코 수상자 수 자체가 많고 수상한 후에 분발한 사람이 많아서가 아닐까요? 그들이 현대 일본 문학의 중핵을 담당한다는 것은 틀림없습니다. 그 사람이 받지 않으면 화제가 될 정도로, 받아야 할 사람이 받지 못하는 일은 적습니다. 다자이 오사무 외에는 무라카미 하루키나 호시노 도모유키星野智幸 정도네요.

다키이 호시노 도모유키는 받았으면 싶었습니다.

진도가 나가지 않는 책 읽기

도코 우선 구로다 나쓰코의 「ab산고ab さんご」 이야기를 해볼까요. 글은 굉장히 복잡합니다만 줄거리는 비교적 단순합니다. 학자인 아버지와 젊어서 병사한 어머니, 그리고 그들의 외동딸이 있습니다. 어머니가 돌아가신 뒤 가정부가 좀처럼 정착하지 못하는 가운데 새로 고용된 여자가 아버지와 딸의 관계를 점점 파괴해갑니다. 게다가 가정부는 아버지를 좋아하게 되고, 두 사람은 급격히 가까워집니다. 있을 곳이 없어진 딸은 집을 나가는데, 아버지와 가정부는 어느새 혼인신고를 하고 아버지가 돌아가신 뒤에는 가정부에게 재산도 집도 빼앗기고 맙니다. 그런 딸이 아버지와 단둘이 지냈던 시절에 대한 향수와 가정부에 대한 여러 해에 걸쳐 쌓인 원망을 유려한 문체로 길게 이야기하는 작품입니다.

이 책에 대한 평판이 아주 대단해서 좀처럼 읽을 용기가 나지 않았습니다(웃음). 실제로 읽어보고 역시 깜짝 놀랐습니다. 가로쓰기에다 가타카나[12]가 전혀 나오지 않고 한자도 극단적으로 적습니다. 그런 탓에 읽기 힘들다고 하지만, 사실 익숙해지기까지

12 일본어에서 외래어는 일반적으로 가타카나로 표기한다.

는 힘들지만 일단 흐름을 타면 술술 읽어나갈 수 있습니다. 내용도 그렇게까지 엉뚱하지 않고요. 오히려 읽을 때의 느낌은 약간 일본의 고전 같았습니다. 고전은 휙 읽으면 잘 알 수 없지만, 주석을 보거나 하면서 문체에 익숙해지면 어느 순간 눈에 들어오잖아요. 그런 느낌과 비슷합니다. 구두점도 쉼표와 마침표로 되어 있는 데다 얼핏 서양식이고 전위적으로 만든 것 같지만, 오히려 일본 고전에서 힌트를 얻으며 일본어 문장을 새로운 방향으로 열어가려는 작품이 아닐까 생각했습니다. 읽을 때 몸으로 느끼는 감각을 포착하는 것이 중요한 작품이지요.

다케다 '카드かーど'라든가 '크림くりーむ' 같이 외래어에 가타카나를 사용하지 않는 것이 두드러진 특징입니다. 그리고 고유명사가 나오지 않습니다. 보통 소설을 쓸 때 고유명사가 없으면 인물 설정이 불가능합니다. 이름이 없으면 특정한 인물의 내면을 그릴 때 난처함이 생기거든요. 하지만 굳이 그렇게 하지 않았습니다. 그렇게 쓸 수밖에 없는 뭔가가 있었겠지요.

도코 아버지와 딸의 관계가 너무 친하니까 이름을 말할 필요가 없었을 거라고 생각합니다. 가정부에게는 화자가 이름을 말함으로써 그녀의 존재를 인정하는 것이 싫었던 게 아닐까요? 기본적으로는 집 안뿐이어서 누구도 이름이 없는 채 감정만 술술 움직이는 세계입니다. 무슨 일이 있어도 상대를 불러야 할 경우에는 동사를 명사로 바꾼 이름으로 부릅니다.

다키이 '가출 계획자'라든가 '가계 관리인'이라든가 하는 식으로요.

다케다 '가사 담당자'라고도 부르지요(웃음). 인기를 노린 설정은 아니겠지만 우스운 점이 있습니다.

도코 굉장히 좁은 장소에서 이름 없이 서로 융화하거나 반발하는 관계의 감촉을 표현하려면 그런 식밖에 없는 건가 하는 생각을 했습니다.

다키이 실은 몇 번쯤 읽으려고 했는데 좀처럼 끝까지 읽을 수가 없었습니다. 도중에 게슈탈트 붕괴[13] 현상을 일으키고 마는 거예요. 히라가나만 있는 부분에서 뭐가 쓰여 있는지 알 수 없게 되었거든요. 하지만 그것이 굉장한 쾌감을 주기도 했습니다. 매번 읽을 때마다 다른 감각이 들어 재미있는 것 같아요. 문자와

---

13 어떤 단어를 반복하여 되뇌다 보면 일시적으로 단어의 의미를 잊어버리고 생소하게 느끼게 되는 현상을 말하는데, 여기서는 반복되는 신경 신호에 의해 피로와 혼란으로 사고력이 둔화되는 현상으로 이해할 수 있다.

노는 느낌으로 문장을 따라가는 것이 좋았지요. 스토리를 깊이 따라가는 식으로는 읽지 않았던 것 같습니다.

도코 그 점이 중요합니다. 일부러 독자에게 스토리를 파악할 수 없도록 썼거든요. 그래서 독서 속도가 극단적으로 떨어져요. 표현 하나하나가 굉장히 이상합니다. 책이 가득 찬 방은 "늘 어두컴컴하고 양지洋紙마저 썰렁하게 느껴졌다"라든가 말이지요. 이런 표현은 본 적도 없습니다(웃음). 뜰의 풀을 베었더니 "드디어 있다는 걸 아는 것밖에 없는 뜰이 되었다"라든가요. 좀 더 간단한 표현이 많이 있을 텐데 일부러 독자에게 생각하게 하는 표현을 썼습니다.

문학에 대한 이론적 정의의 근본이란 내용이 아니라 표현 자체에 주목하는 것이겠지요. 산문이 아니라 시라면 이 작품의 표현은 평범해 보였을 거예요. 처음에는 금방 이해할 수 없지만, 잠깐 생각하면 서서히 알게 되는 표현 방법입니다.

다키이 엔터테인먼트 소설은 자꾸 페이지를 넘기게 하는 소설이라고들 합니다만, 이런 순문학 계열의 소설은 한 행에 얼마나 머물게 하는가가 승부이기도 합니다. 그렇게 생각하면 「ab산고」는 굉장히 성공한 작품인 것 같습니다.

도코 성공했지요. 시간을 들여 읽으면 작품 속의 감각이 독자의 신체에까지 스며드니까요.

다케다 순문학이 아니면 불가능한 표현이 아직도 있구나, 하는 것을 새삼 느끼게 합니다. 동시에 야마다 에이미山田詠美가 아쿠타가와상 심사평에서 말한 것처럼 '예전의 전위' 같고 시대착오적이라고 느끼는 사람도 있을 겁니다. 다만 이런 내용이라면 이런 형식으로 쓰지 않으면 안 된다는 저자의 강한 메시지는 전해집니다. 굳이 고유명사를 쓰지 않고 친밀함을 표현하고 싶다는 것도 그 예입니다. '가사 담당자'가 아버지와 살게 되고 화자가 집을 나가기까지 무슨 일이 일어났는가 하면, 예컨대 집에 있던 애매한 공간을 전부 없애고 정리해버립니다. 그것을 이 소설은 "작은 집은 순식간에 임시 거처의 상쾌함을 잃고, 이럴 수밖에 없다는 비루함이 바싹바싹 고정되어갔다"라고 표현합니다. '이럴 수밖에 없다는 비루함'이라는 말에 거처를 빼앗긴 화자의 복잡한 마음이 집약되어 있는 것 같습니다.

도코 '가사 담당자'가 수다쟁이고 아무렇게나 말을 하는 모습이 전해집니다. 아버지도 화자도 혼자 자기만의 감각을 탐구하는 것을 좋아하고 또 서로 그것을 공유할 수 있는 섬세함도 갖고 있습니다. 거기에 '가사 담당자'가 들어옴으로써 서로에 대한 해석이나 시간의 연속이 전부 날아가 버립니다. 단어 하나가 하나의 의미밖에 갖지 않는 세계로 환원되고 마는 것이지요.

주부 역할을 하는 사람이 집 안을 편리하게 정리하는 것은 당연하지만(웃음), 합리적이 되어감으로써 원래 집에 존재했던 어둠이나 애매함이 점점 사라집니다. 모든 것에 빛이 비춰지지요. 방이 좁은데도 아버지가 커다란 회전의자를 사오더니 그래도 전혀 회전하지 않는 것이 좋다고 말했던 세계가 전부 사라집니다. 그런 불합리함을 좋아하는 아버지와 딸의 세계, 그리고 문학의 고전적인 사고가 소설 세계에서 일체가 되었습니다.

다케다 아버지와 딸 사이의 이른바 말하기 힘든 관계성이라는 것은 소설 전체에 떠돌고 있습니다. 소리나 빛이 물질처럼 그려지고 화자의 감각이 말 그대로 느껴지는 섬세한 묘사가 여러 군데에 있습니다. "그런 것들 속에 방치되어온 세월이, 밀고 들어온 선율의 자극으로 갑자기 방 안에 떠서 흩어졌다"라는 식이지요. 근대 이후 자기와 세계가 명료하게 구별되는 세계와 달리 자타의 경계도, 과거와 현재의 구별도 확실치 않는 범신론적이고 시간을 초월한 세계가 그려져 있습니다.

도코 읽고 있으면 사물 하나하나에도 의지가 있어 서로 이야기를 나누고 있는 것 같습니다. 말이 되기 전의 감각으로 아버지와 딸이 교류하는 모습을 굳이 말로 한 듯한 문장이 되는 거지요.

다키이　그런 작품을 75세나 되는 사람이 썼다는 것도 충격이었지요. 아쿠타가와상은 아무래도 작품만이 아니라 사람도 화제가 되기 때문에요. 기자회견 때 “살아 있을 때 발견해주어 정말 감사했습니다”라는 말도 인상적이었습니다.

도코　여러 가지로 몽상을 하게 됩니다. 어린 시절에 보낸 아버지와의 농밀한 공간을 구로다 씨는 혼자 사는 집에서 수십 년이나 유지하고 있었던 걸까, 하는 것을요.

다키이　혼자 계속해서 썼다 고치기를 되풀이해왔던 것일까, 저도 모르게 이런 생각까지 하게 됩니다.

도코　「ab산고」를 읽으면서 아쿠타가와상을 받은 두 작품을 떠올렸습니다. 하나는 아사부키 마리코朝吹真理子의 「기코토와きことわ」입니다. 이 작품도 고전 문맥을 도입하면서 소녀와 약간 연상인 여성이 신체적으로도 감정적으로도 자신과 상대를 구별할 수 없게 되는 세계관이 그려져 있습니다. 제목도 기코貴子와 도와코永遠子라는 두 사람의 이름이 합쳐진 것입니다. 그리고 계급 문제입니다. 「ab산고」는 전쟁 전의 상류계급이 전후戰後에 무너

져 아래 계급이었을 '가사 담당자'와 동격이 되는 이야기이기도 합니다. 「기코토와」도 등장인물이 모두 부자입니다. 그런 점에서 이 두 작품은 1990년대 이후 아쿠타가와상을 받은 작품의 주류와는 다릅니다.

또 한 작품은 후지노 가오리藤野可織의 「손톱과 눈爪と目」입니다. 어머니가 세상을 떠나고 새로 들어온 계모가 화자입니다.

다키이 확실히 비슷하네요.

도코 이 계모와 딸이 엄청나게 싸웁니다. 게다가 어쩐 일인지 어린아이가 완력으로 이깁니다. 계모에 대한 극단적인 혐오감이 「ab산고」와 비슷하지요.

다키이 「ab산고」는 어렵다는 이야기를 흔히 듣습니다만, 읽기 힘들다고 생각하는 사람은 에나미 아미코江南亜美子 씨의 해설을 읽어보면 이해하는 데 상당히 도움이 됩니다.

모성과 기도

도코 다음 작품은 오노 마사쓰구小野正嗣의 「9년 전의 기도九年

前の祈り」[14]입니다.

다키이 이 작품은 싱글맘으로 본가에 돌아온 여성이 주인공인데, 어린아이는 어려움을 안고 있습니다. 간단히 말하면 그런 두 사람이 본가로 돌아와서, 어머니의 친정이 있는 섬에 갔다가 돌아오는 이야기뿐입니다. 그런데 그 과정에서 9년 전 고향의 아주머니들과 캐나다에 갔을 때의 추억이 되살아납니다. '밋짱언니'라는 아주머니가 캐나다의 교회에서 기도하는 장면을 여러 차례나 그리지요.

오노 씨는 고향인 오이타의 '바닷가'를 무대로 여러 작품을 썼는데, 이것도 그중 하나입니다. 아쿠타가와상 후보가 된 것은 이 작품으로 네 번째였는데, 드디어 수상한 것이지요.

도코 그는 오랫동안 프랑스에 유학했고, 소설가일 뿐 아니라 크레올 문학 연구자이기도 합니다. 「9년 전의 기도」는 오노 씨의 고향을 그린 것이지만, 실제로 작품에 등장하는 것은 좀 더 신화적으로 강조된 세계입니다.

다키이 처음에는 고향에 대해 쓸 수 없었는데 프랑스로 유학

14 오노 마사쓰구, 『9년 전의 기도』, 양억관 옮김, 무소의뿔, 2016.

을 가서 고향과 거리가 생김으로써 비로소 쓸 수 있게 되었다고 말했습니다. 그러니까 토착적인 일본의 한 지방보다는 '세계'를 쓰는 사람이라고 생각합니다. 「9년 전의 기도」에도 캐나다가 나오고요.

도코 『읽고 해석하고 이야기를 나누자. 도코 고지 대담집』에서 오노 씨와 대담할 때 「9년 전의 기도」를 꽤 자세히 읽었습니다. 그런데 이번에 다시 읽고 새롭게 깨달은 것은, 화자가 솔직한 것처럼 보이지만 실은 묘한 자세를 취한다는 점입니다. 시점이 이상합니다. 마을 사람들에게 바싹 다가선 것 같은데 "이 바닷가 마을 사람들은 외치듯이 말했다"라는 식으로, 갑자기 거리를 두는 순간이 있습니다. 이런 점은 마치 외국인의 시점 같습니다. 요컨대 화자는 마을 안쪽도 바깥쪽도 아닌 데서 말하고 있다는 것입니다.

예전에 문화인류학자는 대체로 미국이나 프랑스 등 선진국 출신이며, 미개한 지역으로 연구하러 갔습니다. 그런데 지금은 인도네시아 등 개발도상국 출신으로 미국 등에서 교육을 받은 후 자신의 나라로 돌아와 자국에 대해 연구하는 사람도 많습니다. 「9년 전의 기도」는 그에 가까운 느낌이 듭니다. 바닷가 마을 사람의 시점과 프랑스에서 바닷가 마을을 관찰하는 사람의 시점이 하나로 겹치거든요.

다케다 주인공인 안도 사나에에게도 그런 이중성이 있습니다. 이건 상당히 의식적으로 쓰였습니다. 9년 전에 고향 아주머니들과 캐나다에 갔을 때의 대화에서 그녀는 사투리를 썼습니다. 그 후 그녀는 캐나다 사람과 결혼해서 도쿄에서 살았다가, 이혼하고 아이와 함께 고향으로 돌아오고 나서는 고향 사람과 표준어로 이야기합니다. 그래서 "도쿄 말밖에 안 쓰고 잘난 척한다"는 평을 듣습니다. 하지만 후미시마文島라는 낙도까지 가서 부적으로 삼을 모래를 가져오려고 하는 등 의외로 토착 풍습을 믿는 면도 있습니다.

다키이 사나에가 계속 바닷가 마을에 살았던 것이 아니라 한 번 나갔다가 돌아온 사람이라는 설정이 중요하지요.

도코 오노 씨의 에세이를 보면, 항상 고향을 벗어나고 싶었다고 썼습니다. 하지만 일단 벗어나자 비로소 가까운 곳에 재미가 있다는 것을 발견할 수 있게 된 것입니다. 사나에가 불륜을 저지르고 있다는 것을 어머니가 직감으로 알아차리고 고향으로 불러들인다거나 입 밖에 내면 반드시 실현된다는 사람들의 신념이라든가 지방적인 감각과 크레올 문학의 주술적인 면까지 잘 섞여 있습니다. 정령이 날아다니며 정보를 교환한다거나 저주의 말이 그대로 힘을 가진다거나 하는, 중남미 문학이라면 반드시 있는 것입니다.

다키이 매직 리얼리즘이지요.

도코 은근한 매직 리얼리즘이 들어가 있습니다. 일본 문학의 분위기를 파괴하지 않을 정도로 말이지요.

다케다 좀처럼 아이가 생기지 않던 사나에에게 어머니가 "개를 키우면 그 정이 전부 개한테 가서 아이가 생기지 않게 돼"라는 충고를 하기도 합니다. 특별히 개를 키우지는 않았던 것 같지만요(웃음).

도코 이런 분위기가 바로 카리브해인 거지요.

다키이 원숭이 사체를 버린 손으로 아이를 만졌더니 안 좋은 일이 있었다는 이야기도 있었습니다.

도코 원숭이 사체를 버린 손으로 땀을 닦았더니 얼굴에 멍이 생기고 그 손으로 만진 아이는 병에 걸린다는 것도 저주입니다. 사나에도 일단은 그럴 리 없다고 생각하지만 "그러고 보니 그 집은 개 키우는 것을 그만두더니 아이가 생겼어" 하며 금방 납득하고 맙니다(웃음).

다케다 그런 부분의 구성이 교묘합니다. 현대문학을 읽어서 충분히 이해하고 있는 사람이라 그런 것이고, 문장도 꽤 읽을 만합니다. 특히 대화를 사용하는 방법이 좋습니다. 낫표를 사용한 대화와 그렇지 않은 자유간접화법에 가까운 방법을 아주 자연스럽게 구분해서 사용합니다.

조금 전에 토착 신앙의 화신처럼 말한, 사나에 어머니를 그리는 방식도 사실 그렇게 단순하지 않습니다. 어머니는 후미시마 출신이지만 아버지는 벳푸別府에서 바닷가 마을로 들어온 타관 사람이라는 설정입니다. 하지만 아버지가 후미시마로 이주하고 싶어 하는 데 비해 어머니는 그렇게 불편한 일은 할 수 없다고 일축합니다. 현지 사람들의 생활 감각이 더 현실적이지요. 작가는 매직 리얼리즘에 입각한 뒤 그것도 비판하며 더욱 현실감 있는 세계를 그리려고 한 게 아니었을까요?

도코 현지 사람은 사실 토착적인 것에 그렇게까지 집착하지 않는 느낌입니다. 그래서 JET 프로그램[15]으로 바닷가 마을에 캐나다 사람이 와도, 그가 현지 사투리를 쓰고 축제에 참가하자 모

15 일본 정부에서 주최하는 공공 취업 프로그램으로, 일본에 관심 있는 외국인을 대상으로 선발하여 지방공공단체 및 사립학교에서 1년간 근무하도록 지원한다.

두 간단히 받아들입니다. 도시보다도 외부 사람에게 관용적이라고 할까요. 게다가 아주머니들이 무척 친절합니다. 비행기에서 아기가 울어도 아기는 원래 우는 거라며 넘긴다거나 사나에가 후미시마에서 헤매고 있을 때도 환상의 아주머니들이 도와줍니다. 그런 부분도 좋습니다.

다케다 몬트리올에서 다 같이 기도하는 장면도 그렇고, 폐쇄적이지 않지요.

도코 다른 작품인 『남겨진 사람들残された者たち』에서도 외국인이 갑자기 찾아옵니다. 일본의 시골과 외국이 직접 연결되는 것이지요. 만약 이것이 대도시를 경유한 것이었다면 형식적이라고 할까, 우선 다들 영어로 의사소통을 하게 되겠지요. 그런데 오노 씨는 그런 게 아니라 시골이 직접 해외로 열리는 감각을 썼다고 생각합니다. 물론 오키나와 작가들의 소설에도 친척이 전 세계로 이민을 갔다는 기술이 있습니다.

다키이 『떠들썩한 포구에 업힌 배』도 신기한 배가 나타나는 이야기인데, 거기서부터 작품을 거칠 때마다 점점 바닷가 마을의 느낌이 쓸쓸해지는 것 같습니다. 과소화過疎化가 진행되고 있달까요. 옛날에 쓰인 바닷가 마을이 더 수다스러웠습니다. 현실과 오노 씨의 변화가 연결되어 있는 것일까요? 작품을 차례로 보면 외국이라든가 소년이라든가 외부에서 방문하는 사람이 늘어나는 것 같습니다.

도코 현실 세계에서는 확실히 고령화와 과소화가 진행되고 있지요. 『남겨진 사람들』에서는 바닷가 마을에 몇 명밖에 남아 있지 않습니다. 그 고장을 무대로 작품을 쓰고 있는데, 그 고장이 실제로 점점 소멸되고 있으면 어떤 느낌일까요?

다키이 『선로와 강과 어머니가 교차하는 곳』은 유럽이 무대인데, 이민이 많이 나오고 어머니 모티프도 나옵니다. 이 두 가지는 어디를 무대로 하든 변하지 않는구나 생각했습니다. 전에 본인에게 "왜 항상 모성을 그립니까?"라고 물었더니 "제 안에 작은 아주머니가 있는 거지요"라며 얼버무리더군요(웃음).

도코 오노 씨는 인터뷰할 때 부끄러워하며 제대로 대답하지 않습니다(웃음).

다키이 창피한 모양이더군요, 자신에 대해 이야기한다는 게 말이지요. '어머니'라든가 '모성'이라는 걸 굉장히 진지하게 바라보고 있다는 걸 알 수 있습니다.

다케다 「9년 전의 기도」도 모성에 대해 상당히 파고들어 썼습니다. 가장 감동을 받은 것은 굳이 사나에를 시점 인물로 설정했다는 점입니다. 육아 노이로제에 학대라고 지적해도 할 말 없을 것 같은 어머니를 바깥에서 비판하는 게 아니라 내부에서 그려내는 것이 현실감 있습니다. 후미시마에 갔을 때 왠지 밋짱언니가 아들 케빈의 손을 잡고 가는 것처럼 보이는 장면이 있잖아요. 물론 객관적으로 보면 사나에가 아이의 손을 놓았을 뿐인 거겠지요. 하지만 사나에의 안쪽에서 쓰고 있기 때문에 "왜 밋짱언니가 이런 데에 있는 걸까? 있어도 이상할 것은 없었다. 이유는 알고 싶지 않았다. 하지만 알고 있었다"라고만 말합니다. 그 후 아이를 버리려 하는데도 그것이 밋짱언니에게 아이를 맡기는 형태로 그려집니다. 사나에의 내면에 들어가 있어서 결코 아이를 버린다고는 말하지 않게 하는 겁니다.

다키이 단행본 『9년 전의 기도』는 연작 단편으로 이루어져 있는데 모든 이야기에 입원한 사람이 나옵니다. 그건 형님 이야기라고 합니다. 형님에게 바친 책이지요. 수상하기 전에 돌아가셨다고 하는데, 그렇기에 이 작품으로 아쿠타가와상을 받았다는 것은 의미가 있다고 생각합니다. 수상 연설에도 형님에 대한 메시지가 있습니다. 아쿠타가와상이란 그런 점에서도 드라마가 있지요. 저는 정말 오노 씨의 작품을 좋아해서, 드디어 이 작품으로 아쿠타가와상을 받아서 다행이라고 생각했습니다. 최근의 수상에서 기뻤던 것은 오노 마사쓰구, 시바사키 도모카紫崎友香[16]가 '가까스로 받아낸 그 기세'입니다.

망령들이 발가락을 빠는 남자

도코 다음은 메도루마 슌目取真俊의 『물방울水滴』(1997)[17]입니다.

다케다 1997년 수상작입니다만, 현재 일본에서 좀 더 읽혔으면 해서 굳이 골랐습니다. 해외에서도 소개되고 연구되고 있는 작가로, 최근에는 뉴질랜드의 연구자 수잔 보테리Susan Bouterey가 『메도루마 슌의 세계(오키나와)-역사·기억·이야기』라는 책을 냈습니다. 다들 알고 있는 작가는 아니지만, 좋아하는 사람은 철저하게 좋아하는 작가입니다.

1960년생으로 대학 시절부터 창작 활동을 했는데, 이 「물방울」이라는 작품을 계기로 유명해졌습니다. 아쿠타가와상 이외에 규슈예술제문학상도 받은 작품입니다. 늘 오키나와의 전후戰後 문제를 생각하고 또 행동하는 사람이기도 합니다. 『오키나와

16 2014년 「봄의 뜰(春の庭)」로 제151회 아쿠타가와상을 수상했다.

17 메도루마 슌, 『물방울』, 유은경 옮김, 문학동네, 2012.

의 눈물』[18]이라는 책에서 그는 "전장에서 오키나와의 민중이 어떻게 살고 어떻게 죽어갔는가. 살아남은 사람들은 전쟁의 기억을 마음에 새긴 채 전후를 어떻게 살았는가"가 자신의 주제라고 말합니다.

「물방울」은 도쿠쇼라는 남자의 오른발에 물이 차 부풀어 오르는 데서 시작됩니다. 그와 동시에 그는 의식이 있는데도 자리를 보전한 상태가 되고 맙니다. 부풀어 오른 발에서는 물방울이 계속해서 똑똑 떨어집니다. 매일 밤 도쿠쇼가 혼자 자고 있으면 그 물방울을 찾아온 일본 병사의 망령이 열을 지어 차례로 받아먹습니다. 그런 장면과 함께 도쿠쇼가 마음속 깊이 묻어둔 오키나와 전쟁의 기억과 전쟁 때 범한 죄의 기억이 되살아납니다.

이런 식으로 정리하니 굉장히 진지하게 들릴지도 모르겠지만, 실제로 읽으면 상당히 코믹한 장면도 있습니다.

다키이 도쿠쇼는 정말 어쩔 수 없는 사람이지요. 자리를 보전하고 있으면서 처음으로 생각하는 것이 '찾아가지 않아서 화를 내고 있을 여자들에게 보낼 사과 편지'니까요(웃음).

다케다 더 심한 사람이 도쿠쇼의 나쁜 친구 세이유입니다. 이

18 메도루마 슌, 『오키나와의 눈물』, 안행순 옮김, 논형, 2013.

사람이 코믹한 조연 역할을 해서 작품에 입체감을 주지요.

도코 전쟁 기억을 어떻게 계승하는가 하는 부분이, 읽으면서 계속 신경 쓰였습니다. 전후문학이라고 하면 피폭 체험을 한 사람이 원자폭탄을 말하거나 오키나와 전쟁에 참가했던 사람이 관련되는 게 제1세대입니다. 하지만 메도루마 슌은 전후에 태어났습니다. 전쟁 체험을 한 사람들의 이야기를 듣고 자란 사람이 전쟁을 어떤 식으로 말하는가, 하는 것이 이 소설의 주제입니다. 도쿠쇼가 전시에 연적을 죽게 내버려두는 충격적인 장면이 있지요.

다키이 정말 형편없어요(웃음).

도코 그런데도 그 이야기는 아무에게도 안 합니다. 도쿠쇼의 전쟁 체험은 '죽게 내버려두었다'는 것이 핵심인데도 말이지요. 그 이야기를 하지 않는 만큼 그 이외의 전쟁 체험을 날조하면서까지 여러 학교에서 강연을 하고, 어떻게 말해야 호평을 얻는가 하는 기술까지 익힙니다. "너무 말을 잘하지 않는 것이 중요"하다고까지 말합니다(웃음). 그 결과 굉장한 인기를 얻습니다만, 말을 하면 할수록 거짓말이 쌓여갑니다. 이건 정말 있었던 일이라고 남에게 말할 수는 없겠지, 하는 저자의 주장도 있다고 생각합니다. 체험자는 사실을 말할 수 없으니까 듣는 사람은 증언을 좀처럼 계승할 수 없습니다. 그렇기에 그 계승의 실패 안에서 무엇을 읽어낼 수 있을지를 생각할 때만이 전쟁 체험이 계승되는 거겠지요. 그 시도로서 이 작품은 대단한 것입니다.

다케다 메도루마 슌은 포스트콜로니얼 문학 같은 것도 상당히 읽어서 잘 알고 있을 거라고 생각합니다. 동시에 그렇기에 연구자들이 자신을 강연에 불러주는 것은, 자신의 작품이 논문으로 쓰기 쉬워서라고 생각한다고까지 쓰는(웃음) 등 상당히 꿰뚫어 보고 있습니다.

그가 굉장한 것은 전중·전후 오키나와의 비참함에 확실한 바탕을 두고서 오키나와 안에 있는 모순이나 위선을 숨기지 않고 쓴다는 점입니다. 조금 전에 도코 씨가 지적한, 도쿠쇼의 위선자 같은 모습에는 그런 것이 통렬히 드러나지요.

도코 상대의 기대에 부응해가면서 점점 거짓말을 거듭하지요.

다케다 그런 부분이 생생합니다. 안 좋은데, 하고 본인도 생각하지만 "그렇지만 박수를 받고 꽃다발을 받고 아이들로부터 따뜻한 말을 들으면 솔직히 기뻤다"라는 것도 현실감이 있습니다. 심술궂은 것은 "집으로 돌아와 사례금을 확인하는 것도 즐거웠다"라고 이어지는 부분입니다. 정말 가차 없습니다.

그렇다고 도쿠쇼를 단죄하느냐 하면 그렇지도 않습니다. 그의 죄책감, 그리고 그것과 구분하기 힘든 기분 좋음이 여러 부분에 나타납니다. 도쿠쇼의 발가락을 병사들의 망령이 빠는 장면도 아이디어로서는 매직 리얼리즘에서 얻은 것일지도 모르지만, 그로테스크한 모습의 망령이 발가락을 빨 때 도쿠쇼는 고통과 동시에 성적 쾌감을 느낍니다. 고통과 쾌락이 혼연일체가 되고, 자신의 의지로는 쉽게 빠져나갈 수 없는 상태가 됩니다. 이는 지금까지 오키나와에 대해 말해온 사람들이 굳이 쓰지 않았던 일이라고 생각합니다.

도코 허울 좋은 말만은 아니지요.

다키이 전쟁 체험을 얘기해달라고 초등학교 선생님이 부탁해도 완강하게 거부하는 사람이 있었다지 않습니까. 하지만 도쿠쇼처럼 자신도 모르게 들뜬 마음에 이야기한 사람도 있습니다. 각각 모두에게 말할 수 없는 부분이 있겠지, 하는 생각을 하게 하면서도 우화 같은 분위기로 이야기가 진행됩니다. 진지하지만 그 안에 우스꽝스러움이 있어야 인간이지, 하고 말하는 화자가 절묘하지요.

도코 팀 오브라이언Tim O'Brien의 『카치아토를 추적하며Going After Cacciato』(1978) 같은 베트남 전쟁물도 패러디나 유머가 있지만 '전장 체험은 말할 수 없다'는 것이 핵심입니다. 메도루마 슌과 약간 비슷하지요. 너무 진지한 이야기를 하기 위해서는 오히려 유머를 입히는 수밖에 없다고 할까요.

다케다 결코 읽기 힘들지는 않지만 굉장히 복잡한 관계를 그린 작품입니다. 그만큼 코믹하게 쓴 것도 오키나와 전쟁을 다 비극으로만 쓰면 그건 아닌데, 하는 감각이 메도루마 슌에게 있기 때문일 겁니다. 비극으로 말하는 것이야말로 작품 안의 말을 사용하면 '진실이 아닌 말', 즉 거짓이 될지도 모릅니다. 전쟁의 비참함을 공유하고 '감동'함으로써 과거를 극복한 것 같은 마음이 들지도 모르기 때문입니다. 역사를 문학적인 카타르시스에 밀어넣는 것도 싫었을 겁니다. 그래서 비참한 사람을 코믹하게 그린, 비극이라기보다는 희비극인 것이지요. 그렇지 않으면 쓸 수 없는 답답함도 있을 거라고 생각합니다.

이 작품에서도 도쿠쇼가 과거의 죄를 극복하고 구원을 얻었느냐 하면, 아무래도 그런 것 같지는 않습니다.

다키이 같은 고향 출신 전우인 이시미네의 망령이 도쿠쇼의 발에서 나오는 물을 마시고 "고맙네. 이제야 갈증이 풀렸어"라고 말하지만요…….

다케다 그 다음이 굉장합니다. "깔끔한 표준어로 그렇게 말하고 이시미네는 웃음을 참으며 경례를 하고 고개를 깊숙이 숙였다"라고 하는 건 양의적입니다. 둘 다 오키나와의 같은 동네 출신인데 표준어로 감사를 표하거든요.

다키이 확실히 위화감이 드네요.

다케다 본심으로 "갈증이 풀렸어!"라고 말하는 거라면 사투리로 할 겁니다. 이시미네의 망령과 도쿠쇼 사이에 정말 통하는 게 있었다면요. 표준어라는 건, 요컨대 군대 용어입니다. 굳이 표준어로 말하고 경례까지 하게 하는 것은 정말 철저합니다. 구원이 있는 것 같지도 않습니다. 도쿠쇼도 특별히 갱생하는 것도 아니고, 술주정뱅이 그대로지요. 이 미적지근하고 답답한 느낌이 오히려 현실적으로 느껴졌습니다.

도코 말의 효과라는 건 있습니다. 「9년 전의 기도」에서도 오이타현 남부의 사투리가 효과적으로 들어가 있는데, 메도루마 슌이 오키나와 말(우치나구치)을 사용하는 것도 무척 좋습니다. 인상적인 것은 도쿠쇼가 현지 아이들에게 말할 때도 표준어로 하지 않으면 통하지 않는다는 점입니다. 그래서 표준어로 말하려고 하는데, 그렇게 되면 말하고 싶은 것을 제대로 할 수 없게 되지요. 하나의 언어가 사라지는 과정을 강하게 느낍니다.

다케다 상당히 의식적으로 그렇게 한 것 같습니다. 다른 오키나와 출신 작가, 예컨대 사키야마 다미崎山多美도 오키나와 말을 사용하여 인상적인 작품을 썼습니다. 그 점은 오키나와 작가들 사이에서도 의견이 갈리는 것 같은데, 메도루마 슌은 『오키나와의 눈물』에서 다음과 같이 말합니다. "나도 「물방울」에서 우치나구치를 일부 썼지만 한정적으로 쓴 것이지 결코 실험적인 방식으로 쓴 게 아니라는 것은 지금까지도 말해왔습니다. '본토' 사람들만이 아니라 오키나와의 젊은 사람들도 대부분 이미 우치나구치를 이해하지 못하게 되었기 때문에 그것을 전제로 해서 썼습니다"라고요. 그가 우치나구치를 쓸 때도 제약을 의식하고 있는 겁니다.

다키이 토착성이 강하고, 오키나와라는 장소를 다시 생각하게 하는 이야기이기는 하지만, 그와 동시에 여기에 쓰인 인간의 모습은 보편적입니다. 우화적으로 써서 어느 시대, 어느 나라에서 읽어도 통하는 이야기라는 점이 저는 좋습니다. 전쟁 피해자 대 가해자, 또는 선인 대 악인이라는 이항대립으로는 나눠지지 않는

회색 지대를 그린 점에서 작가를 신뢰하는 마음도 생겼습니다.

도코 그리고 아마미 군도를 포함한 오키나와 문학을 좀 더 넓게 받아들이면 좋지 않을까 싶었습니다. 해외로 이민한 사람과 그 자손도 그렇지만, 오사카나 도쿄로 나온 사람의 자손으로 소설가가 된 사람에 대해서도 생각해보면 어떨까요? 구체적으로 말하면 마치다 고町田康[19]는 부모가 아마미 출신이라고 하고, 마타요시 나오키又吉直樹[20]도 그렇습니다. 일견 오키나와의 토착적인 것을 사용하지 않는 사람의 작품에도 본토 문화에 대한 위화감이나 표준적인 것과는 다른 이야기의 도입이 보이니까요. 이렇게 생각하면 '오키나와 문학'이란 사실 좀 더 널리 존재하는 게 아닐까요?

아쿠타가와상, 지각 변동

다케다 1980년대의 아쿠타가와상은 '해당 작품 없음'이 무척 많았지요.

---

19 2000년 「기레기레(きれぎれ)」로 제123회 아쿠타가와상을 수상했다.

20 2015년 「불꽃(火花)」으로 153회 아쿠타가와상을 수상했다. 마타요시 나오키, 『불꽃』, 양윤옥 옮김, 소미미디어, 2016.

도코 절반쯤 그랬던 것 같습니다.

다케다 그 시대야말로 무라카미 하루키, 다카하시 겐이치로高橋源一郎, 시마다 마사히코島田雅彦, 요시모토 바나나 같은 사람들이 활약하기 시작하며 일본 문학이 근본적으로 변하고 있던 무렵입니다. 여기서 '해당 작품 없음'을 연발했다는 것은 아쿠타가와상이 시대를 따라갈 수 없게 된 시기가 아니었나 하는 생각이 듭니다.

도코 여기서 수상작의 경향에 지각 변동이 생겼습니다. 1970년대까지의 수상자, 예를 들면 나카가미 겐지中上健次 같은 느낌과 1990년대 이후 수상자의 느낌은 다릅니다. 이쯤에서 아쿠타가와상이 업데이트된 거지요.

다키이 역시 그렇군요.

다케다 1990년대 들어 달라진 것 같습니다.

다키이 2015년 하반기 수상자도 다키구치 유쇼滝口悠生와 모토야 유키코本谷有希子이고요. 상당히 변한 것 같습니다. 최근에는 아주 실망하는 수상자가 없습니다.

도코 이번에 다룬 세 작품은 모두 그런 변화 후에 수상한 것입니다. 다들 일본 문학을 변경이나 섬에서 보고 있습니다. 물론 「ab산고」는 틀어박힌 방에서 본 것이긴 하지만요(웃음). 그런 주변 쪽에서 다시 생각한다는 것은 꽤 흥미로운 경향이지요.

세 사람이 고른, 앞으로 수상했으면 싶은 작가

도코 : 온 유조溫又柔

다케다 : 우에다 다카히로上田岳弘

다키이 : 이시이 신지, 아오키 준고青木淳悟

3

읽기 시작하면 멈출 수가 없는

'나오키상'

대담자

도코 고지 × 미야시타 료 × 이시이 지코

Data

정식 명칭	나오키 산주고상直木三十五賞
주최	공익재단법인 일본 문학진흥회(일본)
시작한 해	1935년(1년에 두 번)
상금	100만 엔

재미있는 게 뭐가 나빠

도코 나오키상은 아쿠타가와상과 함께 굉장히 유명합니다. 일본 방방곡곡의 아무리 작은 서점에서도 나오키상과 아쿠타가와상 수상작은 팔고 있습니다. 하지만 실제로 어떤 상인지, 아쿠타가와상과 나오키상의 차이가 뭔지를 물으면 좀처럼 설명할 수가 없습니다.

조사해보면 아쿠타가와상은 문예지에 실린 순문학 작품을 대상으로 하는 신인상으로 단편이나 중편에 주어집니다. 그러므로 일본에서 순문학 작가가 되려는 사람은 그 정도 길이의 작품을 여러 편 씁니다. 그래서 아카타가와상을 받으면 어떻게든 작가로서 해나갈 수 있겠구나 하는 분위기가 됩니다.

나오키상은 대상 작품이 전혀 다릅니다. 대중소설이랄까 엔터테인먼트 소설이 수상하는 상이고, 대상 작가는 중견이나 그 이상입니다. 때로는 50대나 60대 작가가 받기도 합니다. 요컨대 이미 어느 정도 실적이 있고 앞으로도 써나갈 작가, 다른 상도 받은 작가의 작품에 주어집니다.

미야시타 받기까지가 힘든 상이라는 이미지지요.

도코 저는 솔직히 지금까지 '나오키상 수상 작품을 읽자'라든가 '나오키상 수상 작품이니까 읽자'고 했던 적이 없었는데, 이번에 여러분이 추천해준 작품은 다 좋았습니다.

이시이 그거 참 다행이네요. 도코 씨는 나오키상 이미지가 아니어서 어떻게 읽을까 하는 생각을 했거든요.

도코 어느 작품이나 '재미있는 게 뭐가 나빠' 하는 기분이 들었습니다. 당장 여러분이 추천한 책에 대해 이야기하기로 하지요. 먼저 히가시야마 아키라東山彰良의 『류流』부터 할까요.

타이완의 역사를 우리말로 읽는다

이시이 『류』는 2015년에 나오키상을 받은 작품입니다. 2000년대에 들어선 이후 수상작 중에서도 특히 좋아하는 작품입니다. 나카지마 교코中島京子의 『작은 집』(2010)[21]도 그렇고, 저는 일족의 역사를 그린 소설을 좋아합니다.

---

21 나카지마 교코, 『작은 집』, 김소영 옮김, 서울문화사, 2011.

미야시타 수상작 중에서는 그 밖에 어떤 작품을 좋아합니까?

이시이 쓰지무라 미즈키辻村深月의 『열쇠 없는 꿈을 꾸다』[22]나 아사이 료朝井リョウ의 『누구』[23] 같은, 좁은 세계를 깊이 파내려간 작품도 좋습니다. 하지만 한 권을 꼽으라면 『류』일 것 같습니다.

도코 어떤 점이 좋습니까?

이시이 우선 히가시야마 아키라의 뿌리 자체가 흥미롭습니다. 1968년에 타이완에서 태어나 아홉 살 때 일본의 후쿠오카로 이주한 사람입니다. 『류』의 주인공은 히가시야마의 아버지를 모델로 했다고 합니다. 첫머리에 인용된 "물고기가 말했습니다…… 나는 물속에서 살고 있어 / 당신에게는 내 눈물이 보이지 않습니다"라는 시도 아버지가 지은 것입니다. 자기 가족의 역사를, 픽션을 섞어 쓴 것이지요.

한 가족을 통해 타이완의 역사도 그리고 있습니다. 총통으로 타이완을 오랫동안 지배했던 장제스蔣介石가 사망한 해인 1975년, 주인공의 아버지가 죽임을 당하는 데서 이야기가 시작됩니

22 2012년 147회 나오키상을 받았다. 쓰지무라 미즈키, 『열쇠 없는 꿈을 꾸다』, 김선영 옮김, 문학사상사, 2012.

23 2013년 148회 나오키상을 받았다. 아사이 료, 『누구』, 권남희 옮김, 은행나무, 2013.

다. 할아버지의 죽음을 수수께끼로 간직한 엘리트 고등학생이었던 주인공이 불량 소년이 되고 다양한 사건에 휩쓸리면서 유랑하는 청춘소설이기도 합니다.

그리고 이 작품을 다루고 싶었던 또 하나의 이유는 도코 씨가 읽었으면 해서였습니다(웃음).

도코 그런 환대 정신은 왜죠(웃음)?

이시이 『류』를 읽고 도코 씨가 번역한 주노 디아스의 『오스카 와오의 짧고 놀라운 삶』을 떠올렸거든요. 번역가인 오모리 노조미大森望 씨도 같은 말을 했지만요.

도코 확실히 가까운 점이 있네요.

미야시타 오늘 『오스카 와오의 짧고 놀라운 삶』도 가져왔습니다(웃음).

이시이 히가시야마 아키라와 주노 디아스는 동세대입니다. 태어난 고향을 떠나 다른 나라에서 자랐지만, 이른바 이민 문학과는 전혀 다른 소설을 쓰고 있습니다. 여러 문화를 섞은 작풍이 공통되는데, 그것이 흥미로운 점이지요.

둘 다 서브컬처 지식이 담겨 있고, 말투도 꾸밈없고 발랄해서 젊은 사람들도 즐겁게 읽을 수 있지 않을까요?

도코 저도 『오스카 와오의 짧고 놀라운 삶』과 공통점을 많이 느꼈습니다. 『류』의 주인공은 일본으로 이민한 것은 아니지만, 히가시야마 아키라는 아주 어렸을 때 일본으로 왔습니다. 주노 디아스는 도미니카공화국에서 미국으로 가서 두 언어 사이에서 사고합니다. 『류』에도 중국어가 대량으로 등장하지요.

이시이 그렇습니다. 『오스카 와오의 짧고 놀라운 삶』에 스페인어가 많이 들어가 있는 것처럼요.

도코 예를 들어 밴드 이름이나 등장인물의 발언이 그대로 중국어로서 한자로 쓰여 있습니다.

미야시타 음악의 '블루스'가 '籃調'로 쓰여 있기도 하고요.

도코 그렇습니다. 그래서 히라가나로 일본어 토가 달려 있습니다.

이시이 ‘去死啦[24]’처럼요.

도코 지금 한자를 쓰는 나라는 중국과 타이완, 일본뿐이지요. 그래서인지 일본어 소설에 중국어가 일본 한자로 섞여있어도 그렇게 위화감이 들지 않습니다. 굉장히 자연스러운 느낌으로 두 가지 언어가 섞여 있지요.

최근에 저는 중국어 공부를 하고 있어서 이런 한자를 보면 중국어 발음으로 소리가 들려옵니다. 일본어와 중국어라는 두 가지 울림이 섞여 있고 무대도 타이완, 일본, 중국의 산둥성으로 세 나라에 걸쳐 있습니다. 『오스카 와오의 짧고 놀라운 삶』도 도미니카공화국과 미국을 왔다 갔다 합니다. 둘 다 이민 문학의 전형은 아닙니다. 예전의 이민 문학은 가난한 나라에서 와서 굉장히 고생하고 힘든 일을 겪는 이야기뿐이었는데, 이건 그런 게 아닙니다. 많이 이동하면서 끈질기게 살아가는 모습이 그려져 있지요. 이렇게 새롭고 훌륭한 이민 문학이 일본에서도 나오는구나 생각했습니다.

미야시타 자신의 ‘고국’ 말을 사용해 폴리포닉polyphonic한 분위기를 연출하면서 어느 쪽 언어든 다 알고 있으니 가능한 언어적

---

24 ‘쿠타바레(くたばれ)’라고 읽으며, 그 뜻은 ‘죽다’의 속어인 ‘뒈지다’이다.

월경越境 같은 모험이 시도되고 있습니다. 한자를 아는 일본인이기에 중국어 부분도 그럭저럭 이해할 수 있을 거라는 아슬아슬한 경계를 생각하며 토를 달았겠지요. 그런 의미에서 아까 도코 씨가 말한 '한자 문화권 사람들도 즐길 수 있'게 된 것 같습니다.

도코 한자라는 게 굉장하구나 하는 생각이 들지요.

이시이 표의문자의 흥미로움이랄까요.

도코 중국어 위에 달린 토가 일본어뿐이잖아요. 아래에 중국어 음도 달면 재있을 것 같습니다(웃음). 그렇게 하면 읽기 힘들어 좋지 않을지도 모르지만요.

이시이 엔터테인먼트니까요.

도코 보통이라면 아쿠타가와상이 더 첨단적이고 나오키상이 엔터테인먼트라서 더 느슨할 거라고 생각하기 쉽지만 『류』를 읽으면 그런 생각이 뒤집힙니다.

왜냐하면 이건 일본 문학이 아니니까요. 일본어로 쓰여 있기는 하지만 일본인이 거의 나오지 않고 무대도 거의 일본이 아니거든요(웃음). 그런 사람이 태연한 얼굴로 상을 받고 또 일본에서 많이 팔립니다. 나오키상이 아주 대단한 것을 만들어내고 있는 것 같아서 깜짝 놀랐습니다.

이시이 작가 자신이 해외 문학을 굉장히 많이 읽는 사람입니다.

도코 찰스 부코스키Charles Bukowski를 좋아한다는 이야기를 들은 적이 있습니다.

이시이 중국어도 할 수 있는 사람이고, 일본 문학·해외 문학으로 나누어 읽지 않는지도 모릅니다. 『류』 전에 나온 『블랙라이더』도 굉장히 재미있는데, 거의 코맥 매카시Cormac McCarthy 같습니다. 매카시의 『로드The Road』[25] 같은 세계를 무대로 서부극이 펼쳐집니다.

미야시타 무대가 어디입니까?

이시이 22세기의 미국과 멕시코입니다. 6·11이라 불리는 대재해가 일어난 후 식량 부족을 메우기 위해 인육을 먹는 일이 당연시되고 있다는 설정입니다. 살인귀이자 구세주이기도 한 흑

---

25 코맥 매카시, 『로드』, 정영목 옮김, 문학동네, 2008.

기사 전설을 배경으로 늙은 보안관과 불량배 형제, 그리고 소와 사람 사이에서 태어난 미소년이 일대 활극을 펼칩니다.

『블랙라이더』 다음에 나온 『로맨틱 코미디의 법칙』이라는 소설에는 마리오 바르가스 요사Mario Vargas Llosa의 『새엄마 찬양Elogio de la madrastra』[26]이 인용되어 있습니다. 미스터리나 SF라는 장르소설을 좋아하는 사람뿐 아니라 문학을 좋아하지만 평소 나오키상 수상작을 읽지 않는 사람도 히가시야마 아키라의 작품을 읽어보기를 바랍니다. 특히 『류』는 가족 이야기라 그의 소설을 처음 접하는 사람도 쉽게 읽을 수 있습니다. 누구에게나 가족은 있으니까요.

도코 『류』의 야쿠자 같다고 할까요, 가족을 위해서라면 목숨도 내놓고 형님과 아우 같은 관계를 맺는 의리의 세계 같은 것도 저는 아주 좋아합니다. 자신의 형님뻘이라든가 신세진 사람은 모두 가족이다, 같은 감각이지요. 그리고 불량배가 기장을 길게 고친 일본 교복을 입고 있는 것도 재미있습니다. 불량배 문화가 타이완으로도 흘러갔구나 싶고 말이지요.

이시이 저는 영화 〈박치기!〉가 떠올랐습니다.

---

26 마리오 바르가스 요사, 『새엄마 찬양』, 송병선 옮김, 문학동네, 2010.

도코 또 『류』를 읽으면서 크게 느낀 것은 타이완에 대한 일본인의 무지입니다. 그것을 소설 형식으로 보충하려는 작가의 의지가 아주 많이 느껴졌습니다.

이시이 내성인과 외성인[27]의 불화라든가 하는 것도 그다지 잘 모르지요.

도코 내성인은 일본 통치하에서 자랐기 때문에 일본어도 할 수 있고 일본에 대한 반발심도 그렇게 크지 않지만, 외성인은 전후에 타이완으로 이주한 사람들이라 역사도 언어도 전혀 다릅니다. 이 작품을 읽어나가면 그런 것도 점차 알게 됩니다.

그리고 온 유조의 『타이완에서 나고 일본어로 자라고』라는 책이 있는데, 이 사람의 가계는 내성인입니다. 히가시야마 아키라는 외성인의 입장이어서 서로 시점이 전혀 다른데, 비교해서 읽으면 더 재미있습니다.

이시이 복잡하고 비극적이기도 한 역사를 말하는데도 전혀 설

27 타이완은 한족(漢族)이 총인구의 약 98퍼센트를 차지하고, 나머지는 타이완 원주민으로 약 2퍼센트를 차지한다. 98퍼센트의 한족 중 84퍼센트는 명·청 시기부터 이주해온 대만인, 곧 내성인(內省人)이고, 14퍼센트는 1949년을 전후해서 국민당 정부와 함께 이주해온 대륙인(大陸人) 곧 외성인(外省人)이다.

교 냄새가 안 나는 점도 훌륭합니다. 활기가 넘치는 여성 인물이 많은 것도 아주 좋아하는 점이지요. 말도 잘하고 생명력이 있으며 자신의 의사도 분명합니다.

미야시타 특히 직접화법이 아주 생생하지요. 그래서 읽기 쉽습니다. 타이완의 백색테러라든가, 들어는 봤어도 내용은 막연하게만 아는 시대의 이웃 나라 사람이 어떻게 살았는가 하는 건 좀처럼 접할 수 없는 스토리라고 생각합니다. 픽션에서 감명을 받고 사실을 다루는 역사학으로 들어가는 사람도 적지 않거든요. 그런 의미에서 『류』는 픽션이지만 타이완의 역사로 들어가는 입구가 될 수도 있다고 생각했습니다.

변방의 하드보일드

도코 같은 나오키상 수상작으로 아시아가 관련된 작품이라면 가네시로 가즈키金城一紀의 『GO』[28]도 좋아하는데, 재일한국인의 생활이 청춘물로서 불쾌감을 주지 않게 그려져 있습니다. 『GO』와 함께 2000년 상반기에 나오키상을 동시 수상한 것이 다음 책

---

28 가네시로 가즈키, 『GO』, 김난주 옮김, 북폴리오, 2006.

인 후나도 요이치船戸与一의 『무지개 골짜기의 5월』[29]입니다. 『류』는 타이완이었지만 『무지개 골짜기의 5월』은 필리핀 이야기입니다.

미야시타 나오키상은 작품에 주는 상이지만, 작가가 그때까지 이룬 업적에 대한 표창이기도 하다는 이미지가 있습니다. 전기적 사실까지 포함한 소개가 재미있었던 작가는 데라우치 다이키치寺内大吉나 사토 겐이치佐藤賢一, 후나도 요이치였습니다. 그중에서도 후나도 요이치는 내내 세계의 변경과 분쟁을 그려온 작가로, 제3세계의 문학사를 공부하는 사람으로서는 친근감도 있어서 이번에 가져왔습니다.

후나도 요이치는 와세다대학의 탐험부 출신으로, 졸업한 후에는 일단 출판사에 근무하기도 했습니다. 그런데 곧 그만두고서는 세계를 방랑하고 귀국해서 다시 출판사에 근무하고 또 방랑하기를 되풀이하다가 드디어 프리 르포라이터, 이어서 소설가가 된 사람입니다.

이시이 원래 논픽션을 쓰던 사람이군요.

---

29 후나도 요이치, 『무지개 골짜기의 5월』, 한희선 옮김, 시작, 2008.

미야시타　예, 도요우라 시로豊浦志朗라는 이름으로 『반叛미국사』 같은 책도 썼습니다. 그리고 소토우라 고로外浦吳朗라는 이름으로 『고르고 13』의 원작도 썼습니다. 『반미국사』도 그렇지만, 깨끗한 도시보다는 변경의 도박장을 좋아하고, 아무튼 특이한 작가인 것 같습니다.

그런 그의 작품에서도 다소 특이한 것이 『무지개 골짜기의 5월』입니다. 이 작품까지는 남미, 위구르, 서사하라, 동유럽 등 해외의 분쟁 지역이 무대이고, 대체로 일본인 무법자가 주인공이었습니다. 그러다 이 작품 전후로 후나도 요이치의 관심은 일본 근대로 향한 것 같습니다. 그런데 『무지개 골짜기의 5월』의 주인공은 자피노라 불리는 일본과 필리핀의 혼혈 소년 도시오입니다. 현지 아이가 주인공인 것은 후나도의 작품에서는 드문 일입니다.

무대는 필리핀의 세부섬입니다. 도시오는 할아버지와 투계용의 싸움닭을 키워 생활하고 있습니다. 세부섬은 민족의 독립운동이 격렬한 지역입니다. 그리고 그 정글 안에는 원형 무지개가 뜨는 전설적인 명승지 '무지개 골짜기'가 있습니다. 그런데 다들 가는 방법을 모릅니다. 무지개 골짜기로 가는 길을 아는 사람은 단 한 사람 도시오뿐입니다. 그리고 무지개 골짜기에 이르는 정글에는, 살아남은 신인민군인 호세라는 고독한 혁명가가 살고 있습니다. 말하자면 도시오와 호세가 선인 측입니다.

후나도 요이치 작품의 진면목은 악인 측에 있습니다. 예컨대 일본인과 결혼한, 퀸이라 불리는 실비아입니다. 그녀는 자신의 몸조차도 교섭 도구로 삼습니다.

이시이 하지만 키스는 못하게 하지요(웃음).

도코 그 느낌은 완전히 『고르고 13』이네요(웃음).

미야시타 게다가 뇌물로 부패한 현지 관헌 바르가스, 당국 측의 관료적이고 융통성 없는 모습을 자주 드러내는 국민경찰군 바야보 같은 악인들이 나옵니다. 원래라면 자연이 아름다워야 할 '무지개 골짜기'에 호세가 숨어있으니, 악인들은 모두 욕망에 사로잡혀 도시오에게 데려가 달라고 하는데, 그때마다 총격전이나 살육전이 벌어집니다.

후나도 요이치의 작품은 아마 욕망을 그리고 있을 겁니다. 어떤 작품을 읽어도 무대를 바꿔가며 특히 남자의 욕망, 즉 금전욕과 육욕이 그려져 있습니다. 아무리 깨끗한 사람이라도 그것들에 먹히는 세계인 것이지요. 저는 후나도 요이치의 작품 중에서도 19세기 샤쿠샤인의 난[30]으로부터 100년 후쯤의 홋카이도를

---

30 1669년 6월 시부차리(현 홋카이도의 시즈나이초)의 수장 샤쿠샤인을 중심으로 일어난, 마쓰마에(松前)번에 대한 아이누 민족의 대규모 봉기.

무대로 아이누들의 독립운동을 그린 『에조치 별건別件』을 좋아합니다. 그런데 이 작품에는 후나도가 그린 욕망이 아주 뚜렷하게 드러나 있습니다. 아이누 소란을 이용하여 유라시아의 반대쪽에서 조국 독립을 꾀하는 폴란드 귀족도, 아이누를 학대하는 일본인도, 맹인이 된 주인공이 요에서 허우적거리다 맞이하는 죽음도, 사람의 욕망이 다다르는 곳에는 무상밖에 없다는 후나도의 철학 같은 것을 잘 보여준다고 생각합니다.

그에 비해 『무지개 골짜기의 5월』은 주인공 도시오가 과격하지만 순수하여 무척 알기 쉬운 인물이고, 마지막까지 그 순수함을 잃지 않기 때문에 다소 이색적인 작품입니다. 그렇기에 나오키상 수상으로 이어진 걸 거라고 생각합니다. 무척 허구적인 순수함을 가진 주인공을 배치함으로써 욕망으로 더럽혀지고 썩어빠진 후나도의 세계가 무척 알기 쉽게 정리되어 있다는 인상입니다.

이시이 그리고 나오는 음식이 신기합니다. 게릴라용 비상식량인 박쥐 고기 말린 것이라든가, 아무튼 먹어보고 싶어졌습니다.

미야시타 다른 작품도 무대가 온통 변경들이라 여러 가지 음식이 나옵니다. 취재를 가면 작품의 지역성을 두드러지게 하기 위해서라도 소설에 현지 음식을 등장시키고 싶겠지요. 다만 여러 가지 음식이 나오는데 등장인물들은 그것들을 오로지 영양 보급만을 위해 입에 쑤셔넣습니다(웃음). 아마 후나도의 작품에 나오는 남자들에게 식욕은 나중 문제일 겁니다.

이시이 저는 묘하게 맛있어 보이던데요.

미야시타 확실히 바르가스의 식사는 맛없어 보였지만 다감한 도시오의 식사는 맛있어 보였을지도 모르겠네요. 아무튼 후나도 요이치는 일본을 대표하는 하드보일드 작가라고 말할 수 있을 것 같습니다.

도코 다른 작품도 그런 분위기인가요?

미야시타 대체로 그런 느낌입니다(웃음). 좋아하는 사람이라면 아주 좋아할 분위기지요. 그렇기에 『무지개 골짜기의 5월』은 소년이 주인공이라는 것만으로도 이색적입니다. 여느 작품 같았다면 '도시오 역시 욕망에 물들었다'는 느낌으로 끝났을 겁니다.

이시이 후나도 요이치 입문편이라는 느낌이지요. 이것이 마음에 든다면 좀 더 진한 것이 기다리고 있다는 듯이요.

미야시타 구제 불능인 방향으로 오라는 얘기가 되겠지요(웃음).

도코 후나도 작품의 매력은 여러 가지가 있겠지만, 예컨대 순문학에 비해 스토리가 명확합니다. 위기가 있고 분투가 있고 동료가 도와주러 오거나 해서 그럭저럭 벗어나면 다시 위기가 찾아와 다음에 어떻게 될까 하고 점점 읽게 만듭니다. 인간의 근원적인 욕망 중에는 이야기 욕구가 있는 것 같습니다. 순문학에는 그런 것을 억제해야 한다는 불문율이 있다고 생각하는데, 역으로 후나도 요이치의 작품은 이야기 욕구의 덩어리 같습니다.

이시이 언제나 클라이맥스지요.

도코 그렇습니다. 처음에 말했다시피 읽고 있으면 '재미있는 게 뭐가 나빠' 하는 생각을 하게 됩니다. 그건 그것대로 기분 좋습니다. 그리고 시작 부분에서는 도시오가 금방 속기도 하는 등 상당히 얼간이처럼 그려지잖아요. 약아빠졌구나 하고 생각했는데 하권까지 읽으면 그는 굉장히 성장합니다. 독자에게 그 성장을 체감시켜주기 위해 굳이 전반에서 얼간이로 만든 것이지요. 그래서 이 작품은 하드보일드인 동시에 롤플레잉 게임roleplaying game 같다고도 할 수 있습니다.

미야시타 성장담이라는 건가요?

도코 바로 그렇습니다. 문제가 일어났을 때 주변 사람에게 물으면 반드시 모든 수수께끼가 풀립니다. 어차피 너는 죽지 않을 운명이니까 가르쳐주지, 하고 악인이 전부 이야기해주지요(웃음). 게다가 긴 작품이라 독자가 이 내용을 잊었나 싶을 무렵이면 다시 한번 설명해줍니다.

이시이 엄청 친절하지요.

도코 그래서 독서에 그다지 친숙하지 않은 사람도 점점 읽어나갈 수 있게 되어 있습니다. '재미있는 게 뭐가 나빠', '친절한 게 뭐가 나빠' 하는 식으로 만들었지요. 이야기의 현실성을 파고드는 사람이 있을지도 모르겠지만, 그런 부분은 저자가 면밀히 조사해서 디테일을 채우고 있어 그렇게까지 이상하다고는 느껴지지 않습니다.

이시이 독자를 즐겁게 만드는 데 철저하지요.

도코 다음으로는 『류』 때도 나온 '일본'에 대해서입니다. 『무지개 골짜기의 5월』을 읽으면서 중남미 문학을 읽는 듯한 기분이 들었습니다. 바르가스 요사라든가 가르시아 마르케스라든가 여러 작가가 있지만, 공통되는 것은 '맞은편'에 항상 미국이 보인다는 점입니다. 예를 들어 마르케스의 『족장의 가을El otoño del patriaca』(1975)에서도 결국은 미국이 지지하지 않았다면 작중의 독재정권이 장기간 이어지지 않습니다. 요컨대 굉장한 변방이고 정보도 적은 곳에 살고 있는 사람이 더욱 미국의 진짜 모습을 알고 있고, 세계가 지금 어떤 상태인지도 잘 보고 있는 상황인 겁니다.

후나도 요이치도 그러한데, 일본에 있으면 보이지 않는 일본의 모습을 필리핀의 변경을 무대로 그리고 있습니다. 게다가 무대인 세부섬은 다언어 지역입니다. 영어, 타갈로그어, 비사야어, 일본어가 어지러이 오갑니다. 변경이 제일 국제적인 세계인 셈이지요. 더구나 자본주의의 본질이 보이는 장소로 그려지고 있습니다. 일본인이 그런 필리핀을 무대로 거의 필리핀인밖에 나오지 않는 소설을 썼다는 것도 『류』와 비슷합니다.

미야시타 퀸은 상징적입니다. 일본의 돈을 이용해 세부섬에 물건을 뿌리기도 합니다.

이시이 일본이 부자 나라로 그려져 있는데, 거품 경제는 붕괴되었지만 그 무렵에는 지금보다 경기가 좋았구나 하는 생각을 했습니다(웃음). 시대가 1998년부터 2000년까지로 설정되어 있으니까요.

도코 등장인물들은 일본을 미워하면서도 욕망하잖아요. 필리핀 사람들에 대한 일본의 압도적인 권력을 느끼게 됩니다. 돈이 있는 나라와 없는 나라가 굉장히 가까이 있다는 게 어떤 것일까, 생각하게 되지요. 중남미 문학에서 미국이 그려지는 방식과 『무지개 골짜기의 5월』에서 일본이 그려지는 방식은 굉장히 비슷합니다. 필리핀은 스페인의 식민지였던 적도 있어서 '아시아의 중남미'라 불리기도 하고 말이지요. 좌익 게릴라가 있는 것도 비슷합니다.

미야시타 이슬람도 있습니다. 후나도 요이치는 2015년에 세상을 떠났는데, 죽기 전에 마지막으로 쓴 책이 된 『만주국 연의』(전 9권)는 4형제가 각각 만주국의 관료와 스파이, 군인이 되는 이야기여서 일본에 더욱 다가선 것입니다.

이시이 하나같이 두껍습니다. 읽어보면 줄 바꾸기가 많고 읽기 쉬워서 페이지가 술술 넘어가지만, 겉보기에는 어느 것이나 딱딱하지요.

도코 『무지개 골짜기의 5월』은 작가가 굉장한 속도로 썼다는 것을 알 수 있는 문체예요.

미야시타 극화劇畫 같습니다. 문장에는 그렇게까지 흥미가 없고, 눈앞에서 벌어지는 상황을 카메라/붓으로 좇고 있는 듯한 인상이지요.

도코 문장 표현에는 흥미가 거의 없고, 사용할 수 있다면 상투적인 표현도 계속 씁니다. 아무튼 앞으로, 앞으로 가려는 느낌인데, 이것도 순문학으로 썼다면 꾸중을 들을 법한 수법입니다. 하지만 상투적 표현이 주는 속도감이 기분 좋습니다. 모르는 점이 하나도 없고 말이지요(웃음).

미야시타 뒤로 가서 다시 읽는다거나 메모를 하거나 하지 않아도 읽을 수 있지요.

도코 그래도 등장인물들이 굉장히 생생합니다. 이는 매력이지요. 호세라는 인물은 특히 알기 쉽습니다. 이상하게 강하지요. 경찰, 군, 살인 청부업자, 도베르만 등 여러 상대와 혼자 싸워 거의 연전연승을 거두는데, 람보보다 훨씬 대단합니다(웃음). 그리고 "싸워야 할 운명이라서"라고 말합니다.

이시이 남자의 로망 같은 영웅상이지요.

미야시타 후나도 요이치의 특징은 지금까지 있던 하드보일드 형식 그대로, 그 무대를 일본에서 굉장히 먼 변경 지역으로 설정한 일이겠지요. 남미, 동유럽, 이슬람 문화권, 필리핀, 베트남, 캄보디아 등 다양한 지역의 깊은 곳이 각각 무대가 되었습니다. 작품에 떠도는 변경이라는 특성이 인기의 비결이 되었고, 논픽션일 법한 것을 픽션으로 씀으로써 수많은 독자를 얻은 게 아닐까 생각합니다.

'진정한 말'을 찾아서

도코 이어서 구루마타니 조키쓰車谷長吉의 『아카메시주야타키정사 미수赤目四十八瀧心中未遂』입니다. 이 작품을 가져온 이유는 이렇습니다. 이전에 요시카와 야스히사芳川泰久 씨와 노벨문학상에 대해 대담했을 때 무라카미 하루키 이야기가 나왔습니다. 그때 어느 정도 추상화되고 영어의 영향을 강하게 받은 국제적인 양식의 일본 문학이 세계로 퍼져나가는 것은 당연한데, 그 이면에 일본어의 특수성과 번역할 수 있을까 하는 것들을 추구하는 사람들이 있다고 요시카와 씨가 말했습니다. 그때 이름이 나온 사람이 마치다 고와 구루마타니 조키쓰였습니다. 하루키의 작품만이 아니라 『아카메시주야타키 정사 미수』 같은 소설이 세계에서 읽히게 되면 일본 문학의 미래는 밝은 게 아닐까 하는 이야기였기 때문에 요시카와 씨가 그렇게까지 말한다면 읽어보자고 해서 추천해봤습니다.

이시이 굉장히 높은 평가로군요.

도코 그런데 진짜 재미있었습니다. 이 작품은 원래 좋은 대학을 나와 광고대리점에 들어가 세련된 생활을 하던 남자가 주인공인데, 말에 내용이 없는 생활에 도저히 익숙해지지 않아 회사를 그만둡니다. 샐러리맨이 지향하는 중류 생활은 가짜 서양인 생활이다, 그런 데에 진짜는 없다, 하며 진짜 말, 가슴속 깊은 데서 짜내는 피투성이가 된 말을 찾아 일본 전역을 유랑하며 아마가사키의 가장 빈곤한 지역으로 들어갑니다. 꼬치구이집 아주머니에게 고용되어 오로지 병으로 죽은 돼지 같은 고기들을 꼬치에 꿰는 생활을 시작합니다. 전에 매춘부였던 여자나 재일한국인, 전과자 같은 사람들이 그곳에 모여들어 껄끄럽게 살면서 서로의 마음이 이리저리 뒤섞여갑니다.

이 작품의 어디가 어떻게 재미있는지 설명하기는 어렵지만, 일단 문장이 혼종적인 느낌이 듭니다. 어떻게 혼종적인가 하면

1998년에 나오키상을 받은 작품인데도 마치 메이지 문학 같은 문장입니다. 한자도 어렵고 표현도 이상하게 고색창연합니다.

미야시타 '그러나しかし'를 계속 '그러나併し'라는 한자로 쓰지요.

이시이 '○○라고 생각했다思った'를 '○○라고 생각했다思うた'라고 쓰기도 하고요.

도코 그렇습니다. 구루마타니 조키쓰는 효고현 히메지 출신인데, 간사이 지역의 구어와 메이지 문학과 현대 말이 섞여 있기 때문에 소설 전체에 이상한 분위기가 감돕니다.

게다가 주인공은 도쿄 니혼바시의 광고대리점에 근무했다거나 교토에 있었다는 이야기도 나오는데, 작중에서는 거의 아마가사키의 굉장히 좁고 난방도 안 되는 낡아빠진 방에 있을 뿐입니다. 거기서는 죽은 돼지의 고기를 꼬치에 꿰는 일만 합니다. 정말 놀라운 미니멀리즘이 아닐 수 없지요(웃음). 그런데 장소도, 하는 일도 한정되어 있지만, 읽고 있으면 굉장히 공간이 확장되는 것을 느낍니다. 그 방을 중심으로 맞은편 방에 사는 문신술사 아저씨나 그의 정부情婦로 재일한국인인 아야코가 뒤얽혀 있습니다. 그리고 아야코의 오빠가 조직의 돈을 써버렸다는 이야기라든가 재일한국인의 괴로운 처지 이야기가 섞여듭니다. 그리고 주인공의 고용주인 세이코 아주머니는 원래 미군을 상대하던 매춘부였다는 이야기에서 미국과 일본의 관계도 섞입니다. 정말 호화롭지요. 그리고 아마 예순 살쯤 되는 꼬치구이집 세이코 아주머니도 갑자기 주인공에게 성적으로 접근하는 등 뭐라 말할 수 없을 정도로 생생한 장면도 여러 군데 나옵니다.

일반적으로 생각하면 아쿠타가와상을 받아야 하는 게 아닐까 싶은데 왜 나오키상을 받았을까요?

이시이 『아카메시주야타키 정사 미수』가 나오키상을 수상했을 때 아쿠타가와상은 하나무라 만게쓰花村萬月의 『게르마늄의 밤』이 받았습니다. 그거야말로 거꾸로 된 게 아니냐며 당시에도 화제가 되었지요.

도코 다만 이 작품은 아시아를 제대로 봤다는 점에서 지금까지 봐온 나오키상 수상작과 같습니다. 타이완, 필리핀이었다가 이번에는 일본의 재일한국인과 빈곤층입니다. 유럽을 지향하는 화려한 문학과는 전혀 다르지요. 구루마타니 조키쓰가 그걸 그려내는 가장 좋은 방법으로 생각한 게 메이지 문학을 본뜨는 것이 아니었을까요?

이시이 명사로 끝내는 방식이 이상합니다. 이상한 리듬이 있지요. 「뭔가 「또 하나.」 의욕을 찾을 수가 없었다」라든가요. 수수께끼 같은 낫표가 많이 나옵니다. 「삶의 내용물.」이라든가 말이지요.

도코 「나에게 확고한 「나.」가 있었던 것은 아니다」 같은 것도 있지요. 「그런 「원령.」에게 들린 생활이」도 굉장합니다. 「아마가사키는 「온도가 없는 마을.」」이라든가, 정말 이게 뭐지(웃음) 하는 느낌이지요.

미야시타 그 부분만 빼놓고 보면 록의 가사 같습니다.

도코 작가는 뭐든 알고 있을 듯한 사람인데도 일부러 문장을 이상하게 만들었습니다.

이시이 『문사의 혼·문사의 생망량文士の魂·文士の生魑魅』이라든가 굉장히 재미있는 독서 에세이도 썼고, 책을 엄청나게 많이 읽는 사람이기도 합니다. 그런데도 자칫하면 굉장히 촌스러워질 것 같은 선택을 굳이 합니다.

도코 작품이 일관된 미의식으로 관철되어 있어 익숙해지기 전까지는 기분 나쁘지만 점점 기분이 좋아집니다. 이상한 문장이지만 아름답지요.

미야시타 읽으면서 저는 구라하시 유미코倉橋由美子를 떠올렸습니다. 내용이나 주제는 다르지만 작품의 말투가, 내용은 물론이거니와 문장 표현에 다가섬으로써 저절로 선택되고 있다는 느낌이 비슷합니다. 독자가 그 궤도에 올라타기만 하면 다음에는 어떤 말이 나올까 하며 질질 끌려가는 식으로 쓰였지요.

이시이 문장의 밀도가 굉장합니다. 이 작품은 나오키상을 받았고, 마찬가지로 근대문학을 본뜬 것 같은 니시무라 겐타西村賢太의 『고역 열차苦役列車』[31]는 아쿠타가와상을 받았습니다. 니시무라 겐타의 사소설이 훨씬 더 엔터테인먼트성이 높은 것 같지만요.

도코 시대가 변한 것 아닐까요? 21세기가 되어 유럽을 그다지 우러러보지 않게 되자 구루마타니 조키쓰가 문학의 모험으로 인식된다고 할까요.

---

31 니시무라 겐타, 『고역열차』, 양억관 옮김, 다산책방, 2011.

미야시타　구루마타니 조키쓰가 나오키상을 받았을 때 마지막까지 양석일梁石日의 『피와 뼈』[32]와 다퉜다고 합니다. 비슷하지는 않지만 임파스토 같은 느낌은 유사합니다.

이시이　다시 아시아네요.

도코　아무튼 『아카메시주야타키 정사 미수』는 읽고 있으면 숨이 막힙니다. 주인공이 살짝 판단을 잘못하면 죽임을 당할지도 모르는 장면이 꽤 있거든요. 『무지개 골짜기의 5월』에도 발언을 잘못하면 제거당할지도 모르는 숨 막히는 장면이 있었지만, 그것은 필리핀이잖아요. 그런데 『아카메시주야타키 정사 미수』의 무대는 아마가사키로 일본인데도 하드보일드 감각이 예사롭지 않습니다(웃음).

미야시타　그걸 떠받치고 있는 것이 때때로 나오는 중국어 표현이나 '시시무라'[33] 같은 낡고 무거운 일본어인 것 같습니다. 그런 말을 이어서 세계관을 구성하고 있지요.

이시이　아마가사키 사람이 이 작품을 읽으면 화나지 않을까요?

32　양석일, 『피와 뼈 1·2』, 김석희 옮김, 자유포럼, 1998.

33　'시시무라(ししむら)'는 '살덩이'라는 뜻이다.

도코 이걸 읽은 후에 아마가사키 출신자에게 "아마가사키는 어떤 곳입니까?"라고 물었더니 "고등학교 친구 중 반은 건설 인부, 반은 야쿠자가 되었습니다"라고 바로 『아카메시주야타키 정사 미수』 같은 대답이 돌아왔습니다.

이시이 개그맨 콤비 다운타운[34]이 아마가사키 출신입니다. 그 사람들의 콩트에는 이상한 아저씨가 굉장히 많이 나오는데, 아마 실제로 아마가사키에 있는 사람이 모델일 겁니다.

도코 그것도 물어봤습니다. "다운타운은 어떤 느낌입니까?"라고요. 그들의 콩트는 동네 문화를 전국에 전하기 위한 것이라고 했습니다. 아마가사키에서 자라지 않은 사람에게는 부조리하게 보일지도 모르지만, 본인들에게는 흔히 있는 일을 하는 거겠지요. 그게 겉보기에는 도마뱀인데 진지하게 설교하는 '도마뱀 아저씨'가 되는 거지요(웃음).

이시이 그런 사람들이 정말 있을걸요(웃음).

도코 그런 이야기를 들으면 『아카메시주야타키 정사 미수』는

---

34 1963년생 동갑내기 하마다 마사토시와 마쓰모토 히토시로 구성된, 일본을 대표하는 콤비 개그맨.

현실적이라는 생각을 하게 됩니다.

미야시타 그리고 주인공의 캐릭터가 좋지요.

도코 거품 경제 시기에서 불황인 시대가 되어도 허울 좋은 말이 일본을 계속 점령하지 않았습니까? 그런 시대에 주인공은 말이 안 되는 말이나 자신도 도저히 알 수 없는 것에서 나오는 말을 찾아 헤맵니다. 의지가 굉장히 강하지요. 하지만 동시에 주인공은 역시 인텔리입니다. 쭈욱 아마가사키에 사는 사람들에게는 "당신은 여기에 있을 사람이 아니야"라는 말을 듣습니다. 표현을 좀 바꾸자면, 여기서 이루어지고 있는 것은 일종의 문화인류학입니다. 주인공은 아마가사키 사람들 속으로 들어가 관찰하고 있는 셈이지요.

이시이 처음에 읽었을 때는 주인공에게 좀 짜증이 났습니다. 인텔리가 일부러 빈곤 지역으로 떨어지는 것이니까요. 세이코 씨나 아야코 씨는 그곳에서만 살 수 있는 사람이잖아요. 하지만 주인공처럼 할 말을 갖고 있는 사람이 들어오지 않으면 그 세계를 그려낼 수 없습니다. 그런 점도 생각하게 합니다.

도코 생생한 말이 잔뜩 있지요. 그중에서도 아야코 씨의 편지는 대부분 히라가나입니다.

미야시타 "내일, 오사카 순환선 덴노지역 홈으로 와주세요. 낮 12시, 그게 안 된다면 저녁 7시에요. 아야코"[35] 라는 문장에 쓰인 한자가 총 다섯 개밖에 안 됩니다.

도코 한자를 이 정도밖에 쓸 수 없는 사람이겠지요. 교육을 받지 못해서인지, 이민자의 집에서 자라 부모도 일본어를 할 수 없어서인지 궁금했습니다. 아마 양쪽 다겠지요.

그리고 옆방에 매춘부가 남자를 데려왔을 때 그녀가 내는 수수께끼 같은 신음 소리를 생각해보세요. "오쓰타이가나아, 우로탄리리모오……"[36]라고 하는데, 뭐라고 하는지 전혀 모르겠지만 생생합니다.

미야시타 오키나와 말인가 하고 상상하며 읽었습니다.

---

35 「あした、大阪かんじょうせん、天のうじえきのホームへ来てください。ひるの12じか、むりだったら、夕がたの7じに。あや子」 보통 '순환선', '덴노지', '역', '낮', '시', '저녁' 같은 단어는 한자로 표기하나 이 편지글에서는 이 단어들을 모두 히라가나로 표기했다.

36 거꾸로 읽으면 나가이 다쓰오(永井龍男), 모리 린타로(森林太郎)다. 둘 다 소설가인데, 모리 린타로는 모리 오가이(森鴎外)의 본명이다(대담자들은 아직 모르고 있는 것 같다).

도코 확실히 재일한국인 커뮤니티와 오키나와 커뮤니티는 가까운 곳에 있는 경우가 많으니까요. 아마가사키도 그렇고, 가와사키도 그렇고요. 그런 세계인지도 모르겠습니다. 어느 쪽이나 공업지대니까요.

이 작품에는 그렇게 고생하는 사람들을 착취하는 부분도 있을지 모르지만, 문학이란 근본적으로 그런 것이지요. 죄가 많다고 할까요. 히가시야마 아키라도, 후나도 요이치도 쓰고 있는 대상에 거리감은 있습니다. 하지만 세 작품 모두 철저하게 관찰하여 다가가려는 자세를 통해 그 앞에 있는 진실에 닿으려고 발버둥치고 있다고 생각합니다.

미야시타 보기에 따라서는 주인공이 각각 제멋대로인 구석이 분명히 있습니다.

분열된 일본, 분열된 문학상

도코 여기까지 이야기하면서 나오키상이란 어떤 상일까 생각해봤습니다. 일본은 역사적으로 항상 두 방향을 향해 왔다고 생각합니다. 그중 하나는 미국을 포함한 유럽입니다. 그것은 메이지 시대 이후 내내 고급 문화로 받아들여졌지요. 또 하나는 가까운 여러 아시아 국가들과 그 연장선상에 있는 중남미나 제3세계입니다.

이를 바탕으로 이번에 읽기로 한 작품들을 읽으면 아쿠타가와상이란 결국 프랑스 문학이나 영국 문학 같은 것을 일본어로 쓰려고 하는 사람을 칭찬해주는 상이 아닐까 하는 생각이 들었습니다. 한편 나오키상은 구루마타니 조키쓰의 작품에서 말하자면 불교적 사생관이기도 하고, 히가시야마 아키라의 작품이라면 타이완이고, 후나도 요이치의 『무지개 골짜기의 5월』이라면 필리핀 같은 부분에서 아시아나 아시아적 감각, 요컨대 일본에서 본 일본만이 아니라 아시아에서 본 일본이라는 시점이 있는 것 같습니다. 일본은 아시아인데도 유럽의 일부라는 망상을 갖고 있습니다. 즉, 아시아와 유럽 사이에서 정신이 분열되어 있다고 생각하는데, 그 분열이 이 두 상에 드러나 있는 것 같습니다.

단순히 순문학과 엔터테인먼트라는 구분이 아니라 일본인이 두 방향으로 분열되어 있기에 두 상이 있는 거라고 생각해보면 재미있지 않나요?

미야시타 "이 소설 읽었어"라고 잘난 척하며 남에게 말하지 않을 듯한 소설이 꽤 수상했습니다. 남에게 자랑은 할 수 없지만 재미있는 작품이라고 할까요. 정직한 작품이 많습니다.

도코　오사와 아리마사大沢在昌의 『무간인형 신주쿠 상어 4』[37]를 읽었지만 사람들한테 말하지는 않았습니다(웃음).

이시이　그 책을 읽는 도코 씨를 상상할 수가 없네요(웃음).

도코　그러니까 나오키상의 특징은, 아카데믹한 세계에서는 읽어도 그다지 자랑할 수 없는 것인지도 모릅니다. 예를 들어 수상자 목록을 보면 의외로 이로카와 다케히로色川武大[38]라든가 다나카 고미마사田中小実昌[39] 등 제가 좋아하는 작가들이 있습니다. 하지만 많이 읽었어도 그들에 대해 논문을 쓰려고는 생각하지 않는 사람들입니다.

미야시타　논문으로 쓰기에는 아주 힘들 것 같은 작가들이기도 하네요.

도코　이런 인텔리 세계에서 평가받기 힘든 사람들에게 계속 상을 준다는 것은 훌륭한 일이고, 역으로 그렇게 함으로써 해외

37　1993년 제110회 나오키상을 받았다.

38　1978년 『이혼(離婚)』으로 제79회 나오키상을 받았다.

39　1979년 『미미(ミミのこと)』, 『료쿄쿠사 아사히마루 이야기(浪曲師朝日丸の話)』, 이 두 작품으로 제81회 나오키상을 받았다.

문학을 좋아하는 인텔리 같은 사람들이 얼마나 서구만을 보고 있는지 잘 알 수 있습니다.

일본에서 해외 문학을 좋아한다고 하면서도 미국, 영국, 프랑스, 독일, 러시아 이외의 나라 작품은 읽지 않는 사람이 많습니다. 최근《책의 잡지本の雑誌》라는 잡지에서 '신간 무턱대고 가이드'라는 신간 소개를 연재하고 있는데, 한국 문학이나 중국 문학을 다뤄도 독자는 전혀 반응을 보이지 않습니다(웃음). 그런 것을 보면 아직 아카데미즘 세계에서는 서양 문학이 제일 뛰어나다는 가치관이 있는 거구나 하는 생각을 하게 됩니다.

미야시타 이제 나오키상을 칭찬하고 있는지 폄하하고 있는지 모르겠네요(웃음). 아니, 칭찬하고 있는 거 맞죠?

도코 칭찬하는 겁니다(웃음). 미야시타 씨도 "터키 문학을 하고 있습니다"라고 말하면 곧바로 "읽은 적 없습니다"라는 대답을 듣지요? 읽으면 재미있는데 말이지요.

미야시타 결국 다들 유럽을 기준으로 이야기를 하니까요. 터키 문학을 소개할 때도 "넓은 아시아에서도 가장 먼저 서양 소설을 도입한 나라입니다"라든가, 항상 유럽을 염두에 두고 이야기하지 않으면 관심을 보이지 않습니다. 일본에서 오르한 파묵이 제일 많이 읽히는 터키 작가인 것도 역시 노벨문학상을 받았기 때문일 겁니다. 그 밖에도 좋은 작가가 많이 있는데 말이지요. 다른 나라에도 그런 사람은 아주 많을 거라고 생각합니다.

이시이 그런 의미에서 2015년은 타이완 문학의 해였다는 생각이 듭니다. 『류』와 같은 시기에 우밍이嗚明益의 『육교의 마술사』가 나와 화제가 되었습니다. 마타요시 나오키가 추천해서 히트한 중국계 미국인 작가 켄 류Ken Liu의 『종이 동물원The Paper Menagerie』에도 타이완을 무대로 한 이야기가 들어 있습니다.

도코 아쿠타가와상 수상작 중에는 정보량이 그리 많지 않은 작품도 있습니다. 하지만 히가시야마 아키라도, 후나도 요이치도 정보량이 굉장히 많아서 교육적입니다. 독자에게 세계를 가르쳐주자는 계몽 활동 같습니다(웃음). 그리고 굉장히 친절하게 쓰여 있는 것 역시 큰 특징이겠지요.

세 사람이 고른, 앞으로 수상했으면 싶은 작가

도코 : 이누이 아키토戌井昭人

미야시타 : 마키메 마나부万城目学, 하세 세이슈馳星周

이시이 : 후카미도리 노와키深緑野分

칼럼

아직 더 있다, 세계의 문학상

도코 고지

이 책에서 다루고 있는 여덟 가지 문학상 외에도 세계에는 중요한 문학상이 많이 있다. 이런 상을 누가 받았는지, 또는 누가 후보가 되었는지를 아는 것만으로 현재 세계문학의 움직임을 손에 잡힐 듯이 알 수 있다. 여기서는 주요한 상을 다섯 개쯤 소개하려고 한다.

가장 중요한 것은 부커 국제상이다. 이 상은 영어권에서 쓰인 우수한 작품에 주는 부커상을 보완하기 위해 2005년에 만들어졌고, 2015년까지 격년으로 모두 여섯 명에게 주어졌다. 기준은 세계문학에 큰 공적이 있는 작가이고, 작품을 영어로 읽을 수 있는 것이며 여기에는 번역도 포함된다. 수여 대상은 작가 본인이고 개별 작품은 아니다.

그러면 노벨문학상에 정면으로 도전하는 느낌인데, 바로 그렇다. 아니, 인권 중시라는 고전적인 가치관을 중시하는 노벨문학상과 달리 순수하게 실력만을 고려하는 만큼 부커 국제상이 더욱 현재 정말 활동하는 작가를 선택한다고 생각한다. 구체적으로는 이 책에서도 다룬 이스마일 카다레(알바니아, 2005년 수상),

앨리스 먼로(캐나다, 2009년 수상), 필립 로스Philip Roth(미국, 2011년 수상) 등이고, 거기에 더해 아프리카 근대문학의 아버지인 치누아 아체베Chinua Achebe(나이지리아, 2007년 수상), 무심코 쿡 하고 웃게 만드는 아주 짧은 단편으로 유명한 리디아 데이비스Lydia Davis(미국, 2013년 수상) 등 여러 방면에 걸쳐 있다. 선정이 무척 정확한 탓일까. 단 10년 만에 노벨문학상에 비견되는 권위를 얻는 데까지 성장한 것은 대단하다.

2016년부터는 영어로 번역된 작품에 매년 주는 것으로 바뀌었다. 상금이 작가와 번역가에게 분배되는 것도 훌륭한 점이다. 영광스러운 첫 수상 작품은 한강의 『채식주의자』다. 1970년 한국의 광주에서 태어난 한강은 지금 한국 현대문학을 대표하는 작가다. 그리고 그녀의 『채식주의자』는 아주 독창적인 작품이다.

주인공 영혜는 아주 평범한 주부다. 하지만 갑자기 매일 밤 사람을 죽이고 죽임당하는 피투성이 꿈을 꾸게 되어 불면에 시달리다가 결국 고기를 전혀 먹지 못하게 된다. 이 이미지는 뭘까. 베트남전쟁에서 돌아온 아버지가 예전에 행한 살육이 그녀의 무의식에 들어온 것일까. 아버지에게 심하게 맞으며 자란 탓에 마음속 깊은 곳에 상처를 안고 있는 그녀는 이윽고 고기만이 아니라 모든 먹을 것을 거부하게 된다. 그리고 정신병원의 침대에 묶인 채 인간이기를 그만두고 식물이 되기만을 바란다. 한국 사회에서 여성들이 얼마나 깊은 상처를 받아왔는가를 훌륭한 문장으로 그려낸 걸작이다.

이전의 부커 국제상에 가까운 것이 1970년에 창설된 노이슈타트 국제문학상이다. 이는 미국의 상으로, 세계문학에 커다란 공헌을 한 작가에게 2년에 한 번씩 수여된다. 시인도, 소설가도, 극작가도 대상이 되는데, 조건은 영어로 번역된 것이다. 가브리엘 가르시아 마르케스Gabriel Garcia Márquez(콜롬비아, 1972년 수상), 옥타비오 파스Octavio Paz(멕시코, 1982년 수상), 토마스 트란스트뢰메르Tomas Transtromer(스웨덴, 1990년 수상) 등 수상 후 노벨문학상을 받은 작가도 많다. 그러나 부커 국제상에 비하면 다소 수수한 인상이다.

국제 더블린 문학상은 1996년에 창설된 상으로 10만 유로라는 거액의 상금이 유명하다. 더블린 시 도서관에서 주최하는데 전 세계의 공립 도서관에서 추천받은 작품 중에서 선정하는 것이 독특한 특징이다. 조건은 영어로 읽을 수 있는 것으로, 다른 언어를 영어로 번역한 것도 포함된다. 만약 수상작이 번역인 경우 작가와 번역가가 상금을 나눈다. 수상작은 모두 활기찬 작품이다. 이 책에서 다룬 작가의 작품인 미셸 우엘벡Michel Houellebecq의 『소립자』(프랑스, 2002년 수상), 오르한 파묵의 『내 이름은 빨강』(터키, 2003년 수상), 에드워드 P. 존스Edward P. Jones의 『알려진 세계The Known World』(미국, 2005년 수상)도 수상했다. 그 외에 페르 페테르손Per Petterson의 『말도둑 놀이Out Stealing Horses』[40](노르웨이, 2007년 수상), 칼럼 매캔Colum McCann의 『거대한 지구를 돌려라Let the Great World Spin』[41](아일랜드, 2011년 수상) 등도 크게 화제가 되었다. 그리고 이번에 소개하는 것은 후안 가브리엘 바스케스Juan Gabriel Vaśquez의 『추락하는 모든 것들의 소음The Sound of Things Falling』[42](콜롬비아, 2014년 수상)이다.

주인공은 콜롬비아의 수도 보고타 시내의 길가에서, 갑자기 오토바이를 타고 온 남자들에게 총격을 받는다. 간신히 목숨은 건졌지만 실은 범인들이 정말 노린 것은 술집에서 알게 된 리카르도 쪽이었다. 주인공은 리카르도의 과거에 매달려 거리를 떠돌며, 소형기의 파일럿이었던 그가 마약 전쟁 시절에 약물 밀수에 손을 댔다는 사실을 알게 된다. 얼마 후 시골에 사는 리카르도의 딸을 만나, 어린 시절 마약왕 에스코바르가 저택 안에 만든 동물원에 몰래 들어갔었다는 공통의 과거를 그녀와 나눈다. 미국이라는 대국의 의도에 휘둘린 사람들이 거대한 규모로 공통의 트라우마를 안고 계속 괴로워하는 것이 시적인 문장으로 전해진다.

전미비평가협회상은 1976년에 창설된 것으로 소설, 논픽션, 전기나 자전, 시, 비평, 이렇게 다섯 부문을 대상으로 한다. 전

---

40 퍼 페테슨, 『말도둑 놀이』, 손화수 옮김, 가쎄, 2009.

41 칼럼 매캔, 『거대한 지구를 돌려라』, 박찬원 옮김, 뿔, 2010.

42 후안 가브리엘 바스케스, 『추락하는 모든 것들의 소음』, 조구호 옮김, 문학동네, 2016.

미全美라고 할 정도이니 미국의 작가가 쓴 책이 수상하는 경우가 많지만, 미국에서 출판된 번역도 대상이 된다. 그러므로 로베르토 보라뇨Roberto Bolaño의 『2666』[43](칠레, 2008년 소설 부문 수상), 스베틀라나 알렉시예비치의 『체르노빌의 목소리Voices from chernobyl』[44](벨라루시, 2005년 논픽션 부문 수상), 호르헤 루이스 보르헤스Jorge Luis Borges의 『논픽션 선집』(아르헨티나, 1999년 비평 부문 수상) 등 세계의 유명한 작가들이 수상했다. 물론 주노 디아스의 『오스카 와오의 짧고 놀라운 삶』(2007년 소설 부문 수상), 필립 로스의 『유산Patrimony』(1991년 전기 부문 수상) 등 미국을 대표하는 작가도 받았다.

마지막으로 소개하는 것은 베일리스상이다. 이것은 2012년까지 오렌지상으로 알려진 상으로, 1996년에 창설되어 일관되게 여성 작가들에게 수여되었다. 1991년 부커상의 후보 작품 목록에 여성 작가의 작품이 하나도 없었던 것에 대한 비판이 이 상의 기원이다. 대상은 여성 작가가 영어로 집필하고 영국에서 출판된 장편소설이며 작가의 국적은 묻지 않는다. 2014년에 베일리스 아이리시 크림Bailey's Irish Cream이 스폰서가 되어 베일리스상으로 이름이 바뀌었다. 제이디 스미스Zadie Smith의 『온 뷰티On

---

43 로베르토 볼라뇨, 『2666』, 송병선 옮김, 열린책들, 2013.

44 스베틀라나 알렉시예비치, 『체르노빌의 목소리』, 김은혜 옮김, 새잎, 2011.

Beauty』[45](영국, 2006년 수상), 테아 오브레흐트Téa Obreht의 『타이거스 와이프The Tiger's Wife』(세르비아, 2011년 수상) 등이 대표적인 수상작이다.

그중에서도 베일리스상 10년의 수상작을 대표하는 것으로 2015년에 선정된 작품이 치마만다 응고지 아디치에Chimamanda Ngozi Adichie의 『태양은 노랗게 타오른다Half of a Yellow Sun』[46](나이지리아, 2007년 수상)이다. 무대는 1960년대 말의 나이지리아 남부 비아프라 지방이다. 북부 이슬람교도들의 착취에 진절머리가 난 그리스도교도인 이보족은 1967년에 독립을 선언한다. 이것이 3년간 이어진 비아프라 전쟁의 시작이었다. 큰 부자인 여성과 지적인 엘리트 남성이라는 두 주인공은 이 전쟁에 의해 운명이 농락당한다. 영어로 영국 고전을 읽으며 자란 그들은 이때 처음으로 나라의 현실에 직면한다. 섬세한 연애소설로 이름을 알린 아디치에가 자신이 직접 체험하지 않은 과거와 정면으로 맞선 역작이다.

45 제이디 스미스, 『온 뷰티』, 정회성 옮김, 민음사, 2017.

46 치마만다 응고지 아디치에, 『태양은 노랗게 타오른다』, 김옥수 옮김, 민음사, 2010.

4

대히트 작품의 보고

'부커상'

대담자

도코 고지 × 다케다 마사키 × 에나미 아미코

Data

정식 명칭	맨부커상Man Booker Prize
주최	부커상 재단(영국)
시작한 해	1968년(1년에 한 번)
상금	5만 파운드

영어라면 뭐든 오케이

도코 부커상은 개인적으로 가장 신뢰하는 문학상입니다.

에나미 저도 그렇습니다. 매년 기대하며 발표를 기다립니다.

도코 가장 큰 이유는 굉장히 높은 수준이 유지된다는 것입니다. 수상작은 읽으면 반드시 재미있습니다. 지금까지 제가 깨닫지 못한 문학의 매력을 보여주는 작품뿐입니다. 선정 위원도 인간이어서 보통은 선정할 때 작품의 질만이 아니라 인간관계며 의리를 신경 쓸 것 같지 않습니까? 하지만 부커상은 확실히 그 해의 가장 훌륭한 작품을 고릅니다. 그런 게 가능한 문학상은 아마 세계에서 유일하지 않을까요?

조사해보니 원래는 프랑스의 공쿠르상에 대항하여 영국에서 만든 상이라고 합니다. 오랫동안 영국이나 이른바 영연방, 나아가 그 외 옛 영국 식민지의 작가에게 주는 상이었는데, 2014년에 규칙이 바뀌어 영어로 쓰인 작품이면 뭐든 추천할 수 있게 되었습니다. 이렇게 문호를 개방한 점도 훌륭합니다. 게다가 러시아 부커상이나 부커 국제상 같은 관련 문학상이 있는데, 그쪽에서도 확실히 우수한 작가와 작품을 선정하고 있습니다.

다케다 영국의 문학상이라는 이미지가 강할지 모르지만, 실제 수상자를 보면 아일랜드나 인도, 캐나다, 호주 같은, 예전에 대영제국에 포함되었던 지역 출신 작가의 수상이 두드러집니다. 최근의 경우 2009년부터 2012년에는 영국 작가가 받았지만, 그 후에는 뉴질랜드, 호주, 그리고 자메이카의 작가가 받았습니다.

에나미 그 밖의 많은 상과 다른 점은 한 작가가 여러 번 수상할 수 있다는 점입니다. 요컨대 한 번 받았어도 다시 좋은 작품을 쓰면 후보가 될 수 있습니다. 문학상으로서 공정한 것이지요.

다케다 두 번 수상한 사람은 이번에 소개할 힐러리 맨틀Hilary Mantel 이외에 피터 캐리Peter Carey, 존 맥스웰 쿳시, 제임스 고든 파렐James Gorden Parrell뿐입니다. 게다가 파렐이 두 번 받은 것 중 한 번은 제도 변경 사정으로 선정이 이루어지지 않았던 1970년 수상작으로 나중에 주어진 것입니다. 기본적으로 그해에 나온 영어권 문학 작품이고, 장르를 불문하고 최고의 작품을 선정한다는 방침입니다.

선정 과정은 먼저 책 수가 제한된 가운데 출판사가 추천한 작품이라든가 선정 위원이 추천한 책 등 백 권 이상의 후보작을 선정 위원이 전부 읽습니다. 보통의 문학상은, 선정 위원이 최종 후보작만 읽잖아요. 하지만 부커상 선정 위원은 1년에 100권 이상 읽어야 합니다.

에나미 높은 질을 유지하기 위해 과거 10년 내 후보자들의 신간은 자동적으로 목록에 들어간다고 합니다.

도코 굉장하네요. 선정 위원은 어떤 직업을 가진 사람들인가요?

다케다 상당히 다양합니다. 대학교수에서 문예비평가, 작가, 그리고 은퇴한 정치인, 문학을 좋아하는 방송인까지 있습니다. 게다가 매년 선정 위원이 바뀝니다.

에나미 선정 위원이 고정적이지 않다니, 아주 근사한 시스템입니다. 유착이 일어나지 않겠네요.

다케다 그래서 선정 위원의 경향이나 취향에 맞춰 수상할 만한 작품을 쓰는 일은 일단 불가능하고, 실제 수상작의 경향도 편향되지 않고 다양성이 아주 풍부합니다.

에나미 그럼에도 높은 수준과 흔들리지 않는 신념을 유지하고 있습니다. 문학상으로서의 존재감을 계속 갖기 위해서는 누가

뭐래도 히트한 작품이 많아야 하니까요.

다케다 다른 특징으로는 먼저 1차로 선정된 작품을 '롱리스트long list'로 공개하고, 그 후 최종 선정된 작품을 '쇼트리스트short list'로 발표한다는 점입니다. 이는 아주 좋은 시스템입니다. 수상작이 정해지는 것은 매년 10월이지만 3개월 전부터 롱리스트를 보고 예상도 하고 판매를 촉진하다가, 1개월 전 쇼트리스트가 뜨면 다시 한번 붐업하는 겁니다. 몇 개월 동안이나 이벤트로 기능하는 셈이지요.

에나미 더군다나 수상작뿐만 아니라 후보가 된 작품도 잘 팔립니다. 순문학 작가에게는 고마운 일이지요. 후보가 되는 것만도 수많은 경쟁을 뚫어야 하지만요.

다케다 부커상의 후보가 되었다, 수상했다는 것만으로 잘 팔린다는 것은 근사한 일입니다. 예를 들어 앞으로 말할 존 밴빌William John Banville도 결코 베스트셀러 작가가 아니었지만 부커상 수상작은 25만 부나 팔렸다고 합니다.

도코 밴빌의 작품이 25만 부나 팔렸다면 경이적이네요. 읽고 좋았던 수상작이 정말 많습니다. 쿳시의 『마이클 KThe Life and

Times of Michael K』(1983)[47]나 가즈오 이시구로의 『남아 있는 나날The Remains of the Day』[48], 줄리언 반스Julian Barnes의 『예감은 틀리지 않는다The Sense of an Ending』[49], DBC 피에르DBC Pierre의 『버논 갓 리틀Vernon God Little』[50] 등 거론하자면 한이 없습니다.

다케다 상업적으로도, 문학적으로 기능하고 있습니다. 신인도 대가도, 중편도 장편도 다 받을 수 있는 문학상이지요.

기억은 흔들리며 찾아온다

도코 첫 번째 작품은 존 밴빌의 『바다The Sea』[51]입니다. 이 작품의 주인공은 아내가 막 암으로 세상을 떠났습니다. 그런 남자가 어린 시절 자주 찾았던 아일랜드의 바닷가 마을을 방문합니다. 그리고 당시를 돌아보며 인생을 추체험한다는 이야기입니다.

---

47 1983년 부커상을 받았다. 존 쿳시, 『마이클 K』, 왕은철 옮김, 들녘, 2004.

48 1989년 부커상을 받았다. 가즈오 이시구로, 『남아 있는 나날』, 송은경 옮김, 민음사, 1910.

49 2011년 부커상을 받았다. 줄리언 반스, 『예감은 틀리지 않는다』, 최세희 옮김, 다산책방, 2012.

50 2003년 부커상을 받았다. DBC 피에르, 『버논 갓 리틀』, 양영주 옮김, 북폴리오, 2004.

51 2005년 부커상을 받았다. 존 밴빌, 『바다』, 정영목 옮김, 문학동네, 2016.

아내를 잃는 과정, 그리고 어린 시절의 첫사랑과 그 충격적 상실이 평행을 이루며 이야기됩니다. 충격적인 내용이지만 문장은 무척 차분합니다.

에나미 그가 수상한 2005년에는 대격전이 벌어졌습니다. 다른 후보작으로는 가즈오 이시구로의 『나를 보내지 마Never Let Me Go』[52]와 제이디 스미스의 『온 뷰티』가 있고, 줄리언 반스의 작품도 있었습니다. 그중에서 『바다』에 준 것은 상당한 감식안입니다. 그 수수함에서 볼 때요.

도코 글을 쓰는 방법도 아주 훌륭합니다. 작가 자신은 블라디미르 나보코프Vladimir Nabokov와 헨리 제임스Henry James의 영향을 받았다고 했지만, 이 두 사람과도 또 다릅니다.

다케다 아무튼 문장이 아름답습니다. 문장에 굉장히 신경을 쓴다고 하는데, 매일 아침 9시부터 저녁 6시까지 작업실에서 집필에 전념하는 생활을 하고 있으며 하루에 영어로 200단어 쓰면 그날은 성공이라고 합니다.

---

52 가즈오 이시구로, 『나를 보내지 마』, 김남주 옮김, 민음사, 2009.

에나미 그것은…… 극단적으로 느린 겁니다. 하지만 그런 기분으로 쓰인 문장이라는 건 충분히 알 수 있어요.

도코 밴빌은 벤저민 블랙Benjamin Black이라는 이름으로 미스터리도 썼는데, 미스터리만은 컴퓨터를 사용한다고 합니다. 그때는 빨리 쓰는 모양입니다. 밴빌이라는 이름으로 쓸 때는 극단적으로 느려지는 거지요.

다케다 200단어라고 하면 A4 용지로 한 장도 안 됩니다.

도코 다니자키 준이치로谷崎潤一郎 같네요. 다니자키는 하루에 800자를 썼다고 합니다.

다케다 밴빌은 쓰려고 하면 좀 더 쓸 수 있었겠지만, 오직 소설에만 열중하는 구석이 있습니다. 그것이 이 사람의 개성이지요. 미적인 의식이 강해서 자신의 작품에 대한 자긍심도 높았을 겁니다. 부커상을 받았을 때도 "예술 작품이 부커상을 받았다는 것은 좋은 일입니다"라는 발언을 했습니다(웃음).

도코 기분 나쁘게 멋지네요(웃음).

다케다 밴빌은 부커상에 대해서 읽기 쉬운 작품에만 상을 준다는 비판적인 시각을 갖고 있었던 거지요.

에나미 엔터테인먼트적인 성격을 갖춘 읽기 쉬운 작품도, 밴빌의 작품 같은 것도 상을 받을 수 있다는 것이 부커상의 좋은 점이지요.

다케다 그런 밴빌은 이른바 베스트셀러 작가는 아니었지만, 주옥같은 작품을 많이 썼습니다.

도코 마음에 걸린 것은 어른 여성의 몸에 대한 소년의 묘사가 굉장히 꼼꼼하다는 점입니다. 가슴이 큰 부인에 대해 "이렇게 큰 유백색의 공을 두 개나 달고 있는데 그 무게로 아프지는 않을까 하고 나는 생각했다"라든가 그녀의 수영복 넓적다리 사이를 바라보며 "그 순간 세계의 움직임이 굉장히 느릿해졌다" 같이 아름다운 문장으로 이상한 것을 잔뜩 그려놓았습니다. 이 작품은 세부 묘사가 묘한 재미를 줍니다. 예를 들면 이웃에 대한 설명을 하면서 "저먼 셰퍼드와 성교하고 있다는 소문이 난 프랑스인 여성"이 갑자기 등장하는데, 그 뒤에 다른 아무런 설명이 없습니다(웃음). 사소한 이야깃거리의 밀도가 굉장히 높습니다.

다케다 이 사람이 묘사하는 관능성은 어른 여성을 그릴 때 더욱 돋보이는 것 같습니다.

에나미 『에인션트 라이트Ancient Light』도 분명히 그렇습니다. 이 소설은 열다섯 살 소년이 동급생의 어머니를 사랑하고 경험을 한 다음 농락당하는 이야기인데, 그것을 성장하여 노배우가 된 소년이 회상하는 형식입니다. 그 안에서 소년에게 완전한 타자인 '어른 여성'이 어떤 모습으로 나타나고 행동하는지를 묘사하는 문장은 한층 빛납니다.

다케다 문장은 굉장히 아름답지만 그것으로 완벽한 아름다움을 표현한다기보다는 사람이나 사물이 살짝 무너져가는 데에 눈이 가는 것도 밴빌의 특징이겠지요. 연상 여성의 에로티시즘을 세밀하게 묘사하는 『에인션트 라이트』 같은 작품이 바로 그 예입니다.

도코 『바다』에서는 클로이라는 소녀에 대해서도 꼭 청결하지는 않았다거나 팔꿈치 안쪽이나 무릎 뒤의 오목한 곳에서 냄새가 난다고 썼지요. 그녀는 인격적으로도 문제가 있지만, 주인공은 그것까지 끌어안고 사랑하려고 합니다. 연상의 여성에 대한 관능성과 동시에 이런 새침데기 소녀에 대한 사랑도 느꼈습니다.

다케다 하지만 반응하는 것은 깨끗한 부분이 아니라 냄새나는 곳이지요.

도코 일본에서 보통 미소녀를 묘사할 때 '하지만 그녀의 발에서는 냄새가 났다'고는 쓰지 않지요. 다니자키 준이치로 말고는요(웃음).

다케다 에로스 감각은 다니자키와 가깝습니다. 끌리는 사람은 모두 정복해오는 여성이고요.

에나미 『에인션트 라이트』처럼 『바다』도 기억과 회상에 관한 이야기입니다. 수수께끼 같은 어떤 과거가 있지요. 현재의 자신은 그것을 깊이 혹은 얕게 생각해내면서 지금 일어나는 일에도 대응해갑니다. 이렇게 정리하면 전형적인 구조입니다. 하지만 밴빌은 그런 주제를 지금까지 사람들이 본 적 없는 형태로 만들어냅니다. 기억과 죽음을 다루는 데 뛰어나지요. 시간적으로 멀리 떨어진 것을 지금 여기에 나타내는 회상이라는 서술에는 다양한 방법이 있겠지만, 밴빌은 기억 속의 사건을 고착된 정보로서 덩어리 그대로 그리는 것이 아니라 어떤 흔들림과 함께 그려냅니다. 생각해내는 과정에서 기억이 점점 변해가는 그 생생함을 탁월하게 포착해냅니다. 고착되지 않는 기억이 지금 여기에 나타나는 것을 그리는 데는 상당한 기술이 필요하거든요.

도코 기억이 사물로서 찾아오는 게 아니라 현재와의 관계 속에서 기억이 흔들리면서 찾아오는 건가 보네요.

에나미 물리적인 것이라면 몇 년 지나도 형태는 변하지 않잖아요. 예를 들면 책상 서랍에서 나온 20년 전의 키홀더는 같은 모양입니다. 하지만 기억은 그렇지 않습니다. 떠올릴 때마다 윤곽도 디테일도 달라지지요. 그것을 섬세하게 그려냈다고 생각합니다.

도코 그러니까 현재와 과거가 이리저리 엇갈리고 뒤섞여 있지요.

에나미 게다가 이것은 '나중에 성장하여 작가가 된 주인공이, 선물받은 만년필로 쓴 소설(수기)'이라는 설정입니다. 작품 내부에 '이것은 쓰인 것'이라는 전제가 있는 것입니다. 저는 사실 이런 구조를 좋아하는데, 다음에 이야기할 애트우드의 작품도 동일한 구조입니다. 이것들이 모두 '쓰인 것'이라는 것은, 기억을 쓸 때 필연적으로 따라오는 '흔들림'까지 써서 남긴다는 의미를 독자가 느낄 수 있게 합니다.

도코 줄리언 반스의 『예감은 틀리지 않는다』도 기억이 돌아와 비로소 주인공이 기억에 속았다는 것을 알게 되는 소설로, 이것도 흔들림입니다. 가즈오 이시구로의 『남아 있는 나날』에서도, 『위로받지 못한 사람들The Unconsoled』[53]에서도 기억이 흔들립니다. 그런 주제를 극단적으로 높은 수준에서 쓰는 사람들이 현대의 영국과 아일랜드에 밀집되어 있는 건 굉장한 상황입니다. 동시대에 살고 있다는 것이 정말 즐겁습니다.

다케다 『바다』의 주인공은 자신의 과거를 띄엄띄엄 말하고 있지만, 아무래도 본인은 그다지 돈을 벌지 않고 수입을 아내에게 의존한 모양입니다. 미술에 관심이 있는 딜레탕트로 태어났지만, 돈만 없었다는 식으로 말하지요.

도코 너무하긴 하지만 마음은 알 것 같습니다(웃음).

다케다 그런 자기 인식으로 살아왔겠지만 아내가 세상을 떠나면서 그것이 무너지고 맙니다. 자기 자신이 안고 있는 공허와 비참함을 보지 않을 수 없게 된 것이지요. 그런 때에 그가 심상 풍경 속에서 신들이 있었던 시대라고 생각하는 해변으로 돌아가

---

53 가즈오 이시구로, 『위로받지 못한 사람들 1·2』, 김석희 옮김, 민음사, 2011.

는 이야기입니다. 그래서 '흔들림'이라는 것은 해변으로 돌아온 주인공이 자신의 비참함과 마주하는 과정으로도 읽을 수 있습니다.

에나미 그런 갈등을 거쳐 자기 인식을 새롭게 함으로써 미술 평론가로서가 아니라 만년필로 소설을 써버린 남자 이야기라는 것이 이 작품일지도 모르지요.

다케다 미술 평론 쪽으로 보자면 피에르 보나르Pierre Bonnard에 대한 대저를 쓰고 있다고 하지만 실제로는 전혀 진척되지 않았지요(웃음).

도코 이 사람은 지금까지 대체 뭘 하며 살았을까요(웃음)?

다케다 다음 문장에서는 그런 주인공의 비참함이 배어나오는 것 같습니다. "오늘 아침, 내가 철렁했던 것은 눈의 상태였다. 흰자위에 온통 금이 가 있고 가늘고 새빨간 모세혈관으로 뒤덮였으며 축축한 아래 눈꺼풀은 붉은 기를 띠고 안구에서 살짝 떨어진 채 축 늘어져 있었다. 자세히 보니 눈썹이 거의 남아 있지 않았다" 하며 자기 자신이 타자성을 가진 육체로 다가오고 있거든요.

도코 자기 육체의 비참함을 말하려는 것이겠지만, 묘사가 섬세하고 적확해서 이걸 읽는 것만으로도 즐겁습니다.

문학적 장치와 재미라는 두 마리 토끼

에가미 저는 마거릿 애트우드의 『눈먼 암살자The Blind Assassin』[54]를 골랐습니다.

도코 저는 애트우드를 세계 최고의 작가라고 생각합니다. 그녀의 작품은 디테일도 정교하고 아이디어도 풍부하며 사상서로서도 심오합니다.

에나미 20세기의 마지막인 2000년 수상작입니다. 이해의 수상에 어울린다고 할까요, 20세기에 소설이 어떤 변주를 이뤄왔는지가 이 한 권에 다 들어가 있다고 해도 과언이 아닌 작품입니다. SF적인 요소, 여성의 성장 이야기, 메타픽션의 감촉 등은 분명히 애트우드적입니다. 거기에 미스터리나 서스펜스, 멜로드라마, 일족의 사거saga[55] 등 소설의 온갖 요소가 다 들어 있습니

54 마거릿 애트우드, 『눈먼 암살자 1·2』, 차은정 옮김, 민음사, 2010.

다. 구조적이지만 읽으면 재미있는, 아무튼 아주 경이로운 책입니다.

이 소설은 여동생이 이해할 수 없는 사고사를 당한 스물다섯 살 언니가 주인공입니다. 여동생은 사후 그녀의 책이 출간되어 유명 작가에 이름을 올렸습니다. 지금, 노파가 된 언니는 자신의 인생을 돌아봅니다. 이윽고 여동생의 죽음과 관련된 수수께끼가 풀려나가지요. 처음에는 좀처럼 가까이하기 힘든 복층적 구조입니다. 사망 기사가 있고, 작중 소설에서 떼어온 조각 글이 있는 식으로요. 하지만 읽어나가면 20세기를 살았던 어떤 일족의 동향이 보이고, 마지막에는 '그랬구나!' 하고 감탄할 수밖에 없는 충격적인 결말이 기다리고 있습니다. 진정한 엔터테인먼트 소설이지요.

도코 애트우드의 작품을 읽을 때는 아무래도 모녀지간이나 자매 같은 여성 사이의 관계를 보게 됩니다. 그녀들의 애증 섞인 숨 막히는 느낌을 읽으면 '아아, 애트우드로군' 하는 생각을 하게 되지요.

에나미 『눈먼 암살자』는 자매애가 주제입니다. 하지만 '사랑'

---

55 12~13세기 노르웨이와 아이슬란드 등 북유럽에서 유행했던 산문체 이야기로, 영웅적인 주인공의 모험을 주로 다룬다.

이라는 한마디로는 도저히 정리되지 않습니다. 여러 사정이 있어 한마디로 말하기 힘든 복잡한 감정이지요.

다케다 그런 한 일가의 역사와 겹치듯이 20세기 초에서 2차 세계대전이 끝나기까지의 캐나다 역사가 이야기됩니다. 무대가 된 포트 타이콘드로가는 실제로 존재하지 않지만 정말 실재하는 듯이 현실감 있게 그려집니다. SF적인 요소를 가지면서도 현실적으로 그린 부분은 확실한 시대 배경을 근거로 해서 그리고 있습니다.

에나미 대대로 이어지는 명가인 체이스가와 신흥 그리펜가, 정략결혼 등 독자로서는 역사적 사실이라고 해도 이상하지 않을 이야기지요.

다케다 그런 부분이 재미있습니다. 메타픽션인데 동시에 아주 현실감 있게 쓰여 있습니다. 린다 허천Linda Hutcheon이 말하는 '역사 기술적 메타픽션'의 성공적 사례입니다. 이듬해의 부커상 최종 후보가 된 이언 매큐언Ian McEwan의 『속죄Atonement』[56]도 자매를 중심에 두고 전쟁에 농락당하는 부유한 일가를 그린 것입니다.

---

56 이언 매큐언, 『속죄』, 한정아 옮김, 문학동네, 2003.

같은 문제의식을 가진 작품이 2년 연속 후보가 되었다는 것도 무척 흥미롭습니다.

도코 캐나다 문학을 읽을 때는 가슴이 두근두근합니다. 저는 미국 문학이 전공이라 시대에 따라 미국 내 사람들이 어떤 감각으로 살았는지 머릿속에 들어 있습니다. 하지만 캐나다는 미국과 육지로 이어져 있는데도 국경을 넘어선 것만으로 감각이 전혀 다릅니다. 등장인물이 군대에 참가하는 경우에도 영국군으로 들어가고요. 캐나다는 영국이나 프랑스의 영향을 많이 받아서 미국과는 문화적으로 약간 다른 느낌이 듭니다. 그래서 미국 문학에서는 나오지 않는 뉘앙스가 있는 것이지요.

다케다 주인공 아이리스의 남편 리처드의 속물적인 모습도 현실적입니다. 공산주의를 비판하는 점에서 한때 나치 독일을 지지했지만 독일과의 전쟁이 발발하자마자 손바닥을 뒤집듯이 태도가 돌변합니다. 이런 사람은 캐나다만이 아니라 영국에도 많이 있었을 거라고 생각합니다. 그의 행동이나 사교계를 그리는 방식은 미국보다는 영국에 가깝습니다.

에나미 가문이나 격식에 대한 디테일도 꽤 많이 나오지요.

다케다 하지만 리처드 같은 사람도 해외의 진짜 귀족이나 명사가 모이는 호화선을 타면 그들 중에서는 하찮은 인물입니다(웃음). 그런 데서 캐나다의 슬픔이 드러나는 것이지요.

도코 그런 것은 쿳시의 자전적인 작품들인 『서머타임Summertime』, 『소년 시절Boyhood: Scenes from Provincial Life』[57], 『청년 시절Youth: Scenes from Provincial Life II』에도 나오지요. 남아프리카에서 최고 수준으로 영국 신사가 되고 나서 영국으로 건너갔는데 영국 여자들은 전혀 상대해주지 않는 식이에요. 그런 식민지 감각은 있습니다.

에나미 리처드의 속물성이 이야기에서도 기능하고 있습니다. 그런 부분에서도 심술궂은 시선을 보내는 게 애트우드다워서 재미있습니다.

도코 그것이 식민지 문학을 즐기는 방법입니다. 경박한 사람들이 불과 한 계단 위에서 주변을 내려다보는 모습을 읽는 거예요(웃음).

식민지 문학과 영국은 여러 가지를 생각하게 합니다. 나이지

---

57 존 쿳시, 『소년 시절』, 왕은철 옮김, 책세상, 2004.

리아의 치마만다 응고지 아디치에의 소설에는 완강하게 영국 영어로만 말하는 아버지가 등장하고, 안티과 출신의 자메이카 킨케이드의 『작은 장소A Small Place』에는 초등학교에서 계속 워즈워스의 시를 읽히고, 학생들이 평생 보지 못할 영국의 호수 지대 풍경이나 식물 이름을 외워야 하는 장면이 나옵니다.

에나미 자메이카 킨케이드는 미국에서 활동한 적도 있어 부커상을 받지 못했지만, 이런 포스트콜로니얼 문학도 앞으로는 영어로 쓰이기만 하면 부커상 후보가 될 수 있으니 다시 생각하면 정말 굉장한 일이네요. 앞으로는 정말 두루 살펴야 한다는 점에서요. 후보작, 수상작에 대한 기대감도 한층 올라가겠어요. 이런 제도 안에서 애트우드는 이미 몇 번이나 부커상 후보가 되었습니다. 아마 그 요인 중 하나는 이상하게 가독성이 높다는 점일 겁니다. 천 페이지 가까이 되는 『눈먼 암살자』도 술술 읽히거든요. 게다가 '눈먼'이라는 게 뭘까 생각하게 되지요.

도코 수준 높은 것을 말하는데도 읽기 쉽고 재미있으니 정말 최고지요.

다케다 처음 읽기 시작할 때는 자꾸 멈춰 서서 생각하게 되니 고민스러울지도 모르지만 조각조각 글들이 재미있어서 자꾸 읽게 됩니다. 그러면 점차 형태가 눈에 들어오는 소설이지요. 독자를 충분히 생각하고 쓴 것 같습니다.

도코 게다가 장치가 복잡해서 박사논문 주제에 최적입니다. 대학원생은 다들 이걸 고르면 논문을 금방 쓸 수 있을 텐데 말이에요(웃음).

에나미 하하하, 정말 그래요. 소설의 구조나 내레이션 등 공부가 되거든요.

다케다 엔터테인먼트성도 있고 비평성도 있습니다. 대부분의 소설은 양자택일이 되기 십상인데, 『눈먼 암살자』는 '둘 다 있어도 되잖아' 하는 생각으로 쓴 작품 같아요.

도코 1장에서 노벨문학상을 이야기할 때도 말했습니다만, 이렇게 대단한 애트우드가 왜 노벨문학상을 받지 못했을까요(웃음)?

다케다 『눈먼 암살자』 같은 다성적이고 잡탕 같은 작품은, 비평가 미하일 바흐친을 인용할 필요도 없이 소설 본래의 모습일지도 모릅니다. 하지만 노벨문학상은 그런 타입의 작가에게는 다소 불리한 점이 있습니다.

도코 장치가 너무 많아서 안 되는 것인지도 모르지요.

다케다 노벨문학상은 좋든 나쁘든 메시지성과 예술성을 겸비한 '훌륭한' 문학을 생각하는 것 같습니다. 그에 비해 부커상은 '순문학'이라는 틀에 얽매이지 않고 결과적으로 널리 읽히는 작품을 선정합니다. 이는 두 상이 지향하는 방향성의 차이겠지요.

에나미 애트우드의 『그레이스Alias Grace』[58]라는 소설은 일종의 가십 기사에서 이야기가 시작되어 심령 들린 사람이나 프로이트, 20세기 과학의 위험한 느낌이 물씬 풍기는 미스터리로서 재미있게 읽을 수 있습니다. 이와나미쇼텐岩波書店에서 나왔지만(웃음), 엄청나게 엔터테인먼트적인 소설입니다. 애트우드는 『시녀 이야기The Handmaid's Tale』[59] 이미지가 강할지도 모르지만, 군더더기가 섞인 잡탕 같은 느낌이 매력인 것 같습니다.

도코 다들 애트우드의 작품을 좀 더 읽읍시다.

---

58 마거릿 애트우드, 『그레이스 1·2』, 이은선 옮김, 민음사, 2012.

59 마거릿 애트우드, 『시녀 이야기』, 김선형 옮김, 황금가지, 2002.

에나미 애트우드가 노벨문학상을 받지 않아도 저는 개의치 않지만, 아직 번역되지 않은 것도 좀 더 있어서 일본어로 읽고 싶네요(웃음).

다케다 잡탕 같은 번역 소설은 평판이 그다지 좋지 않습니다. 살만 루슈디도 그렇고, 둘 다 영어권에서는 최고봉의 작가인데 말이지요.

16세기 영국 왕실을 누리다

도코 아까부터 '부커상 작품은 예술만 있는 게 아니다'는 이야기를 했습니다만, 다음은 바로 그러한 작품인 힐러리 맨틀의 『울프 홀Wolf Hall』[60]입니다. 일본에서 말하자면 나오키상을 받을 만한 작품이지요.

에나미 역사 활극 같아요. 솔직히 16세기 영국의 정치 형태에는 전혀 흥미가 없었는데, 역시 이런 식으로 국가가 움직였구나 하고 술술 이해가 되었습니다.

---

60 힐러리 맨틀, 『울프 홀 1·2』, 하윤숙 옮김, 올, 2010.

도코 주인공 이름이 크롬웰이라고 쓰여 있어 아아, 청교도 혁명의 크롬웰인가 하고 봤더니 그 사람이 아니라 친척이었습니다(웃음).

다케다 청교도 혁명의 올리버 크롬웰Oliver Cromwell(1599~1658)에서 4대를 거슬러 올라가면 이 작품의 주인공 토머스 크롬웰Thomas Cromwell(1485~1540)의 누나가 나오는 관계입니다. 작가 힐러리 맨틀은 1952년생 영국인으로 『울프 홀』은 2009년의 수상작입니다. 그때까지 프랑스 혁명을 무대로 한 역사소설이라든가 지방 도시의 종교적인 조직 이야기, 현대의 사회 풍속에 대한 소설 등 굉장히 다채로운 작품을 써온 작가입니다. 어느 작품이나 읽기 쉽고 엔터테인먼트성이 있으며 항상 미스터리 같은 구석이 있습니다. 역사물에 대해서는 정말 많이 조사하고 썼지요. 『울프 홀』로 첫 부커상 최종 후보가 되어 수상하고, 속편인 『튜더스, 앤불린의 몰락Bring up the bodies』[61]으로 두 번째 부커상을 수상했습니다. 속편으로 부커상을 수상한다는 것은 상당히 예외적인 일입니다. 게다가 이건 3부작(웃음), 아직 간행되지 않은 제3부는 『거울과 빛The Mirror and the Light』이라는 제목만 알려져 있는데, 사상 첫 세 번째 수상도 기대되고 있습니다.

---

61 힐러리 맨틀, 『튜더스, 앤불린의 몰락』, 김선형 옮김, 북플라자, 2015.

도코 이 사람은 역사물로 계속 속편을 쓸 수 있을 것 같습니다(웃음). 아무튼 팬이 많은 것 같아요.

에나미 회사 사장님처럼 평소 문예 작품을 읽지 않는 사람도 즐겨 읽을 수 있을 것 같은 내용이지요.

도코 영국의 시바 료타로司馬遼太郎 같은 느낌일까요?

다케다 원래 지명도가 있는 작가였는데 『울프 홀』은 폭발적으로 팔려서 연극으로 만들어지고 다시 텔레비전 드라마로도 만들어졌습니다. 헨리 8세 시대의 영국이 배경입니다. 헨리 8세는 엘리자베스 1세의 아버지로 결혼과 이혼을 거듭하며 두 명의 아내를 처형한 것으로 악명 높은 인물입니다. 또한 영국 국교회를 설립한 인물로도 알려져 있는데, 『울프 홀』이 자세히 그리는 것은 헨리 8세가 어떻게 해서 스페인 왕가 출신의 아내 캐서린과의 이혼을 성립시키고 앤 불린이라는 여성과 결혼하는가 하는 것입니다. 왕의 욕망을 성취하기 위해, 또 왕가의 정통 남자 후계자를 낳기 위해 수많은 사람들이 이리저리 치였습니다.

이 시대는 영국의 전환기여서 다양한 문학 작품과 영화로 만들어졌습니다. 유명한 것이 1966년의 영화 〈사계절의 사나이A Man for All Seasons〉입니다. 『유토피아』의 작가로 유명한 토머스 모어가 이 시대 사람으로 대법관이었는데, 영화에서는 청렴결백한 모어가 자신의 목숨을 희생하며 헨리 8세에게 간언하려고 합니다. 여기서 『울프 홀』의 주인공 토머스 크롬웰은 모어를 처형으로 몰아가는 악역이지요. 최근에는 〈천일의 스캔들The Other Boleyn Girl〉(2008)이라는 영화가 『울프 홀』이 나오기 전해에 공개되었습니다. 여기서는 앤 불린이 주인공입니다. 엔터테인먼트 영화로 만들어질 정도의 역사적 사건인 것이지요.

맨틀이 굉장한 것은 영미 사람들이 어느 정도 알고 있는 소재를 전혀 다른 시각으로 제시해준 점입니다. 시대의 흐름에 저항하는 토머스 모어 같은 사람이나 앤 불린처럼 야심과 미모로 시대를 구축한 사람을 주인공으로 내세우는 게 아니라 토머스 크롬웰이라는 눈에 띄지 않고 음험하다 싶은 사람을 굳이 주인공으로 한 것입니다. 게다가 그것이 무척 재미있습니다.

맨틀이 해석하는 크롬웰은 대장장이의 아들로, 젊었을 때 유럽을 방랑하며 다양한 지식을 습득합니다. 특히 중요한 것이 금융 지식이었습니다. 앞으로 세상을 움직이는 것은 돈, 즉 장사라고 생각한 것이지요.

에나미 역시 손때가 묻지 않은 이미지의 토머스 크롬웰이라는 인물을 주인공으로 삼은 것에, 맨틀이 성공할 가능성이 있었군요. 인물상이 피카레스크입니다. 그래서 요즘 인물처럼 느껴지지요.

다케다 교회 제도나 출신 계급이 아니라 화폐라는 공통 언어에 의해 인간이 연결되어 있는 세계를 젊은 날의 방랑으로 본 것이지요. 그래서 영국 왕실이나 로마 교황의 책략을 한발 물러선 곳에서 봤습니다. 그것을 독자도 느낄 수 있기에 완전히 새로운 헨리 8세 시대의 설명을 읽었다는 기분이 드는 겁니다.

크롬웰은 르네상스를 뛰어넘어 근대 국가의 모습을 보고 있습니다. 헨리 8세는 자신의 욕망과 대를 이을 남자가 없다는 왕가의 사정을 생각하며 이혼을 인정하지 않는 가톨릭교회와 인연을 끊으려고 하지만, 크롬웰은 그런 왕을 이용하여 영국을 중앙집권적인 근대 국가로 만들려고 움직입니다. "사람들은 뛰어난 권력자를 바라고 있다. 자신들이 순순히 따를 수 있는 권력자를 요구하고 있는 것이다. 로마는 몇 세기 동안이나 아이들밖에 믿지 않는 것을 믿도록 요구해왔다. 하지만 민중은 의회와 신 아래에서 힘을 발휘하는 잉글랜드의 왕을 따르는 것이 더욱 자연스럽다는 걸 언젠가 반드시 깨닫게 될 것이다"라고 그는 말하지만, 이는 잉글랜드의 왕조차 생각하고 있지 않았던 것입니다. 하지만 크롬웰은 잉글랜드 왕의 이혼 문제를 이용하여 그런 국가의 형태를 만들려고 획책합니다. 겉으로 화려하게 하기보다는 한발 물러서서 상황을 움직이고 있는 것도 재미있는 부분입니다.

그런 분위기와 어울리는 것이 '그'라는 인칭으로 말하는 문체입니다. 기본적으로 크롬웰의 시점에서 그려지지만 굳이 1인칭으로 하지 않았습니다. 거기에서 미묘한 거리감이 생겨 효과를 발휘합니다.

도코 읽어보면 현대에서 당시의 궁정에 아바타를 넣어 독자가 탐험하고 있는 듯한 느낌이 있습니다.

다케다 이 방법으로 독자가 한층 즐길 수 있게 되었지요.

에나미 그렇습니다. 3인칭 다원묘사, 즉 등장인물 전원을 같은 거리에서 포착하는 서술이면 이런 속도감이 나오지 않을 거라고 생각해요. 시점 설정이 뛰어납니다.

도코 사고방식이 딱 하드보일드 소설이지요. 현대인이 타임슬립해서 16세기를 바꿔나가는 느낌입니다. 주인공이 복수의 언어를 말할 수 있고 경제를 알고 있으며 권력자와도 관계가 있고, 어쩐지 〈007〉 같지 않습니까(웃음). 게다가 터프하고 머리가 잘 돌아갑니다. 그런 초인의 시점에서 추체험할 수 있으니 독자로서는 정말 재미있을 수밖에 없지요.

가끔 인정이 드러나는 부분도 좋습니다. 굉장히 학대를 받고 있던 남자아이가 유럽을 방랑하며 몇 개 국어를 익히고 전투 기술까지 익혔으니 궁지에 몰려도 나이프 한 자루만 있으면 어떤 위기에서도 벗어납니다. 낡은 가치관과 새로운 사상이 공존하며 길항하는 것이 흥미롭습니다. 그래서 역동적이지요.

에나미 많은 책략을 짜내서 왕과 캐서린이 순조롭게 이혼할 수 있을까 싶었는데, 간단히 그렇게 되지는 않지요(웃음).

다케다 이혼을 정당화하기 위한 터무니없는 이론도 이 책에서 볼 만한 부분입니다(웃음).

도코 법률이 제대로 기능하지 않는 세계는 무섭구나, 하는 생각을 하게 됩니다. 그런 공간에서는 억지나 타고난 미모로 몸을 지킬 수밖에 없습니다. 하지만 그런 세계이기에 크롬웰처럼 좋지 않은 집안의 사람도 기어오를 수 있습니다. 앤도 몇 번씩 실패해도 궁정에서 미모로 기어오릅니다.

다케다 한편 앤을 중심으로 하는 귀족들은 질퍽한 음모를 펼칩니다. 반대편에 왕이나 귀족의 횡포를 막으려는 토머스 모어라는 법의 파수꾼도 그려집니다. 하지만 크롬웰은 이 대립을 어딘가 각성된 눈으로 보고 있습니다.

도코 그때그때 상대에게 교묘하게 맞춰주지요. 하지만 신세진 사람에 대한 은혜는 잊지 않습니다.

다케다 〈대부The Godfather〉 같지요(웃음). 크롬웰은 피가 섞이지 않은 아이에게 마음을 얻고, 혈육은 아니나 자신을 보살펴준 울지 추기경을 친아버지 이상으로 따릅니다. 각성된 관찰자라고 해서 냉혈한인 것도 아니지요.

에나미 소설에서 의리와 인정이 독자를 끌어당기는 장치가 되어 나니와부시浪花節[62] 같아진 점도 읽기 쉽게 합니다.

다케다 울지도 상인 계급 출신이고 크롬웰과는 굉장히 유사한 국가 비전을 갖고 있었던 것으로 보입니다. 다만 울지는 상당히 요란했지요.

도코 울지가 실각한 원인은 공적인 자리에서 남을 비방하는 걸 좋아했기 때문이라고 하는데, 마치 시바 료타로의 소설 같습니다. "사람들 앞에서 아케치 미쓰히데明智光秀를 마구 매도했기 때문에 죽임을 당했다"인 거죠.

62 샤미센을 반주로 의리와 인정을 주제로 한 창(唱)인데, 에도 시대 말기에 생겨나 메이지 시대에 성행했다.

다케다 그래서 크롬웰은 굳이 수수한 역할에 머무르면서 울지가 목표로 한 나라의 형태, 나라의 부를 늘리는 세계를 지향했습니다. 혼돈스러운 시대의 영웅호걸과는 어딘가 다른 주인공이 서민의 시점에서 완전히 새로운 나라를 만들려 하는 대하소설로서 무척 즐겁게 볼 수 있습니다.

가장 이상적인 문학상?

도코 부커상은 카리브해나 인도 사람도 속속 받습니다. 영국인은 이를 어떻게 생각할까요?

다케다 자연스럽게 받아들이고 있는 것 같습니다. 인도계 작가를 대표하는 살만 루슈디는 1981년에 『한밤의 아이들Midnight's Children』[63]로 수상했는데, 그 후 1993년과 2008년에 '부커상 중의 부커상'을 정할 때 두 번 다 이 작품이 뽑혔습니다. 요컨대 출신지에 의한 편견이나 편애는 없고, 단지 실력 있는 작가가 수상하고 있다는 것이지요. 또한 루슈디나 애트우드가 그리는 인물과 사회가 영국인에게 결코 친숙하지 않은 건 아닙니다.

---

63 살만 루슈디, 『한밤의 아이들 1·2』, 김진준 옮김, 문학동네, 2011.

도코 런던에는 전 세계에서 이민온 사람들이 평범하게 살고 있으니까요.

다케다 부커상은 받지 못했지만 제이디 스미스나 하니프 쿠레이시Hanif Kureishi 등 작가로 활약하는 영국 이민 2세대도 많습니다. 게다가 거슬러 올라가면 19세기의 찰스 디킨스Charles Dickens(1812~1870)도 작품 안에서 교역지로서 중국을 등장시키기도 하고 호주의 독지가를 등장시키는 등 대영제국을 반영하여 '글로벌'한 작품을 썼습니다.

도코 제인 오스틴Jane Austen(1775~1817)의 『맨스필드 파크Mansfield Park』[64]에도 카리브해의 장원이 묘사되어 있지요.

다케다 이를 식민지주의의 유산으로 비판할 수도 있겠지만, 그 역사를 극복하고 다양한 지역에 개성 풍부한 영어 문학이 꽃피었다는 것은 나쁜 일이 아닙니다. 그리고 그것을 제대로 평가할 수 있는 상으로서 부커상이 있는 거라고 생각합니다.

에나미 부커 국제상의 규칙을 서서히 바꿔가는 점도 포함해서

---

64 제인 오스틴, 류경희 옮김, 『맨스필드 파크』, 시공사, 2016.

세계적으로 이 상 전체가 존재감을 갖는다는 걸 제대로 의식하고 있습니다. 이런 것은 강점이지요. 그러니 전 세계 문학 팬이 주목하는 것일 테고요.

다케다 우리가 영어로 소설을 써도 후보가 될 가능성이 있는 거니까요(웃음).

도코 수상작에 통일성이 없는데도 모두 재미있어서 어느 작품을 읽어도 손해 보는 일이 없습니다. 그런 이상적인 상태를 유지할 수 있는, 세계에서 아주 드문 문학상이라고 생각합니다.

세 사람이 고른, 앞으로 수상했으면 싶은 작가

도코 : 치마만다 응고지 아디치에

다케다 : 토머스 핀천Thomas Pynchon, 제이디 스미스, 콜럼 토빈Colm Toibin, 미지의 신성

에나미 : 이언 매큐언(두 번째), 앤서니 도어Anthony Doerr

5

사진처럼 책을 읽는

'공쿠르상'

대담자

도코 고지 × 후지노 가오리 × 구와타 고헤이

Data

정식 명칭	공쿠르상Le Prix de Goncourt
주최	아카데미 공쿠르(프랑스)
시작한 해	1903년(1년에 한 번)
상금	10유로

프랑스에서 가장 오래된 문학상

도코 공쿠르상은 프랑스의 유명한 문학상이라는 정도의 지식밖에 없었는데, 수상 목록을 보니 상당히 유명한 작품이 많았습니다. 마르그리트 뒤라스Marguerite Duras는 제가 대학을 다닐 때 유행했고 미셸 우엘벡은 지금 일본에서 인기입니다. 파트릭 모디아노Patrick Modiano는 노벨문학상도 수상했습니다. 더욱 거슬러 올라가면 마르셀 프루스트Marcel Proust나 시몬 드 보부아르Simone de Beauvoir 같은 '프랑스 문학을 대표하는' 느낌의 작가들도 있습니다. 그리고 타하르 벤 젤룬Tahar Ben Jelloun, 패트릭 샤모아조Patrick Chamoiseau 같은 제3세계 문학도 있습니다. 궁금한 작가가 아주 많습니다. 프랑스에서 공쿠르상은 어떤 위치에 있습니까?

구와타 프랑스에는 유명한 문학상이 몇 개 있는데 그중에서 가장 오래된 것이 공쿠르상입니다. 공쿠르 형제의 유산으로 만들어졌지요. 공쿠르 형제는 작가였는데 세상을 떠난 부모의 유산으로 돈에 부족함이 없었던 모양입니다.

후지노 부럽네요. 꿈같은 얘깁니다.

구와타 글을 써서 그 보수로 생활할 필요가 없었던 아주 드문 작가라고 할 수 있습니다. 그래서 형제는 살아있을 때부터 자신들의 유산으로 아카데미와 문학상을 만들자는 이야기를 했다고 합니다. 그것을 유언에 썼는데 동생은 1870년, 형은 1896년에 세상을 떠났습니다. 그런데 유족이 문학상 창설에 반대하여 10년쯤 옥신각신하다가(웃음) 최종적으로 1903년에 아카데미와 공쿠르상이 제정됩니다.

선정 위원은 열 명인데 첫 회는 전원 남자였습니다. 그에 대항하여 이듬해에 페미나상Le Prix Femina이라는, 선정 위원이 여성만으로 구성된 문학상이 여성지에서 발전해 탄생했습니다. 이 둘이 오래되고 유명한 상입니다. 그 후 창설된 것으로, 비평가나 저널리스트 중심의 심사위원으로 구성되는 르노도상Le Prix Renaudot이 있고, 젊은 작가에게 많이 주는 메디시스상Le prix Medicis이 있습니다. 공쿠르상이 가장 오래되고 권위 있는 자리를 차지하고 있는 것이지요.

경향을 보면 흔히 40대 정도의 비교적 젊은 작가가 받습니다.

도코 막 중견이 된 그런 이미지인가요?

구와타 그렇지요. 그리고 시며 비평 등 최근 20~30년 동안 여러 가지로 갈라져 나왔습니다. 이번에 다루는 것은 본래의 공쿠르상입니다.

노출 과다의 문학

도코 최초는 마르그리트 뒤라스의 『연인L'Amant』[65]입니다. 제가 대학에 다닐 때쯤에 엄청 유행했는데, 영화도 크게 히트를 쳤습니다.

후지노 줄거리는 제대로 설명하기가 어렵습니다만, 아주 간략하게 말하자면 이렇습니다. 화자가 돌이켜 생각해보니 자신이 어떤 사람이었는지 결정된 것은 열다섯 살 반의 소녀였을 때의 경험이었다고 쓰여 있습니다. 그 열다섯 살 반의 소녀 주변에 구체적으로 무슨 일이 일어났는가 하면, 당시 그녀는 인도차이나에서 사업에 실패한 어머니 그리고 두 오빠와 살고 있었는데, 열두 살 위의 부호인 중국인 청년과의 성애에 눈을 뜹니다.

도코 영화 이미지가 강해서 머릿속에 중국인 남성과 프랑스인 소녀의 금단의 사랑이라든가 애욕, 핑크빛 무드가 소용돌이쳐

65 마르그리트 뒤라스, 『연인』, 김인환 옮김, 민음사, 2007.

서 가슴이 설렜습니다만(웃음), 20년 만에 읽었더니 내용이 전혀 다르더군요.

후지노 전혀 기쁘지도 부끄럽지도 않은 느낌이지요.

도코 저의 그 망상은 대체 뭐였을까요(웃음)?

후지노 영화를 본 도코 씨가 기쁘면서도 부끄러웠던 게 아닐까요(웃음)?

구와타 당시 내용보다는 프랑스적이라 여겨지는 성애관이 선행 이미지로 전해지는 풍조가 있었던 것 같아요.

후지노 실은 저도 대학 다닐 때 기쁘면서도 부끄러운 영화라고 생각하고 기꺼이 재상영하는 것을 보러 갔습니다. 그 후에 야하고 아주 좋아서 원작을 사서 돌아왔습니다.

도코 역시 영화 이미지가 강하네요.

후지노 그렇습니다. 주인공인 여자아이도 예쁘고, 중국인의 엉덩이는 반들반들하고요. 아무튼 엉덩이가 빛났던 것이 인상적이었어요. 그리고 소설에서도 굉장히 신경 써서 그렸는데, 중국인과 처음 만났을 때의 패션이 무척 귀여웠습니다. 남성용 모자를 쓰고 립스틱을 바르고, 오래 입어 낡은 원피스를 벨트로 묶고 금색 라메 하이힐을 신은 모습은 지금 생각해도 귀여워요.

도코 흉내 내고 싶어지는 느낌인가요?

후지노 당시 대학생이어서 무심코 흉내 냈었어요(웃음). 길에서 바나나를 파는 아저씨 같이 되었지만요.

도코 『연인』은 그런 이미지가 강합니다만, 중심은 어머니와 딸의 갈등입니다. 어머니는 오빠만 좋아하고 딸에게는 애정을 보이지 않으며 관리에게 속아 어쩔 도리가 없는 땅을 사서 점점 미쳐가지요. 그런 어머니가 중심에 있는 껄끄러운 가정에서 어떻게든 자신을 되찾으려고 딸이 난폭하게 구는 이야기입니다.

후지노 그렇게 병든 가정에서 살아가기 위해서는 한발 앞서 어른이 되지 않을 수 없었고, 그 방법으로 섹스를 선택하는 것은 흔히 있는 이야기이기는 합니다.

도코 성적으로 성숙함으로써 반항하고 있는 것처럼 보이지만,

실은 어머니가 자신의 벌이만으로는 가족을 부양할 수 없으니 딸이 부자의 정부가 되어가는 것을 묵인한다고 할까, 뒤에서 밀어주는 느낌이 있지요.

후지노 완전히 원조교제입니다. 그런데 평범한 부모처럼 화를 내거나 탄식할 줄 알았더니 돈을 받으라며 뒤에서 밀어주고, 참 난감한 사람입니다.

도코 자신이 해보지 못한 화려한 생활을 딸에게 해주려는 듯한 점도 있습니다. 어머니가 이상해지는 모습이 재미있고, "그녀의 생애 끝 무렵의 겨울 동안, 얼어붙을 만큼 추울 때는 네 마리에서 여섯 마리의 어린 양을 자신의 침대 옆에서 재웠다"라는 등 마치 마르케스의 『족장의 가을El otono del patriaca』에 나오는 낡아빠진 궁전 같기도 합니다(웃음).

후지노 집에서 병아리 600마리를 부화시켜 모두 죽인다거나, 아무튼 좋습니다.

구와타 좋습니까(웃음)?!

도코 옛날에는 그런 기묘한 디테일을 건너뛰고 읽었습니다.

그때의 저는 뒤라스의 멋진 문장에 압도당해 그런 부분을 읽을 수 없었던 것 같습니다.

후지노 확실히 첫 부분의 "생각해보면 내 인생은 너무 빨라 손을 쓸 방법이 없었다"라든가 "나는 파괴된 얼굴을 하고 있다" 하는 부분이 정말 근사해요. 그런 부분이 아주 좋지요. 우와, 건너뛰었구나, 우쭐거리는구나, 좋아, 좀 더 해봐, 하게 되지요.

인도차이나를 떠나게 되어 프랑스로 향하는 배에 타고 나서도, 부모가 정해준 상대와 결혼하게 된 중국인에 대해 "그 사람은 오랫동안 그 아가씨와 침대를 같이 쓸 수가 없고" 자신, 즉 주인공만 생각하고 있으며, 간신히 같이 쓸 수 있게 되더라도 그것은 자신에 대한 갈망 때문일 거라고 멋대로 상상하는 장면도 최고입니다.

구와타 자주 지적되는 것입니다만, 뒤라스의 소설은 방금 나온 것처럼 꼭 세 사람의 관계입니다. 『연인』이라면 어머니와 오빠의 사랑 안에 주인공이 있습니다. 또한 작은 오빠와 근친상간적인 관계에 있으면서 중국인과 육체관계를 맺습니다. 다른 여성과의 결혼이 정해진 그 중국인에 대해서는 프랑스로 출발한 배 안에서야 겨우, 실은 사랑했던 게 아닐까 하고 생각합니다. 뒤라스의 연애에는 그렇게 부재하는 제삼자의 시선이 반드시 나오고, 그것이 종종 두 사람의 사랑을 불가능하게 만듭니다. 예컨대 기숙사 동기로 엘렌 라고넬이라는 여자아이가 나오는데, 주인공이 이 엘렌의 몸을 정부인 중국인에게 제공하고 싶다고 망상하는 장면이 있습니다. 괘씸하지요.

뒤라스는 주인공에게 이미 뭔가 큰 사건이 있고 난 후의 세계를 보고 있다는 느낌이 듭니다. 우리가 생각하는 두 사람의 사랑이라는 관계가 아니라 그것이 파탄 나고 만 후를 보는 시선 말이지요. 사랑은 결코 성취되지 않는다는 것을 알고 나서 보고 있으니까 그런 삼자 관계가 나오는 것 같습니다.

도코 상대가 부재할 때만 사랑은 명확히 느낄 수 있다는 것일까요? 늘 눈앞에 있는 사람과는 사랑의 관계가 결코 성취되지 않는다는 감각을, 짧은 소설에서 이렇게까지 폭로하는 것은 굉장합니다.

구와타 이 소설은 자전이기도 합니다. 정말 뒤라스의 어머니는 프랑스령 인도차이나에서 정부가 불하한 땅을 사고 난 후 이상해졌습니다. 『연인』은 1984년 작품입니다만, 작가가 1950년에 쓴 『태평양의 방파제Un barrage contre le Pacifique』[66]라는 자전적 작

66 마르그리트 뒤라스, 『태평양의 방파제』, 김정란 옮김, 새움, 2007.

품과 내용이 비슷합니다. 그 작품은 일반적인 이야기 형식으로 썼습니다. 『연인』은 기억의 단편이 시간 축을 따르지 않는 형태로 그렸고요.

도코 같은 이야기가 몇 번이나 반복되었지요.

구와타 『태평양의 방파제』는 공쿠르상을 받지 못한 작품으로, 2부로 구성되었습니다. 중국인은 '므시외 조'라는 국적을 알 수 없는 이름으로 나오고, 『연인』의 주인공에 해당하는 인물은 쉬잔이라는 이름으로 나옵니다. 조가 쉬잔에게 반해서 그녀에게 축음기며 다이아몬드를 선물하지요.

아까 후지노 씨가 즐거워했던 병아리 장면은, 『태평양의 방파제』에서는 아이가 태어나서 죽어가는 장면과 겹칩니다. 그 부분이 압권이지요.

후지노 정말 재미있어요!

구와타 현지 아이들은 매년 다들 정해진 시기에 태어나고 정해진 시기에 죽는다고 합니다. 어머니가 맡아 기르던 아이도 금방 죽어버립니다. 근원적인 불모不毛지요. 계급과 가난, 섹슈얼리티와도 결부된 당시 인도차이나의 해변이 뒤라스 안에서 철저한 불모로서 원풍경原風景으로 존재합니다. 그 불모를 직접 보고 어머니는 미쳐갑니다. 자라는 데 백 년 이상이나 걸리는 나무를 심기도 하지요(웃음).

다만 『태평양의 방파제』가 34년을 거쳐 『연인』이 되었을 때, 예전 이야기는 없어졌습니다. 적어도 형태상으로는요. 방파제가 있는 바다의 흰빛에 대해 뒤라스는 여러 작품에서 이야기하고 있다고 생각하는데, 근원적인 불모로서 모든 것을 하얗게 해버리는 느낌이랄까요. 『태평양의 방파제』에서는 그것이 이야기 안으로 회수되었지만, 『연인』에서는 다른 스타일이 되었습니다. 그것은 "내 인생 이야기 따위는 존재하지 않는다"는 말에도 나타나고, 너무나도 원초적인 광경이, 그 하얀 광경이 눈부셔서 이야기가 될 수 없는……. 그래서 저는 '노출 과다의 문학'이라고 부릅니다. 빛이 너무 강렬해서 직시할 수 없는 것들을 단편적인 문장으로 쓸 수밖에 없는 것인가, 하는 생각을 했습니다.

도코 트라우마 연구에서도, 일종의 근원적인 파국이 있으면 사람은 항상 그 기억으로 돌아가게 되지만 그것을 직시하면 인격이 파괴되기 때문에 그때마다 회피해버린다는 이론이 있습니다. 그런 운동이 제어할 수 없는 형태로 반복되기에 단편이 겹겹이 쌓여가는 것이겠지요.

그리고 식민지 문제도 굉장합니다. 중국인 애인과 가족들의 식사 자리에서 가족들은 그에게 말을 한마디도 걸지 않습니다 (웃음).

후지노 그 부분은 정말 지독해요. 차별이 너무 심하거든요.

도코 '중국인이라서, 백인이 아니라서'라는 게 당연한 세계입니다. 하지만 주인공 일가는 가난하고 백인이라는 점 외에는 볼 것도 없습니다.

후지노 하찮은 사람이지요.

도코 그런 가운데 중국인 청년은 사랑을 관철하려고 하지만, 주인공의 가족은 상대도 해주지 않습니다. 이런 부분도 옛날에는 건너뛰고 읽었습니다. 그런 불쾌함을 이렇게까지 끈끈하게 써낸 것도 대단합니다. 그리고 그 폭력성이 어머니와 딸의 관계 안에서 반복됩니다. 게다가 두 사람의 대화가 성립하지 않기 때문에 영원히 해결되지도 않습니다.

구와타 이야기하면 이해할 수 있다는 건 뒤라스의 세계에서는 존재하지 않지요.

도코 한없이 광기에 가까운 이야기지만, 동시에 뒤라스는 인간이란 이런 존재가 아닌가 하고 말하는 것 같기도 합니다.

구와타 서로 사랑하다니, 하고 말이지요(웃음).

도코 유일하게 가능성이 있다고 한다면, 사랑의 관계가 결정적으로 상실되고 두 번 다시 만날 수 없게 되었을 때 어쩌면 사랑했던 것인지도 몰라, 하고 돌이켜보는 형태뿐이지요.

구와타 연애에 대해 생각할 때는 맨 먼저 읽었으면 싶은 작가입니다. 뒤라스가 예순여섯일 때 서른여덟 살 아래의 얀 안드레아라는 애인이 생기는데 그는 동성애자입니다. 뒤라스는 원래 동성애에 어떤 의미에서 부정적이었지만 얀 안드레아를 만나자 죽을 때까지 그와 동거하며 사랑합니다. 그녀의 유작인 『이게 다예요C'est Tout』[67]에는 그에 대한 사랑의 말이 격정적으로 쓰여 있습니다. 『이게 다예요』를 읽으면 사랑이란 뭘까 하는 생각을 하게 되지요.

후지노 멋집니다. 남녀 사이의 사랑이라고 하면 성애를 축으

67 마르그리트 뒤라스, 『이게 다예요』, 고종석 옮김, 문학동네, 1996.

로 맺어진다고 생각하기 십상이고, 실제로 그렇게 시작하는 경우가 많을 겁니다. 하지만 다른 것을 축으로 한 애정의 형태가 있다고 생각하면, 이렇게 눈앞이 확 환해지는 느낌입니다. 인생에 희망이 기다리고 있는 거지요. 왜냐하면 성애를 축으로 한 남녀 관계는, 특별히 남녀만이 아니라 어떤 성의 조합이어도 그렇다고 생각하는데 두 사람이 아무리 대등하다고 해도 결국은 대등할 수 없으니까요. 물론 다른 것을 축으로 했다고 해서 대등하다고 할 수는 없지만, 적어도 가능성은 있다고 여겨지는 것은 어쨌지 무척 좋지요.

이야기가 작품에서 다소 벗어난 것 같아 죄송합니다. 『연인』에서 이야기하는 사랑은 가족에 대한 사랑인데, "지금 그들은 죽고 말았다, 어머니와 두 오빠는. 추억도, 이미 늦었다. 지금 나는 그들을 사랑하지 않는다"라는 부분이 있습니다. 여기에도 사랑에 대한 뒤라스의 태도가 드러나 있다고 생각합니다. '사랑하지 않'으니까 쓸 수 있는 거지요. 구와타 씨가 말한 '노출 과다'에서 과도하게 내리쬐는 빛이란 사랑이고, 그것이 지나갔기 때문에 사물을 제대로 포착할 수 있게 되었다는 게 아닐까요?

그리고 제가 『연인』에서 가장 좋아하는 것은, 시간 순서를 무시하고 배치된 단편 구성입니다. 이런 방식 덕분에 바다의 파도 같은 느낌을 내내 받게 됩니다. 파도의 거친 모습과 저항할 수 없는 강한 흔들림을 떠올리게 하는 방식이지요. 쉼표가 이어지는 긴 문장도 파도와 같은 느낌에 박차를 가하여, 읽고 있으면 이상하게 기분이 좋습니다.

경박한 예술로 세계를 다시 쓰다

도코 다음은 미셸 우엘벡의 『지도와 영토La carte et le territoire』[68]입니다. 2015년에는 『복종Soumission』[69]으로 큰 화제를 부른 작가인데, 이 『지도와 영토』도 굉장히 좋습니다.

주인공인 제드라는 남자가 예술대학을 나온 후 미슐랭 지도를 사진으로 찍어 작품으로 만들었더니 컨셉추얼 아트Conceptual Art처럼 받아들여져 유명해집니다. 그다음으로 착수한 것은 인간을 유화로 그린 작품입니다. 이것으로 더욱 유명해집니다. 마지막에는 모든 문명이 식물 속으로 파묻혀가는 비디오 아트를 만들어 엄청나게 위대한 사람이 된다는 이야기입니다. 그리고 작중에는 우엘벡도 한 인물로 등장합니다.

후지노 제드는 부잣집 출신에 미녀와 사귀고, 정말 꼴 보기 싫은 놈이지요.

---

68 미셸 우엘벡, 『지도와 영토』, 장소미 옮김, 문학동네, 2011.

69 미셸 우엘벡, 『복종』, 장소미 옮김, 문학동네, 2015.

도코 상대는 항상 미녀예요. 게다가 제드는 열렬히 사랑하는 것도 아닙니다. 그런 점도 재미있습니다.

후지노 자신의 작품에 대해서도 그렇습니다. 뭔가 좀 느낌이 안 오는 것 같거든요. 그런데도 하나하나 대성공을 거두니 화가 날 수밖에요(웃음). 소설은 정말 재미있는데 이놈은 싫습니다.

도코 제프 쿤스Jeff Koons가 마이클 잭슨의 조각[70]을 만든 것처럼 경박한 것에서부터 자본주의 비판까지 디테일도 엄격하게 정해져 있습니다. 소설로서도 잘 만들어졌고, 후지노 씨가 좋아할 것 같은 사체 훼손 예술 같은 이야기도 들어 있습니다.

후지노 그렇지요. 다만 한 가지, 문고판 띠지에 "우엘벡, 참살!?"이라고 크게 쓰여 있어서 '아아, 우엘벡이 참살당하는구나' 하고 기대하며 읽었는데 좀처럼 죽지 않는 거예요. 빨리 죽었으면 좋을 텐데, 하며 읽었습니다.

구와타 후지노 씨는 그런 사람입니까(웃음)?!

---

70 작품 〈마이클 잭슨과 버블즈(Michael Jackson and Bubbles)〉(1988)를 말한다. 마이클 잭슨이 '버블즈'라 불리는 그의 반려 침팬지를 안고 있는 실물 크기의 조각상이다. 쿤스는 이 작품을 도자기로 만들어 대중스타라는 지위의 공허함과 연약함을 드러냈다.

도코　자본주의와 예술에 관한, 본 줄거리와는 관계없는 고찰이 하나하나 즐겁습니다. 가전제품 이야기에서 일본제 설명서는 문장의 태도가 건방지다, 독일제 설명서는 설득력 있지만 제품의 질이 2퍼센트 부족하다, 하지만 한국제 설명서는 사람을 환영하고 있어서 좋다, 하는 것은 소설로서는 없어도 상관없는 이야기지요(웃음). 제드의 친구들은 예수의 생애보다 스파이더맨의 생애를 더 자세히 알고 있다거나 하는 것도요.

후지노　없어도 되는 이야기가 많아서 즐거워요. 약간 『오스카 와오의 짧고 놀라운 삶』 같기도 합니다.

구와타　쓸데없는 디테일이 재미있는 점은 같습니다. 굉장히 현대적이지요.

도코　여러 모로 재미있는 것이 어수선하게 가득 차 있어, 읽으면 재미있는 작품입니다. 독자에게 호평을 받는다면 뭐든지 하겠다는, 좋은 의미에서 깊이가 없다는 점이 아주 그만이지요.

후지노　읽고 있으면 제드가 만드는 작품 하나하나가 상당히 구체적으로 떠오르는 것도 즐겁습니다.

구와타 작가로서는 그런 게 가장 어렵습니다. 가공의 재미있는 작품을, 게다가 있을 법한 작품을 생각해내야 하니까요.

후지노 세상에서도 충분히 호평을 받을 것 같은 작품이지요. 적당히 경박하고요(웃음).

도코 '빌 게이츠와 스티브 존스Steve Jones, 정보과학의 미래를 이야기하다' 같은 제목이니까요(웃음).

후지노 그런 속된 작품이 아주 숭고한 느낌으로 그려졌는데, 그것을 보고 다들 기뻐하는 모습도 생생하게 눈에 떠오릅니다.

도코 우엘벡은 '현대 예술은 어렵다' 생각하는 사람이 '이거라면 알 수 있어!'라고 느끼는 선을 교묘하게 긋고 있지요. 미슐랭도 그렇습니다. 흔히 파는 지도니까요.

후지노 마지막 비디오 작품이 실제로 있다면 저도 비교적 좋아할 것 같았습니다.

도코 미술계에서 지금 어떤 것이 높은 가격에 거래되고 있는지 그는 제대로 조사한 것 같더군요.

구와타 첫머리에 나온 제프 쿤스와 데미안 허스트Damien hirst는 실제 미술 작가입니다.

후지노 데미안 허스트의 토막 낸 동물 작품은 여러 모로 많이 인용됩니다. 영화 〈더 셀The Cell〉(2000)이라든가 드라마 〈한니발Hannibal〉[71]에도 나왔습니다.

도코 그런 미술 작품들도 재미있지만 제드의 빈약한 인간관계도 대단합니다. 파티에 가면 친하지는 않지만 얼굴은 아는 사람들이 아주 많잖아요. 그런 사람들에게 좋은 인상을 심어주려고 오로지 이야기를 듣고 있다는 얼굴을 하면서 고개만 끄덕일 뿐 한마디도 하지 않습니다. 주인공은 얼핏 이상한 사람이지만, 주느비에브와 헤어지는 장면을 읽으면 의외로 평범한 사람이 아닐까 하는 마음도 듭니다.

구와타 그렇습니다. 슈퍼마켓이 최고의 유토피아라고 한다거나 잡지를 읽지 않는다거나, 얼핏 현대풍이지요. 마지막 작품이 자연만 남는 비전을 보여주는 것이라서, 돌고 돌아 자연으로 회귀한 것처럼 보이지만 실은 상당히 이른 단계에서부터 그런 이

71 2013년 4월 4일부터 2015년 8월 29일까지 미국 NBC에서 방영된 텔레비전 드라마.

미지가 나왔습니다.

도코 우엘벡과 윌리엄 모리스William Morris에 대해 이야기하는 장면도 그렇고, 제드는 평범하게 평온함을 바라는 사람으로 보입니다.

구와타 잡지를 읽지 않는다는 것도 우엘벡과의 대화에서 나오지요. 그 뒤에 "파리에서는 주위에 정보가 흘러넘치고, 키오스크 앞을 지나치면 좋든 싫든 목차가 눈에 들어오고, 계산대에 줄을 서 있는 동안에도 사람들의 이야기가 들려온다. 할머니의 장례식에 참석하려고 클루즈에 갔을 때는 수도에서 멀어질수록 대기 중의 정보 밀도가 떨어진다는 것, 더 일반적으로는 인간적으로 중요한 것들이 점점 덜 중요해지고 모든 것이 하나씩 사라져 식물만 남는 것도 생생하게 실감했다"라고 말합니다. 제드는 도시적이고 모던하며 알맹이가 없는 느낌이 들지만, 소설의 처음부터 어딘가 모더니즘 이전의 감각, 또는 모더니즘이 끝난 후의 감각을 갖고 있는 사람이기도 합니다. 그것이 바로 현대적인 것 같습니다.

도코 그런 감각이 현대적이지요.

구와타 하지만 이 사람은 지도를 예술 작품으로 만들었는데도 파리에서 길을 잃고 아무렇지 않게 지도를 봅니다(웃음). 작품으로 썼는데도 이전의 방법으로 지도를 보는, 아주 재미있는 사람이지요.

후지노 스마트폰으로 구글맵을 열기도 합니다.

구와타 모던한 도시 생활을 하면서도 그 외부에 대한 시선을 갖고 있는 사람이라서 마지막 부분에 나오는 모더니티란 잘못된 게 아닐까, 하는 발상에 이르지요.

도코 우엘벡의 작품은 현대풍에 딱 맞는 느낌으로 보수적인 데가 있습니다. 그는 새로운 것을 예찬할 뿐 아니라 인간이란 의외로 오래된 것을 좋아한다고 넉살좋게 말하며 독자에게 그렇게 생각하도록 만듭니다. 그래서 좀 더 리버럴한 윗세대는 그를 격렬하게 비판하는 건지도 모르지요. 『지도와 영토』에서도 우엘벡은 굉장히 평판이 나쁘다는 이야기가 나옵니다(웃음).

그리고 제드와 연인이었던 올가와의 관계가 굉장히 즐겁습니다. 올가가 러시아로 갈 때 제드는 "아, 그래" 정도의 반응을 보이며, 그녀를 뒤쫓아 가기는커녕 메일도 보내지 않고 10년이나 내버려둡니다. 그런 수동적인 부분이나, 돌아오니 딱 한 번 만나는 부분을 읽을 때 이상한 현실감을 느꼈습니다. 그는 예술 작품을 만들 때도 직감을 따를 뿐이고, 자신은 무엇 하나 적극적으로 선택하지 않습니다. 지금까지의 방식이 이제 무리라고 생각되면 작풍도 확 바꿔버립니다.

후지노 하지만 우엘벡에 대해서만은 굉장히 적극적이지요.

구와타 작품을 만들 때도 정열을 쏟지 않고 노력하지 않아도 인기를 얻습니다만, 우엘벡이 상대가 되자마자 깊은 사상이 있는 것처럼 이야기하기 시작하지요.

도코 게다가 그것 때문에 작중의 우엘벡이 더할 나위 없는 현인賢人으로 보이게 되고요(웃음).

후지노 하지만 제드의 호감을 얻은 탓에 우엘벡은 참혹하게 죽습니다.

구와타 범행 현장 사진을 잭슨 폴록Jackson Pollock[72] 같다고 말하는 장면은 정말 우스웠습니다.

---

72 미국 추상 표현주의 미술의 대표 작가.

후지노 나오는 형사도 이상합니다. 얼굴을 한 번 보기만 하면 두 번 다시 잊어버리지 않는 형사가 나오는데 정말 잠깐 등장할 뿐입니다(웃음). 그 사람도, 티에리 종케Thierry Jonquet[73]를 좋아하는 젊은 형사도 좀 더 알고 싶은데 말이지요!

도코 참살 현장을 보면 다들 속이 안 좋아지겠지만 나는 스리랑카에서 썩어가는 사체 앞에서 며칠이나 명상을 하는 수행을 받고 와서 괜찮다고 말하는 형사도 나오지요.

구와타 영문을 알 수 없는 심령주의spiritualism네요. 불교도가 아니면 안 되지만 당신이 그런 직업이니 특별히 허락하겠다며 수행을 시켜주는 승려는 또 어떻게 된 걸까요?

도코 관광 심령주의의 풍자 같네요.

구와타 파워 스폿power spot 순례 같은 것이지요. 굉장히 현대적입니다.

후지노 그 수행은 저도 좀 받고 싶습니다. 그리고 엽기 살인범

---

73 『독거미(Mygale)』(조동섭 옮김, 마음산책, 2011) 등을 발표한 프랑스의 추리소설 작가.

은 슬쩍 다루고 그냥 지나갑니다. 쭉 기다리고 있었거든요. 드디어 나왔구나! 싶었는데, 그것만으로도 한 권쯤 쓸 만한 이야기인데 말이지요.

구와타 원래라면 제드보다는 범인 쪽이 문학의 소재가 되기 쉬운 사람이지요.

도코 다만 엽기적일 뿐이라는 것은, 우엘벡의 세계관에서는 그렇게 재미있는 사람이 아니겠지요. 평범한데 엄청나게 팔린다거나 평범한데 사람에게 상처를 준다거나 하는 것이 그의 흥미를 끄는 거라고 생각합니다. 제드의 아버지도 그에게 버림받아 거의 죽임을 당한 거나 마찬가지고요.

구와타 제목인 『지도와 영토』에서 지도는, 제드가 작품의 소재로 삼은 미슐랭 지도입니다. 지도를 통해 인간이나 동물의 소리를 들으며 그것을 현대적으로 바꿔 써서 작품으로 만들어갑니다. 그렇게 해서 자본주의로 뛰어들었지요. 그럼 영토는 뭘까요? 건축가인 그의 아버지는 영토를 만들어가는 사람입니다. 하지만 그 꿈은 곧 깨집니다. 세계란 지도를 다시 그려도, 영토를 다시 만들어도 멸망할 수밖에 없습니다. 그런 생각이 최후의 비디오 아트인 폐허와 같은 작품으로 이어졌습니다. 지금의 세계가 끝난 뒤의 비전을, 독자가 접근하기 쉬운 형태로 보여주는 작가입니다.

기억 탐정 모디아노

도코 마지막은 파트릭 모디아노의 『어두운 상점들의 거리Rue des boutiques obscures』(1978)[74]입니다.

구와타 이건 모디아노의 여덟 번째 작품이지요. 흥신소에 근무하는 화자인 '나'는 사실 10년쯤 전부터 기억을 잃었습니다. 그래서 자신이 어떤 사람인지 찾아가는 '잃어버린 나를 찾아서' 같은 작품입니다. 자신의 본명조차 모릅니다만, 근무처인 탐정 사무소의 보스가 기 롤랑이라는 이름을 붙여줍니다.

도코 이 이름은 프랑스어로 무색투명한 건가요?

구와타 글쎄요, 상당히 흔한 이름일 겁니다. 일본인이라면 아마 야마모토 다카시쯤 되겠지요. 그래서 탐문을 하거나 사람을

74 파트릭 모디아노, 『어두운 상점들의 거리』, 김화영 옮김, 문학동네, 2010.

만나며 조금씩 과거의 자신을 조사해나갑니다. 그러면서 우여곡절을 겪는 이야기지요.

도코 모디아노의 작품으로는 『팔월의 일요일들Dimanches d'aout』(1986)[75]을 읽은 적이 있는데 내용이 굉장히 비슷했습니다.

구와타 모디아노의 작품은 어느 것이나 비슷하지요. 공쿠르상을 받은 작품이라면 마르셀 프루스트의 『잃어버린 시간을 찾아서A la recherche du temps perdu』, 어떤 의미에서는 파스칼 키냐르Pascal Quignard의 『떠도는 그림자들Les ombres errantes: Dernier royaume I』(2002) 등도 그렇습니다만, 어떻게 잃어버린 과거에 접근할까 또는 그것을 어떤 형태로 새롭게 구축할 수 있을까 하는 이야기를 합니다. 특히 모디아노는 자신이 경험한 과거가 아니라 자신이 태어나기 전 시대, 점령하의 시대에 집착합니다. 자신이 경험하지 않은 과거, 이름도 없는 과거, 역사의 그림자, 그런 것에 어떻게 촉감을 줄까 하는 것을 문학적으로 뛰어난 형태로 제시했다고 생각합니다. 어느 것이나 비슷하지만, 읽으면 질리지 않습니다. 왠지 모르게 패턴을 알게 되지만 그때까지의 전개가 재미있는 거지요.

---

75 파트릭 모디아노, 『팔월의 일요일들』, 김화영 옮김, 문학동네, 2015.

그 한 가지 요인은 잃어버린 과거를 탐색할 때 사소한 실마리에 의지한다는 것입니다. 목소리나 사진, 이미지 등 사소한 것들로부터 서서히 기억을 되찾아가는 과정이 좋지요.

도코 뭔가 후추 냄새가 난다고 했던 것이, 조사해가는 중에 과거의 기억으로 이어집니다. 단편적으로는 광경이 떠오르지만 그곳이 어디인지 알 수 없다든가 하는 식이지요.

구와타 또 한 가지 요인은, 잘 모르는 것을 떠올리는 감각을 현대에는 느끼기 어려운데 그것을 경험하게 해주기 때문입니다. 기억을 떠도는 감각. 지금은 모두 데이터가 남아 있지 않습니까? 통화도 내역을 보면 알 수 있고, 아무튼 과거에 대한 감각이 둔해진 것 같습니다. 인생에서 사라지는 것은 아주 많을 텐데 말이지요.

도코 구글로 검색해보면 되잖아, 하는 느낌이 있지요.

구와타 잊는다는 감각 자체를 잊었고, 떠올린다는 것에 대한 감각이 일상적이지 않게 된 것 같습니다.

후지노 그건 잘 알 것 같아요. '그게 뭐였지' 하고 내가 경험했던 뭔가가 생각나지 않을 때 무의식적으로 구글에서 검색해보려고 한 적이 있으니까요. 내 머릿속에만 있는 건데 말이에요.

구와타 프루스트의 작품도 기억 소설이지만, 그의 경우는 화자인 '나'가 정신을 똑바로 차리고 있지요. 단편적인 기억을 모아가지만 '나'가 정신을 똑바로 차리고 있으니까 그것을 중심으로 세계가 재구축될 수 있습니다. 하지만 『어두운 상점들의 거리』에서는 '나'가 처음부터 구멍이라 더듬더듬 찾아도 그것이 정말 그런지 알 수가 없습니다.

도코 도중에 추정했던 자신의 이름이 맞지 않았다는 걸 알기도 합니다.

후지노 그 장면을 아주 좋아해요. 그 사람의 추억을 자신이 멋대로 날조해놓고도 틀리다는 걸 알고 '아쉽다'고 말하지요. 무심코 웃었습니다.

도코 자아가 상당히 알쏭달쏭하지요.

구와타 그 부분이 재미있습니다. "멕케부아 씨지요?" "아, 예……" 같은 대화 말이지요.

후지노 사람을 만날 때마다 이 사진 속의 사람이 나를 닮았지요, 하고 묻는 것도 대단합니다. 보통 그런 질문을 받으면 물러서게 되잖아요.

구와타 그런 식으로 틀린 정보라도 멋대로 받아들여 이야기를 만들어내잖아요. 그래서 지금 주인공의 이름은 뭐였더라, 하게 되지요. 현기증이 나는 감각입니다.

도코 그리고 A씨와 B씨는 이름이 다르지만 실은 동일 인물이었다고 한 장면도 있으니까 모든 것이 애매모호하지요.

구와타 그 감각이 아주 그만인 것 같습니다.

도코 주인공은 여러 군데서 증인을 만나지만 다들 대체로 잊어먹고 있어요. 과거를 억지로 떠올리려고 하는 그들의 증언은 신빙성이 상당히 떨어집니다.

구와타 그리고 이야기가, 듣고 싶은 것과 다른 방향으로 나아가기도 합니다.

도코 그런 식으로 기억의 모습을 읽어가는 작품이지요.

구와타 이름이 여러 개라는 이야기가 있었는데, 모디아노의 아버지는 유대인이고 독일 점령하의 프랑스에서 벌벌 떨면서 살았다고 합니다. 당시 유대인은 이름이 여러 개거나 위조 여권을 몇 개씩 갖고 있었기 때문에 항상 정체성의 혼란을 겪었습니다. 그런 자전적인 요소도 들어있는 게 아닐까요?

도코 벨기에의 플라망어가 통하는 술집도 나오지 않나요? 그곳 손님이 쓰는 말에 대해 "분명히 플라망어겠지만 이상한 말로 이야기하고 있었다"고 주인공은 차갑게 말하지만, 사실 모디아노의 어머니가 플라망계입니다. 이것은 프랑스인에게 자신이 이렇게 보이고 있다는 걸 그가 힐끗 내비친 게 아닐까, 생각했습니다. 모디아노의 전기적 사실을 알고 있으면 그런 디테일도 즐길 수 있습니다.

구와타 다른 작품과 비교하며 읽으면 재미있는 것도 그런 디테일입니다. 아, 이건 그 작품에도 있었는데, 하고 말이지요.

도코 타인의 기억을 이어받는다는 건 어떤 것이고, 증언한다는 것은 어떤 것인지, 옳은 기억이란 무엇인가 하는 주제는 아쿠타가와상에 대해 이야기할 때 나온 메도루마 슌과도 공통됩니다. 나라는 달라도 주제는 굉장히 비슷하고, 어느 쪽이나 전쟁이

얽혀 있지요. 『연인』도 그렇고요.

후지노 또 한 가지 신경 쓰였던 것은 타이머 전구가 굉장히 효과적이라는 겁니다. 일정 시간이 지나면 알아서 꺼지는 전구지요. 사람도 집중력이 떨어지면 언젠가 뚝 끊기고, 기억도 멋대로 사라지고, 작품 안에서 굉장한 영향을 미칩니다.

도코 프랑스에서 타이머 전구는 일반적인 건가요?

구와타 그렇습니다. 어느 아파트에나 반드시 달려 있지요.

도코 술집에서 증언을 모으고 있을 때도, 경쾌하게 과거에 대해 말하던 증인이 나중에 피곤해지자 주인공이 누구인지조차 모르게 되기도 합니다.

후지노 그건 독자에게도 들어맞을 거라고 생각해요. 반드시 어딘가를 빼먹고 읽게 되는 독서 경험들이 있잖아요. 인물이 잔뜩 나오면 다 기억 못하기도 하고, 사건도 너무 여러 가지가 나오면 쏙 빠뜨리기도 하고, 막연히 기억하고는 있지만 시간 순서가 모호해지기도 하죠. 저는 늘 그런 느낌인데, 안달하고 제 머리 탓을 하면서 읽어나갑니다. 하지만 모디아노는 그것을 허락

한다고 할까요, 오히려 촉구하는 듯한 구석이 있습니다.

구와타 그런 구조도 좋아합니다. 모디아노의 작품은 의도적으로 정보를 누락하는데, 그것은 기억도 마찬가지라고 생각합니다. 문학 연구의 경우 세부적인 것들을 빠뜨리고 읽으면 '잘못 읽었다'는 말을 듣습니다. 하지만 빠뜨리고 읽는 것이 전혀 없는 경우는 있을 수 없을 겁니다.

후지노 작중에도 남의 이야기를 들으며 화자가 이건 기억할 수 있을까 생각하는 장면이 나옵니다. 그래서 '아, 괜찮아' 하고 생각했습니다.

도코 메모를 하고 싶지만 그렇게 하면 상대가 그만 입을 다물어버리니까 괴로운 거지요. 그리고 결국은 잊어버립니다(웃음).

구와타 보통은 그런 독서가 당연합니다. 그래서 연구자의 읽기에서 부자연스러움을 느낄 때도 있습니다. 디테일을 지나치게 자세하게 읽거든요.

도코 그리고 해설에도 쓰여 있습니다만, 현대소설과 탐정소설은 궁합이 잘 맞습니다. 모디아노는 세련된 폴 오스터Paul Auster

같은 느낌입니다. 잘 잊어버리는 아저씨가 우물우물 이야기하는, 묘한 세련됨입니다.

구와타 잠복 형사 계열이지요. 모디아노의 최신작 『네가 길을 잃어버리지 않게Pour Que Tu Ne Te Perdes Pas Dans Le Quartier』[76]는 작가 본인으로 보이는 초로의 작가가 주인공입니다. 어느 날 "당신의 수첩을 주웠습니다"라는 전화가 걸려옵니다. 거기에서 기억의 구멍 같은, 도저히 기억해낼 수 없는 어떤 사건으로 끌려들어가 그것이 실제로 뭐였는지를 알려고 하지요. 사라진 것을 찾는다는 의미에서 자연히 탐정소설처럼 되는 걸 겁니다.

후지노 보통 소설을 쓰면서 자주 생각하는데, 쓰는 일이란 뭔가를 해명하려고 노력하는 것과 비슷한 것 같습니다. 그래서 드라마 같은 데서 보는 탐정의 일과 공통점이 있구나, 하는 생각이 듭니다. 다만 드라마의 탐정은 범인이라든가 동기 등 해명하려는 것이 분명히 밝혀지지만, 소설은 지금 자신이 해명하려는 것이 무엇인지 잘 모릅니다. 불모지요. 하지만 왠지 불모가 아니면 안 되지 않을까 하는 생각을 합니다.

---

76 파트릭 모디아노, 『네가 길을 잃어버리지 않게』, 권수연 옮김, 문학동네, 2016.

빛이 닿는 소설 저마다의 방식

도코 이번 책은 세 권 다 수준이 높았습니다.

후지노 세 권 다 굉장히 재미있었어요.

구와타 일본에서는 1970, 1980년대에 특히 프랑스 문학이 인기가 있지 않았나요?

도코 어라, 제 감각이 낡은 걸까요(웃음)? 하지만 읽으면서 '진짜 문학'이라는 느낌이 들었습니다. 미국 문학도, 영국 문학도, 작가는 주류가 아니라 주변부에서 온 사람이 많습니다. 뒤라스는 인도차이나에서 태어났고, 우엘벡은 레위니옹섬 출신이고, 모디아노는 유대인과 프랑스계의 혼혈인 것처럼 다들 순수한 프랑스인이 아닙니다. 그런 사람들이 활약하고 있다는 것은 참 좋네요. 옛날 프랑스 문학에 빠져 있을 때는 몰랐던, 이런 사회적인 부분을 생각하게 되니 다시 재미있어지는데요.

구와타 뒤라스는 노출 과다의 문학이라고 했는데, 모디아노는 빛이 적습니다. 찍은 사진에 빛이 적어 뭐가 찍혔는지 모르는 거예요. 그것을 찾으러 가는 이야기인 셈입니다.

도코 초점도 잘 안 맞고요.

후지노 얼굴이 온통 그림자뿐인 사진이지요.

구와타 사진 문학이란 실제로 사진이 등장하지 않아도 성립합니다. 어떤 의미에서 쓰는 방법이나 구조 자체가 사진 같은 예는 사실 꽤 있지 않을까요?

세 사람이 고른, 앞으로 수상했으면 싶은 작가

도코 : 로랑 비네Laurent Binet

후지노 : 살아 있었다면 티에리 종케일 텐데.

구와타 : 로랑 모비니에Laurent Mauvignier

6

미국다움이란 무엇인가

'퓰리처상'

대담자

도코 고지 × 후지이 히카루 × 다니자키 유이

Data

정식 명칭	퓰리처상 픽션 부문Pulitzer Prize for Fiction
주최	콜롬비아대학(미국)
시작한 해	1917년(1948년 픽션 부문이라는 이름으로 변경, 1년에 한 번)
상금	3천 달러

참으로 '미국다운' 문학상

도코 퓰리처상이란 미국의 문학상으로, 아마 일본에서 가장 이름이 알려져 있는 상일 겁니다. 하지만 어떤 상인지 물어보면 아무도 대답하지 못할걸요(웃음). 왠지 모르게 유명하고 번역서의 띠지에 '퓰리처상 수상'이라고 큼지막하게 쓰여 있기도 하지만요.

후지이 굳이 '퓰리처상 수상작을 읽어야지' 하는 식으로 책을 고르는 일은 없는 것 같습니다.

다니자키 뭔가 길고 역사에 대해 쓴 책이 받는 상이라는 이미지입니다.

도코 원래 퓰리처상은 조셉 퓰리처Joseph Pulitzer(1847~1911)라는 저널리스트이자 신문사를 갖고 있던 사람이 만든 상입니다. 문학만이 아니라 음악이나 보도 같은 굉장히 광범위한 분야의 사람들에게 주는 상이지요. 그래서 선정이 여러 가지로 번거로운 모양입니다.

제가 번역한 『오스카 와오의 짧고 놀라운 삶』은 퓰리처상을 수상했는데, 작가 주노 디아스는 그 후 선정 위원이 되었습니다. 그런데 디아스에게 "실제 선정은 어떤 느낌입니까?"라고 물어 봤더니 "아아, 힘들어요"라고 하더군요. 어떤 점이 힘드냐고 물어보니 여러 분야의 사람들이 선정 위원으로 모여 있어서, 문학에 전혀 이해가 없는 사람들을 설득하지 못하면 상을 줄 수 없다고 했습니다(웃음). 그래서 문학자가 '이건 굉장하다'고 생각하는 작품도 보도 분야의 사람들이 '이건 잘 모르겠는데'라고 생각하면 상을 줄 수 없다고 하더군요.

도코 상당히 복잡하군요.

도코 구체적으로 후지이 씨가 번역한 『연기 나무Tree of Smoke』(2007)의 작가 데니스 존슨Denis Johnson도 그렇습니다. 그의 『트레인 드림스Train Dreams』(2002)는 2012년에 후보가 되었지만 결국 그해에는 수상작이 없었습니다.

후지이 『트레인 드림스』는 아주 좋은 작품이지요.

도코 데니스 존슨은 굉장히 좋은 작가이고 실적도 있는데 말입니다. 그래서 "왜 존슨에게 상을 주지 않는 거죠?"라고 개인적으로 디아스에게 따졌습니다(웃음). 그랬더니 "아니, 거기에는 사정이 좀……"이라고 하더군요.

다니자키 아무리 그래도 도코 씨가 주노 디아스한테 따지다니요(웃음).

도코 그다지 문학적이지 않은 저널리스틱한 사람들한테 설명하게 되면 재미있게 읽을 수 있거나 작품이 길거나 역사적으로 중요한 것이 쓰여 있는 작품이 아니면 안 됩니다. 하지만 꼭 가장 좋은 작품이 받는지는 모르겠지만 좋은 작가가 수상하는 것은 사실입니다.

후지이 수상 작가를 보면 미국다운 메시지로구나, 하는 것이 제 솔직한 감상입니다. '미국 소설은 이래야 한다' 같은 것이 공통적으로 있지 않나요? 역시 에마키모노絵巻物[77]처럼 길어야 하고 개인이 사회와 불화하며 성장하는 이야기라는 패턴도 많고 말이지요. 모두가 막연하게 인식하고 있는 미국 소설의 전형 같은 것이 죽 늘어서 있습니다.

도코 그렇지요. 그리고 어딘지 모르게 좋은 이야기로 끝나는

---

77 일본 회화 형식으로, 긴 종이를 파노라마 형식으로 길게 이어서 이야기나 풍경화를 연속적으로 전개하는 기법.

경우가 많습니다. 프랑스나 영국의 상과 비교하면 그다지 전위적이지는 않은 것 같습니다.

후지이 얼핏 삐딱해 보이는 소설은 받을 수 없지 않나 싶습니다. 다니자키 씨는 수상작인 제니퍼 이건Jennifer Egan의 『깡패단의 방문A Visit from the Goon Squad』(2010)[78]을 번역했는데 어떤가요?

다니자키 『깡패단의 방문』은 파워포인트로 소설을 쓴 것 같은 실험적인 요소도 있어서 무척 재미있게 번역했습니다. 그런데 확실히 고민하는 개인이 사회의 여러 가지 문제와 부딪치며 성장해나가는 줄거리에, 마지막도 좋은 이야기로 끝나기 때문에 퓰리처상의 전형일지도 모르겠어요. 9·11과 저변에서 통하는 주제이기도 합니다. 그렇게 보면 수상작은 미국이라는 나라에 대해 뭔가를 말하는 책이 많은 것 같기도 합니다.

도코 미국이란 뭔가에 대해 생각하는 것이 미국 소설인가요?

다니자키 그런 점이 있지 않나 싶어요.

---

78 제니퍼 이건, 『깡패단의 방문』, 최세희 옮김, 문학동네, 2012.

서로 통할 수 없는 사람들

도코 그렇다면 '미국'을 의식하면서 수상작을 읽어볼까요? 우선 줌파 라히리Jhumpa Lahiri의 『축복받은 집Interpreter of Maladies』(1999)[79]입니다. 일본에서도, 미국에서도 많이 팔린 책이지요. 첫 번째 단편 「일시적인 문제A Temporary Matter I」는 상당히 불쾌한 느낌의 이야기지만, 연작 단편집 전체로 보면 상당히 변화가 풍부합니다. 그래서 라히리는 결국 무슨 이야기를 하고 싶은 걸까 하는 생각을 하면서 읽었는데, 저는 알아냈습니다. 그건 '연애결혼에 미래는 없다'입니다(웃음).

다니자키 결론이 굉장한 데로 가버렸네요(웃음).

도코 이런 것은 현대 일본이나 미국에서 말하면 충격이겠지요. 「일시적인 문제」는 라히리가 말하고 싶은 것의 한쪽 면일 뿐입니다. 대학원생으로 인도 역사를 공부하는 30대 남성과 교정 일을 하는 여성이 알게 되어 결혼합니다만 불과 몇 년 만에 권태기에 접어듭니다. 남편은 처음에 아내를 아름답다고 생각했는

79 줌파 라히리, 『축복받은 집』, 서창렬 옮김, 마음산책, 2013.

데 이제는 민낯이라면 봐줄 수가 없으니 화장이라도 해야 어떻게든 된다느니 아주 심한 말만 합니다.

다니자키 정말 심하지요. 이 단편을 대학 수업에서 텍스트로 썼는데 남편에 대한 비난이 아주 요란했어요.

도코 그런데 출산 직전인 아내를 남겨두고 남편이 학회에 참석하기 위해 집을 비운 사이에 아이가 유산되고, 그때부터 둘의 관계가 껄끄러워집니다. 연애결혼이란 바꿔 말하면 성적 욕망의 최고 전성기라고 생각합니다만, 그렇게 되면 결혼 때가 최고 전성기라는 결혼 정보지 같은 세계가 되어버리지요(웃음). 아무튼 그 뒤 당연하게도 두 사람 다 용모가 수척해지고, 머지않아 부부를 이어주는 것은 없어집니다. 그러던 차에 매일 정전이 일어나 어둠 속에서 부부가 서로 비밀로 해두고 있던 것을 하루에 하나씩 털어놓는다는 이야기입니다.

한편 「축복받은 집This Blessed House」과 「세 번째이자 마지막 대륙The Third and Final Continent」에는 상대가 어떤 사람인지 모르고 결혼하는 인도식 중매결혼을 한 부부가 나옵니다. 그러니 결혼 당시에는 서로에 대한 기대치가 아예 없습니다. 그 상태에서 결혼 생활을 시작해 서로 돕고 맞춰가면서 두 사람의 관계가 깊어지지요. 「세 번째이자 마지막 대륙」에서는 상대를 전혀 모르는 단계에서 남편이 당돌하게 "나는 마음속으로 언젠가 이 여자가 죽으면 나는 어떻게 되고 말 거야, 내가 죽으면 이 여자가 어떻게 되어버릴 거야"라고 생각합니다. 그리고 백 살이 넘은 정체를 알 수 없는 집주인이 "완벽해. 좋은 사람을 찾았구먼"이라고 말하자 그것을 신의 축복처럼 받아들이며 부부는 평생의 행복을 얻습니다. 요컨대 연애결혼의 비참함과 중매결혼의 훌륭함을 주장하는 것으로 구성된 정말 충격적인 단편집입니다.

라히리는 미국의 주류 문화 안에서 생각하지 않습니다. 하지만 보통의 인도인으로도 돌아갈 수 없습니다. 미국 내부의 일을 써도 시점은 항상 외부에 있는 이야기입니다.

후지이 이번에 다시 읽었더니 기억했던 것보다 훨씬 차가운 인상이었습니다. 내치는 방식이 예사롭지 않다고 할까요.

비교해보면 딱 좋겠구나 싶은 것이, 마찬가지로 퓰리처상을 받은 엘리자베스 스트라우트Elizabeth Strout의 『올리브 키터리지Olive Kitteridge』(2008)[80]입니다. 이것도 연작단편집인데, 라히리와 비슷한 기법으로 쓴 것입니다. 미국의 뉴잉글랜드에 있는 바닷가의 작은 마을을 무대로 그곳에 사는 사람들의 인생을 이야기하는 단편집입니다. 읽어나가면 주민들의 불만이나 부부의 어

80 엘리자베스 스트라우트, 『올리브 키터리지』, 권상미 옮김, 문학동네, 2010.

긋남이 점점 도드라집니다. 바닷가 마을에 현재 미국인의 심상 풍경이 응축되어 있는 셈이지요.

『올리브 키터리지』에는 가족 드라마가 주류이긴 해도 어긋남, 회복할 수 없는 관계, 외도 등 라히리와 공통되는 설정이 나옵니다. 그리고 인생은 아직 남아 있고 언제부터든 다시 시작할 수 있다는, 다소 희망적인 단편이 마지막에 배치되어 있습니다. 그런 점도 미국인답습니다. 인생은 언제든 두 번째 기회가 있다는 분위기가 말이지요.

테러를 당하고 거기에서 재기하려는 사람도 나옵니다. 그런 부분은 『깡패단의 방문』과도 비슷합니다.

다니자키 그렇네요. 『올리브 키터리지』와 『깡패단의 방문』의 구성이 비슷하다는 이야기는 자주 듣습니다.

후지이 그 두 작품에 비하면 『축복받은 집』은 좀 더 차갑지요.

다니자키 두 번째 기회가 없을 것 같습니다.

후지이 타자와의 거리 문제를 강하게 느낍니다. 결혼 상대든, 집에 불쑥 찾아온 손님이든 타자에 대해 자신은 얼마나 공감할 수 있을까 하는 문제가 여러 가지 형태로 나옵니다. 미국 소설의 왕도였다면, 어딘가에 서로 통하는 순간이 있습니다. 그런 사소한 기적을 어떻게든 붙잡으려는 감각이 있지만, 라히리는 그런 가능성에 흥미가 없는 것 같습니다.

도코 맞습니다. 그리고 라히리는 이야기를 그다지 깔끔하게 하고 싶지 않은 게 아닐까요? 유일하게 그런 이미지가 있었다고 생각하는 것은 「피르자다 씨가 식사하러 왔을 때When Mr. Pirzada Came to Dine」라는 단편입니다. 할로윈에 주인공이 아이들만 데리고 밤에 다니는 것을 피르자다 씨가 걱정하는 장면이 있는데, 그때 주인공이 "걱정하지 마세요"라고 말합니다. 그러고는 "피르자다 씨에게 그런 식으로 말한 것은 처음이다. 단지 이 말을 지난 몇 주 동안이나 할 수 없어서 기도밖에 할 수 없었다"라고 잇습니다. 피르자다 씨는 독립전쟁 중인 방글라데시에 남겨두고 온 가족을 내내 걱정하고 있었던 것입니다. 그래서 주인공은 '가족은 걱정하지 마세요'라고 본심을 말해주고 싶었지만 할 수 없어서 대신 '밤에 다니는 나는 걱정하지 마세요'라고 말했던 것입니다. 요컨대 말할 수 있지만 전혀 말할 수 없는 거지요(웃음). 겨우 마음이 통할 것 같은 데까지는 가지만, 결국 통하지 않은 채 끝나고 맙니다. 역시 미국의 왕도와는 다른 감각인 건지도 모르겠습니다.

후지이 「비비 할다르의 치료The Treatment of Bibi Haldar」라는 단편은 화자가 '우리'로 되어 있습니다. 제 경험에서 볼 때 '우리'가 화자인 소설 중에는 제대로 전개된 예가 없습니다.

다니자키 그런가요?!

후지이 오래된 것으로 윌리엄 포크너William Cuthbert Faulkner의 「에밀리에게 바치는 한 송이 장미」(단편집 『윌리엄 포크너』[81]에 수록)가 있지요. 미국 남부에 살고 있는 에밀리라는 여성을 '우리'가 멀리서 둘러싸고 바라보며 쓸데없는 이야기를 하며 지냅니다. 결국 에밀리가 '우리'라는 공동체에 들어가지 못하고 혼자 시대의 흐름에 뒤처진 채 비극을 맞이하는 전개인데, 내내 '우리'라는 틀이 있고 이야기되는 대상은 거기서 배제됩니다.

그리고 제프리 유제니디스Jeffrey Eugenides의 『처녀들, 자살하다The Virgin Suicides』(1993)[82]가 있습니다. 화자가 '우리'로 나와 다섯 자매에 대해 이야기하는데 자매와 화자의 마음이 통할 가능성이 처음부터 배제되어 있습니다.

도코 훔쳐보는 소년들이 화자니까요.

---

81 윌리엄 포크너, 『윌리엄 포크너』, 하창수 옮김, 현대문학, 2013.

82 제프리 유제니디스, 『처녀들, 자살하다』, 이화연 옮김, 민음사, 2011.

후지이 거리가 있어야 비로소 성립하는 드라마지요. 그리고 하 진Ha Jin, 哈金의 「뉴욕에서 온 여자The Woman From New York」도 '우리'가 화자입니다. 뉴욕에서 돌아온 여자에 대해 '우리'가 내내 수상한 눈길을 보내고, 그 여자가 없어진 뒤에야 모든 일이 제대로 돌아가기 시작합니다. 그런 차가운 이야기지요.

도코 라히리의 「비비 할다르의 치료」는요?

후지이 역시 화자가 멀리서 둘러싸고 보고 있습니다. 비비 할다르라는 병든 여성이 아파트에 살고 있는데, 쓸데없는 참견이나 잡담을 하면서 모두 가십거리로 접하고 있지요. 그래서 화자인 '우리'와 비비 할다르의 마음이 서로 통할 가능성이 전혀 없습니다. 그런데 정신을 차리고 보니 비비가 임신하여 출산하고 병도 나았습니다. 이야기로서는 병든 사람이 나아서 행복해진다는 것으로 해피엔드입니다만, 거기에 '우리'가 있는 의미는 없는 것이지요.

도코 비비 할다르는 이슬람계입니다. 그래서 힌두교도인 주위 사람들과는 종교도 다르고 과거도 모르는 사람이라는 설정입니다. 이것이 보통 미국의 좋은 이야기였다면 그 경계도 뛰어넘을 것 같지 않나요? 하지만 이 이야기는 전혀 뛰어넘지 않습니다.

멋대로 병이 나을 뿐이지요(웃음).

후지이 다들 협력해서 '공동체의 승리'처럼 그려지는 것이 왕도지요. 라히리의 이야기는 그런 방향으로 나아가지 않고 여러 가지에 등을 돌리고 있는 이야기구나 싶습니다.

도코 조금 전의 연애라든가 부부 이야기도 모두 왕도에 등을 돌리고 있지요. 라히리는 거절이 두드러지는 작가인지도 모르겠습니다.

다니자키 줌파 라히리의 『저지대The Lowland』(2013)[83]도 좋아하는 장편인데, 시간이 지날수록 점점 진지해진다는 기분이 듭니다. 『축복받은 집』에는 연애결혼의 불가능성이 주제가 된 작품과 함께 인도다운 유머가 전면에 드러난 단편도 있습니다. 그런데 그런 요소가 사라지는 듯합니다. 『저지대』는 「일시적인 문제」에서 보여준 남녀 사이의 틈을 철저하게 응시하여 장편으로 만든 듯한 작품입니다. 라히리의 소설에 나오는 인물은 기본적으로 굉장히 열심히 일하는 사람으로, 작가 본인 자체가 근본적으로 성실한데 그것이 미국 생활 속에서 신경질적으로 바뀐 것

83 줌파 라히리, 『저지대』, 서창렬 옮김, 마음산책, 2014.

이 아닌가 싶어요.

『저지대』는 죽은 남편의 형제와 결혼하는 여성의 이야기인데 아내가 전혀 다가오지 않습니다. 그래서 점점 혼자 틀어박히게 된다는 괴로운 이야기입니다. 그것에 비하면 『축복받은 집』은 아직 인도적인 어수선한 느낌이 남아 있고, 그것이 좋은 쪽으로 작용하는 것 같습니다.

도코 다니자키 씨는 몇몇 인도계 작가의 작품을 번역했는데, 라히리는 다른 인도계 작가에 비하면 어떻습니까?

다니자키 키란 데사이Kiran Desai의 『상실의 상속The Inheritance of Loss』(2006)과 인드라 신하Indra Sinha의 『애니멀스 피플Animal's People』(2007)이라는 인도계 작가의 두 작품을 번역했는데 둘 다 인도가 무대입니다. 『상실의 상속』은 이른바 마살라masala[84] 소설이라고 할까요, 묘사도 많고, 사물도 사람도 떠들썩하고 두툼한 장편입니다. 그에 비하면 라히리 작품의 조용함은 뭘까, 하고 신기하다는 생각이 듭니다.

도코 그러면 라히리는 미국 문학에도, 인도 문학에도 없는 분

---

84 인도 음식에 사용되는 혼합 향신료를 총칭하는 말.

위기인 거네요. 굳이 말하자면 라히리 문학이라고 해야 할까요(웃음). 다만 저는 읽으면서 굉장히 공감할 수 있었습니다. 아시아계 사람이 미국에 가서 느끼는 것을 정확히 건져냈다고 할까요. 아무리 오래 살아도 미국인을 백 퍼센트 이해할 수 없을 거라는 감각이라든가 외국에서 살면서 조금씩 자신의 가치관이 어긋나는 느낌이라든가 말이지요. 라히리는 그런 것을 빈틈없이 썼습니다.

다니자키 미국 바깥에서 미국으로 들어온 사람이 보는 미국이나 미국에서 고향을 보는 시선을 그리고 있습니다. 이민 문학으로 한데 묶어버리면 난폭하겠지만, 후지이 씨가 번역한 『한때는 해안Once the Shore』(2009)의 폴 윤Paul Yoon과도 통하는 점이 있을지도 모릅니다.

가장 이상한 수상작

도코 다음은 스티븐 밀하우저Steven Millhauser의 『마틴 드레슬러Martin Dressler: The Tale of an American Dreamer』(1996)[85]입니다.

---

85 스티븐 밀하우저, 『마틴 드레슬러』, 김석희 옮김, 프레스21, 1997.

다니자키 사실 이 작품이 처음으로 읽은 퓰리처상 소설입니다. 『마틴 드레슬러』가 '퓰리처상 수상'이라고 소개된 것을 보고, 부끄럽지만 퓰리처상을 문학에도 준다는 걸 처음으로 알았습니다(웃음). 그때까지 밀하우저의 작품은 몇 편 읽었지만 그의 작풍과 퓰리처상이 머릿속에서 전혀 연결되지 않았습니다. 전장 사진 같은 저널리즘에 주어진다고 생각했는데 '퓰리처상이란 사실 뭐지?' 하고 생각했다는 점에서도 추억 깊은 작품입니다.

줄거리는 19세기 말에서 20세기 초에 걸쳐 뉴욕을 무대로 상점주의 아들이었던 마틴 드레슬러가 호텔에 벨보이로 고용된 것을 시작으로 지배인의 눈에 들어 순조롭게 승진해간다는 이야기입니다. 아메리칸드림이라고 생각하며 읽었더니 밀하우저 특유의 결말이 기다리고 있는, 아주 이상한 소설입니다.

도코 정말 이상하지요. 어떻게 이상한가는 크게 두 가지로 나눠볼 수 있습니다. 먼저 마틴이 호텔에서 알게 된 홀로 된 여인과 두 딸 모두와 교제하고 싶다고 생각하는 부분입니다. 그리고 거의 말을 나눠본 적이 없는 큰딸 캐럴린과 결혼했는데도 그녀와는 결혼 후 거의 교류하지 않고 오히려 둘째 딸 에멀린과 함께 호텔을 경영해간다는 수수께끼 같은 연애 형식입니다.

또 하나는, 마틴이 마지막 호텔을 건설할 때까지는 굉장히 유능하여 손님의 필요를 읽어내고 항상 그들의 예상보다 조금 앞서는 비즈니스를 했는데 마지막 호텔 건설을 시작하자마자 광기의 왕 루트비히 2세[86]처럼 되어버리는 부분입니다. 어쩐 일인지 돌연 광기에 빠져 자기 좋을 대로 하기 시작하고 자멸하지요. 이 두 가지는 보통의 소설이었다면 결함이 되겠지만, 이 소설에서는 독자에게 여러 가지로 포인트가 되지 않았나 싶습니다.

마틴은 결국 이성애자도 동성애자도 아닌 기계애자, 사물애자가 되고 맙니다. 이런 사람은 사실 굉장히 많을 겁니다. 그중에서도 마틴이 좋아하는 것은 다리橋입니다. 다리에 대한 그의 마음이 흥미롭지요. "마틴은 깜짝 놀랐다. 다리를 사랑하는 마음을 하원턴이 알아차리지 않았을까?"라고 하는데, 보통 그런 건 아무래도 상관없잖아, 하고 생각하잖아요(웃음).

다니자키 다리를 좋아한다는 걸 숨기고 싶은 걸까요? 겉으로 드러내고 싶지 않은 페티시 같네요(웃음).

도코 여성에 대해서는 일단 표면적으로 결혼을 하긴 하지만, 혹시 에멀린과 결혼했다면 어땠을까 하고 공상했을 때는 극단적인 혐오감에 빠지지요.

---

86 바이에른 왕국의 왕이었던 루트비히 2세는 노이슈반슈타인성 외에 여러 건축물들을 지어 국고를 낭비했고, 결국 신하들에 의해 정신병자로 몰려 감금당한 뒤 의문의 죽음을 당한다.

다니자키 이 내적 독백은 상당히 지독합니다.

도코 "올바른 사람과 결혼하는 것을 생각하면 불쾌한 마음이 솟아났다. 굵은 눈썹, 넓은 등, 거친 손톱의 억센 양손은 그에게 혐오감을 주었다. 결국 마틴은 아름답고 가녀린 사람, 성가시게 비뚤어진 사람, 꿈에 파묻혀 있는 사람, 그 밑에서 움직이지 않고 가만히 드러누워 얼굴을 돌리는 사람에게만 욕망을 품을 수 있었다"라고 하는데, 이건 궁극의 여성 혐오입니다.

다니자키 생명체라서 기계처럼 예쁘지 않은 것은 당연한데 말이에요.

도코 왜 가녀린 언니를 더 좋아하는가 하면, 마음의 교류가 없을수록 자신의 망상 속에서 상대를 인형처럼 다룰 수 있기 때문입니다. 이런 식으로 읽으면 마틴은 연애를 모른다며 내팽개치는 사람이 많을지도 모르겠지만, 그게 아니라 살아 있는 여성을 거부하면서 2차원이나 기계의 아름다움을 추구하는 사람의 이야기로 읽는 게 좋습니다. 「아우구스트 에센부르크August Eschenburg」(『페니 아케이드에서In the Penny Arcade』에 수록)도 그렇지요. 기계로 만든 소녀를 사랑하니까요. 그런 것을 좋아하는 남성의 마음은 어떻게 움직이는지 밀하우저가 정확히 포착하고 있기에

나올 수 있는 묘사와 설정입니다. 자신에게 호의를 갖고 있는 여성을 억지로 받아들이는 부분은 정말 대단합니다(웃음).

다니자키 수집애네요. 전원 인형으로 대체할 수 있겠어요(웃음). 여성을 대했을 때 특유의 어쩔 수 없음은 나쓰메 소세키夏目漱石와도 통하는 점이 있습니다. 『마음』[87]에서 여성을 묘사하는 것처럼 폭력적이라 할 정도로 차갑지요.

도코 물론 처음 읽었을 때는 밀하우저의 압도적인 환상력과 묘사력에 매료되었지만, 오랫동안 읽으면 그런 점이 보입니다.

후지이 이번에 상당히 오랜만에 밀하우저의 작품을 읽었는데, 역시 처음에는 디테일에 눈이 갔습니다. 길모퉁이나 담뱃가게, 호텔의 내부 설비 등 이렇게까지 집착할까 싶을 만큼 세밀한 묘사가 아주 많습니다. 사진 같은 기억이라고 할까요. 그런 것은 이야기에 전혀 필요하지 않은데 말이에요. 마틴이 그것을 보고 강한 인상을 받는다는 묘사가 무척 많아서 카메라 같은 놈이구나 하는 생각을 하며 읽었습니다. 일단 그것이 점점 미국적인 성공담으로 나아갑니다.

---

87 나쓰메 소세키, 『마음』, 송태욱 옮김, 현암사, 2016.

다만 도중부터 미국을 그린다기보다는 인간의 꿈이나 상상력의 한계가 어디에 있는가 하는 이야기가 되고, 결국은 선을 넘으면 붕괴한다는 데까지 나아갑니다. 이건 평생에 걸친 밀하우저의 주제입니다.

다니자키 그런 의미에서는 밀하우저에게 어울리는 소설입니다만, 퓰리처상에 어울리나 하면…….

후지이 구조로서는 19세기 말부터 확장하는 미국 사회의 이야기와 마틴의 성장담이 평행을 이루고 있습니다. 퓰리처상 선정 위원들이 거기서 뭔가 착각하고 상을 준 게 아닐까요?

도코 분명히 착각한 것이지요(웃음).

다니자키 문학 쪽의 선정 위원이 "역사소설입니다" 하며 다른 위원을 속였을지도 모르지요(웃음). 전반부만 읽고 마지막까지 읽지 않았을지도 모릅니다.

도코 선정 위원은 19세기 미국의 도시화를 생생하게 포착한 훌륭한 작품이라고 생각한 걸까요? 확실히 마지막까지 읽지 않으면 그렇거든요.

후지이 뉴욕은 아직 개발되기 전이고 이곳은 황야다, 하는 표현이 몇 차례 나와서 개척 이미지를 환기하기도 하고요.

도코 헨리 제임스(1843~1916)의 작품을 읽어봐도 맨해튼 북쪽을 산책하면 황야가 나와서, 옛날에는 지금의 느낌과 달랐다는 것을 알 수 있습니다.

밀하우저는 이 작품을 왜 장편으로 썼을까요? 왜냐하면 주인공이 호텔을 세운다는 것이 세 번 나오는데, 그 과정이 거의 같거든요(웃음). 왜 「아우구스트 에센부르크」 정도의 길이로 하지 않았을까요? 그리고 마틴이 갑자기 유능한 비즈니스맨이 아니게 되는 부분 역시 마음에 걸립니다.

다니자키 확실히 그런 걸 느꼈어요. 하나하나의 장이 단편이지요. 빈틈없이 안정된 단편을 모아놓은 것 같은 면이 있습니다. 각각에 착실히 제목도 붙어있고요.

도코 제롬 데이비드 샐린저Jerome David Salinger의 『호밀밭의 파수꾼The Catcher in the Rye』[88]도 그런 점이 있습니다. 열 쪽 정도의 단편이 많이 모여 매력적인 장편이 되었지요. 그럼 그건 그것대로 충

88 제롬 데이비드 샐린저, 『호밀밭의 파수꾼』, 공경희 옮김, 민음사, 2009.

분히 있을 수 있는 거로군요.

후지이 그리고 의미를 알 수 없는 탈선이 많이 들어 있어 매력적입니다. 예컨대 앨리스라는 여자아이와 마틴의 에피소드가 그렇습니다. 두 사람의 거리가 어떻게 될까 궁금해지는 데까지는 가지만 회수는 안 됩니다.

다니자키 후반에 마틴이 살짝 회상하는 장면은 있지만 다시 등장하지는 않습니다.

도코 수수께끼 같은 인기 에피소드지요(웃음). 독자의 마음에 그런 강렬한 장면이 떠오르는 것은 좋네요.

후지이 또 하나 인상적이었던 것은, 캐럴린이 아무것도 안 했는데 엄청나게 지쳐 있다는 점입니다.

다니자키 엄청나게 지쳐 있지요. 자면 잘수록 지친다는 것은 저도 해당이 안 되는 건 아니지만요…….

도코 우울증에 걸린 사람들 중에 그런 타입이 있지요.

후지이 마틴은 미국의 열기를 그대로 받아들여 극한까지 자신의 에너지로 삼는 면이 있습니다. 캐럴린은 극단적으로 그 반대인데, 지쳐 있으니까 내버려두라는 쪽입니다. 그런 정반대 시점이 들어온 것은 장편이라서 가능했겠지요.

도코 그 아이디어는 아주 좋은 것 같습니다. 마틴과 캐럴린은 본인들이 생각하는 것보다 훨씬 강하게 연결되어 있는데 캐럴린이 극단적으로 수동적이기에 마틴이 극단적으로 능동적이 될 수 있는 겁니다. 그렇게 두 사람이 합쳐 균형을 잡고 있었는데 그 관계가 붕괴되자 마틴의 움직임도 그치고 말지요. 논리적으로는 이상하지만 신화적으로는 옳은 거지요.

다니자키 요컨대 텍스트 이론으로 보면 옳아요

도코 그래서 아무도 움직이지 않게 되고 이야기도 끝납니다. 역시 즐거운 작가예요.

다니자키 오랜만에 밀하우저의 작품을 읽었는데 한 줄에 여러 가지가 응축되어 있어 처음에는 상황을 떠올리는 것이 힘들었습니다. 하지만 익숙해지면 그게 버릇이 되지요. 읽는 이들의 상상력을 시험하는 작가입니다.

흑인이 흑인 노예를 부리는 세계에서

도코 이어서 에드워드 P. 존스Edward P Jones의 『알려진 세계The Known World』입니다.

후지이 저는 이 작품을 아주 좋아합니다. 다만 만만치 않은 소설이라 시간과 마음에 여유가 있을 때 읽고 싶어요(웃음). 이 사람의 데뷔작은 『도시에서 길을 잃다Lost in the City』라는 단편집인데, 저는 그것을 먼저 읽었습니다. 워싱턴에 있는 흑인 커뮤니티의 인간 양상을 그리고 있는데, 뭔가 사건이 일어나거나 이야기가 앞으로 진행되는 타입의 소설은 아니지만 묘미가 있어 꽤 괜찮습니다.

그중에 「첫날」이라는 다섯 페이지 정도의 단편이 있어요. 이것은 초등학교에 학생 등록을 하러 가는 여자아이와 어머니의 이야기입니다. 어머니가 다른 학군으로 잘못 데려가는 바람에 다른 데로 가라는 말을 듣는 게 다인 이야기지만, 일상적으로 생활하는 모습이나 딸에 대한 어머니의 애정이 아무렇지 않게 응축되어 있어 좋아합니다.

다음으로 읽은 작품이 이 『알려진 세계』였습니다. 설정이 색다릅니다. 19세기 중반 미국 남부의 노예 농장이 무대라는 것은 어떤 의미에서 특별한 것이 아니지만 농장주가 흑인입니다. 아니, 그렇게 나온단 말이지, 하는 느낌이지요. 내용은 일종의 군상극群像劇인데, 많은 사람들이 나오기 때문에 첫머리의 등장인물 소개를 빼놓을 수 없습니다. 그런데 시간을 들여 한 사람 한 사람의 에피소드를 차분히 보면 굉장히 알찬 독서를 할 수 있는 타입의 소설입니다.

이야기로서는 이렇다 할 사건이 일어나지 않습니다. 농장주가 죽고 남은 사람들이 어찌할 바를 모르고 한동안 지낸다는 이야기인데, 아주 짧은 그 시간을 축으로 한 그 전후의 에피소드, 예컨대 수십 년 후에 일어나는 남북전쟁 이후의 이야기나 각자가 농장에 이르기까지 과거가 상세하게 나옵니다. 작가가 등장인물에 절대적으로 책임을 진다는 강한 결의를 느낄 수 있습니다. 누구 한 사람 적당히 취급하지 않고 편의적으로 등장시켰다가 편의적으로 없애지 않습니다. 그런 점이 좋습니다.

도코 투입된 에너지의 양이 예사롭지 않습니다.

다니자키 어떤 의미에서 밀하우저와는 정반대지요(웃음).

후지이 퓰리처상을 받지 않았다면 이런 작품이 일본어로 번역되지 않았을 겁니다. 최근 아프리카계 미국인 작가 중에서는 토니 모리슨Toni Morrison 외에는 일본어로 번역되지 않고 있습니다.

도코 1960년대에는 하야카와쇼보에서 『흑인문학전집』 같은 것도 나왔고 제임스 볼드윈James Arthur Baldwin의 작품이 유행하기도 했는데, 1990년대 이후에는 백인 작가 중심으로 소개되는 것 같습니다. 흑인 이외의 인종적 소수자의 작품은 얼마간 소개되었지만요. 하지만 토니 모리슨 등 미국에서 흑인 작가의 작품이 계속 중요한 만큼 좀 더 여러 책들이 번역되었으면 좋겠습니다.

후지이 그런 점도 있어서 이번에 가져왔습니다. 『알려진 세계』는 굉장히 현실적으로 그려져 놀랐는데, 거의 창작입니다.

다니자키 후기에 그렇게 쓰여 있어 놀랐습니다. 하지만 다 읽고 나니 역시 그렇구나 싶었지요.

후지이 "18××년의 국세조사에 따르면"이라고 쓰여 있는 것들은 아무래도 모두 작가가 만들어낸 것인 듯합니다.

도코 "오늘날의 연구자는 이렇게 말하지만"이라고 한다든가 정말 있을 것 같은 정보가 자꾸 나오더군요.

후지이 사실을 담으려고 생각하면 얼마든지 할 수 있었겠지만 굳이 픽션으로 승부하려고 한 거지요. 그런 것도 에드워드 P. 존스의 강력한 자세를 드러낸 것일 겁니다.

그리고 이것도 굉장히 미국적인 주제라고 생각하는데, '고향'이란 뭘까 하는 문제입니다. 이는 전편에 걸쳐 떠돌고 있는 것 같습니다. 노예인 시점에서 보면 고향은 이미 빼앗긴 게 아니겠습니까. 그것은 흑인이 소유하는 흑인 노예라는 드문 경우에도 변하지 않습니다. 자신들이 살고 있는 곳이 정말 고향이냐 하면 그건 아닙니다. 하지만 농장주가 죽고 어딘가로 팔려 갈지도 모르는 일이 벌어지자 자신들이 살 장소는 역시 여기라든가 하며 다른 데서 살아가는 것에 대한 불안이 드러납니다. 이 사람들에게 고향은 뭘까, 하는 것이 마음에 강하게 남는 소설입니다.

가족이 억지로 떨어지게 되는 장면도 몇 번이나 나옵니다. 그것과 세트로 나오는 것이 법률에 비춰보면 합법이라는 말입니다. 요컨대 흑인을 소유하는 측이 법에 저촉되는 일은 하지 않는다고 주장하는 겁니다. 흑인 농장주인 헨리도 그렇게 부모를 설득하려고 하지만 그 때문에 균열이 발생하고 헨리의 가족도 마음이 떠납니다. 미국인은 역시 가족을 신성시합니다. 법이 그런 가족을 따로따로 떨어뜨려 놓는 것은 어떻게 된 일이냐는 매서운 질책도 나옵니다.

그런 것을 음미하면서 읽어나가다 보면 문득 낭만적인 묘사를 가끔 만납니다. 그게 좋습니다.

도코 그래요, 맞습니다. 제가 좋아하는 것은 일라이어스가 언제 탈주할까 하는 계획을 꾸미고 있으면서도 동료 노예인 설레스트에게 점차 끌리는 장면입니다. 그래서 거칠고 울툭불툭한 빗을 만들어 그녀에게 선물하면서 말합니다. "네 머리카락 한 올마다 빗을 하나씩 만들어줄게"라고요. 고향이 될 수 없는 환경에 있지만, 그래도 앞으로 자력으로 고향을 만들어간다고 할까요, 자신의 의사로 고향을 골라잡는 느낌이 좋습니다. 이 순간부터 버지니아 주로 퍼져가는 프리먼Freemen가의 가계가 시작되었다, 하는 식으로 전개되어 가는 것도 대단합니다.

후지이 아주 좋았던 것은, 헨리가 죽은 후 아내인 칼도니아와 노예 감독 모제스의 거리가 가까워져 모제스가 그녀의 손에 키스하는 장면입니다. "하지만 그래도 그의 세계는 끝나지 않았다. 그녀는 그의 얼굴에 손을 대고 그가 자신을 올려다보자 몸을 구부려 키스했다. 하지만 그래도 세계가 끝나지 않았다"라는 부분은 선명하게 기억하고 있습니다. 이 장면은 농장주가 죽어 미래가 불투명한 상황에서 각자 지금까지 자신의 공간에서 떨어져 나가는 순간입니다. 그 순간 자신의 세계는 끝나버리는 것이 아닐까, 하는 불안을 두 사람이 안고 있었다는 것을 알 수 있습니다. 그리고 비현실적인 장면도 얼마간 있지만, 그것도 그저 하고 싶어서 했다기보다는 절실한 마음에서 생긴 것이라 가슴에 와 닿습니다.

다니자키 자세히 읽으면 신기한 문장입니다. 정교한 비유를 사용하지도 않았는데 왜 그렇게 읽는 데 시간이 걸릴까, 하는 생각을 했습니다. 짧은 한 단락에서도 어떤 사람의 시점을 따라갔나 싶다가 아무런 예고도 없이 다른 인물의 내면으로 바뀌어 있거나 하는 것이 한 원인이 아닐까 싶습니다.

도코 시간도 갑작스럽게 이리저리 뒤섞이고요. 그때마다 독자는 초점을 다시 맞출 필요가 있습니다.

다니자키 전체적으로 내내 초점이 맞았다 안 맞았다 합니다. 가까운 듯 먼 듯 말이지요. 영화에 비유하자면 인물의 드나듦을 담담하게 찍나 싶다가도 별안간 한 인물의 어떤 장면을 굉장히 극명한 롱테이크로 비추기도 합니다. 제가 좋아하는 것은, 쓸모없는 사람이었던 스탠퍼드가 계시를 받는 장면입니다. 이때의 천둥 묘사는 압권입니다. 추락하는 까마귀의 모습이라든가요. 그 직후에 "오두막집이 날아왔다"고 쓰여 있는데, 이것은 곧 스탠퍼드가 오두막집에 다가갔다는 뜻입니다. 얼핏 리얼리즘 같은데도 인물의 심상 풍경을 무척 중시하고 있습니다. 이것은 확실히 존재하는 세계지만, 무엇보다 우선 작가의 마음 안에 존재한 것이라고 할까요. 거의 창작이라는 말과도 이어지는 것 같습니다.

도코 조금 전에 후지이 씨가 합법에 대한 이야기를 했는데, 흑인 노예였던 헨리는 백인 로빈스 밑에서 아들처럼 자랐기 때문에 가치관이 백인인 것입니다. 그래서 노예를 소유하는 것의 의미에 대해 친아버지와 서로 이해를 할 수 없는 것이지요. 이치가 아니라 신념이 부딪치기 때문에 의논을 해도, 치고 박고 싸워도 해결할 수 없습니다. 법의 지배가 옳다고 해도 법 자체가 부도덕하다면 어떻게 할 것인가 하는 물음에서부터 작품 전체에 폭력이 퍼져갑니다.

그리고 그리스도교적인 이야기가 있지요. 그런데 이는 모두 '경건하다'는 것이 곧 '주인을 따르는 것이다'라는 이야기가 됩니다. 요컨대 노예들에게 천국에 가려면 주인에게 거역하지 말고 평생 순종적인 노예로 있어야 한다고 가르치는 겁니다. 그러니까 종교까지도 해방 사상이 아니라 지배의 도구가 되고 마는 것이지요. 그런 전제가 이미 부도덕한 세계의 이야기입니다.

후지이 노예에게 보험을 드는 장면이 몇 번인가 나오잖아요.

그것도 충격이었습니다. 요컨대 노예가 비용이라고 쓰여 있는 거니까요. 인간을 비용으로 관리하는 건 전혀 익숙해지지 않지만 이해하려면 익숙해져야 합니다. 그래서 시간을 들여 읽지 않으면 안 되는 책이지요.

도코 존스는 이 작품에서 날카로운 질문을 보여주었습니다. 예컨대 리처드 라이트Richard Wright[89]라면 흑인으로 태어났기에 이런 일을 당한다, 백인은 폭력적이다, 하고 쓰는 것으로 끝나겠지만 『알려진 세계』에서는 노예주까지 흑인이라서 노예제가 존재하는 사회에서는 유전과 관계없이 어떤 사람이든 주인이나 노예로 바뀔 수 있고, 거기로 빠져들면 독자마저 그 세계에 살며 노예제에 가담하게 되고 맙니다.

상징적인 것이 펀입니다. 겉보기에는 거의 백인이지만 사실 흑인이지요. 친척은 모두 북부에서 백인으로 살고 있는데, 자신은 백인이 싫어 남부에서 흑인 아이들을 교육하는 데 일생을 바칩니다.

---

89 미국의 흑인 작가. 백인에게 항의하는 소설 『미국의 아들(Native Son)』(1940)로 인정을 받았고, 자서전 『흑인 소년』(1945)으로 흑인 차별의 현실을 폭로하여 흑인의 권리를 주장했다. 에세이 『검은 힘』(1954), 『백인이여 들어라』(1957) 등 끝까지 흑인의 평등한 권리를 주장한 명작을 남겼다.

다니자키 자유로운 흑인인 오거스터스가 노예로 오인되어 팔려 가는 에피소드도 나옵니다. 일종의 사고 실험으로, 다른 세계의 윤리관을 머리에 입력한 다음 이야기를 음미해야 합니다. 품이 드는 소설이지만, 시간을 들인 만큼 읽는 보람을 얻을 수 있는 작품이기도 하지요.

미국다움이란 무엇인가

도코 그런데 지금까지 '미국'이라는 큰 주제를 생각하며 퓰리처상을 받은 작품을 읽어왔습니다만…….

후지이 타자와의 관계나 거리가 어디까지 메워질 수 있을까 하는 것이 이야기의 중심 주제가 아니었나 싶습니다.

도코 서로 이해할 수 없는 사람끼리 서로 사랑하거나 사업을 하려 하지만 마찰이 커서 힘들다는 이야기뿐이었습니다.

다니자키 정말 힘들겠지요. 하지만 그렇게 힘든 것을 그렸기에 소설이구나 하고 새삼 느꼈습니다.

후지이 미국 사회에는 자신의 기분이나 감정, 욕망에 충실하면 할수록 본래의 자신에게 다가갈 수 있고 타인과도 서로 이해할 수 있다는 감각이 있지 않습니까. 그것은 디즈니 영화에 의해 각인된 감각일지도 모르겠지만요. 그런 것과는 단호하게 선을 그으며 쓴 작품이었습니다.

세 사람이 고른, 앞으로 수상했으면 싶은 작가

도코 : 알렉산다르 헤몬Aleksandar Hemon

후지이 : 대니얼 알라르콘Daniel Alarcón

다니자키 : 캐런 러셀Karen Russell

칼럼

문학상과 인연이 없는 작가들

후지이 히카루

개인적으로 마음에 들었던 작가가 영예로운 문학상을 받았다는 뉴스가 날아든다. 그것은 일찌감치 주목하고 있던 내가 옳았다는 정의의 순간이고, 동시에 끝내 '나만의' 작가가 아니게 되고 만 것인가……, 하는 석별의 순간이기도 하다. 독자의 멋대로 된 생각이라고 하면 그뿐이지만, 독서라는 행위가 기본적으로 일대일의 개인적인 행위라 무슨 일이 있어도 그런 사적인 생각이 일어나고 만다.

하지만 상에 대해 복잡한 감정을 안고 있는 것은 독자만이 아니다. 선정 대상이 되는 작가들 중에도 문학상이라는 이벤트에 주눅 들기 십상인 사람이 적지 않다.

예컨대 후보 작품이 사전에 발표되는 문학상의 경우, 동료 작가들과 경합하게 된다는 것은 미묘한 문제다. 과연 수상작과 최종 후보작 사이에 우열이 있을까? 타인과 경합하는 걸 싫어하는 작가, 재능이나 예술에 우열을 가를 수 없다고 믿는 작가도 많기 때문에 '경쟁'이라는 측면에 거부반응을 보여온 작가는 적지 않다. 실제로 후보에서 빼달라고 의뢰한 존 르 카레John Le Carre 같은 예도 있다.

1997년 전미도서대상은 '경쟁'의 시비라는 의미에서 상징적인 장면이었다. 수상한 작품은 찰스 프레지어Charles Frazier의 데뷔작 『콜드마운틴의 사랑Cold Mountain』(2003년에 영화화되었다)[90]이다. 미국의 남북전쟁을 무대로 한 격조 높은 여행 이야기로, 수상에 불만 따위가 나올 리 없었지만 실제로는 불만이 나왔다. 최종 후보작에 돈 드릴로Don DeLillo의 대작 『언더월드Underworld』가 올라온 데다 같은 해에 나온 토머스 핀천의 대작 『메이슨과 딕슨Mason and Dixon』은 후보에서 빠졌던 것이다. 회장에는 그런 것을 불만으로 여기는 분위기가 소용돌이치고 있었던 모양이다. 해당 작가들 본인이 보기에 자신은 납득이 가는 소설을 썼을 뿐인데, 수상 경쟁에 휩쓸린 일로 주위에 폐를 끼친 것이다. 프레지어의 수상 연설이 지독하게 간결했던 것은 그런 탓일까.

사람들 앞에 나가 연설을 한다는 수상식의 사교적인 분위기가 애초에 성미에 맞지 않는 작가도 드물지 않다. 2007년 오랫동안 소수의 열광적인 지지자가 있는 작가였던 데니스 존슨이 『연기 나무』로 전미도서대상을 받았을 때 본인은 '이라크 취재'를 구실로 수상식에 참석하지 않고 부인인 신디 존슨이 연설문을 대독했다. 그로부터 30년쯤 거슬러 올라간 1974년 토머스 핀

90 찰스 프레지어, 『콜드마운틴의 사랑 1·2』, 이은선 옮김, 문학사상사, 1998.

천이 『중력의 무지개Gravity's Rainbow』(1973)[91]로 전미도서대상을 받았을 때 사람들 앞에 일절 나가지 않는 것을 관철하여 본인은 모습을 드러내지 않고 코미디언 어윈 코리Irwin Corey를 대신 보내는 대담한 수를 썼다(전미도서대상은 여러 가지로 작가들을 둘러싼 드라마의 무대가 되는 것 같다). 문학상과 '인연이 없는 편이 낫다'고 생각하는 작가도 나름대로 존재하는 것이다.

슬슬 본래의 의미에서 문학상과 '인연이 없는 작가'에 대한 이야기로 들어가자. 뛰어난 작가로 인정받지만 어쩐 일인지 상을 받지 못하는 작가들을 찾아보니 의외의 이름에 맞닥뜨렸다.

예컨대 조이스 캐롤 오츠를 들 수 있다. 그는 1960년대부터 현재에 이르기까지 발표한 장편소설이 가볍게 40권이 넘으며 그 정도의 단편집도 발표했다. 게다가 가명으로도 소설을 쓰는 등 엄청난 창작욕을 자랑하여 매년 노벨문학상 후보에 이름이 오르는 진정한 '거물'이다. 그런데 주요 문학상에 뽑힌 소설은(1996년 호러계 브램 스토커상을 받은 『좀비Zombie』(1995)[92]를 제외하면) 40년 이상이나 전인 1969년 『그들Them』[93]이 전미도서대상을 수상한 시점까지 거슬러 올라가야 한다. 한편 퓰리처상 최종 후보

---

91 토머스 핀천, 『중력의 무지개 1·2』, 이상국 옮김, 새물결, 2012.

92 조이스 캐롤 오츠, 『좀비』, 공경희 옮김, 포레, 2012.

93 조이스 캐롤 오츠, 『그들』, 김승욱 옮김, 은행나무, 2015.

작에는 다섯 번이나 올랐으나 매번 상을 놓쳤다. 미국 사회에 숨어 있는 폭력성을 계속해서 그려내 현대를 대표하는 작가로서 다수의 공로상을 받았는데, 그의 대표작이 뭐냐고 물으면 독자의 의견은 여러 작품으로 갈릴 것 같다.

폴 오스터도 인기와는 반대로 모국 미국에서는 그다지 상을 받지 못한 작가다(프랑스에서는 수상한 적이 있다). 간결하고 아름다운 문체와 실험성까지 겸비하여 사람과 타자의 관계를 그리는 폴 오스터의 중요성은 누구나 인정한다. 그 공적을 칭송하며 여러 곳에서 공로상을 주었지만 지금까지 미국에서 그의 소설이 문학상을 받은 적은 없다.

이렇게 되면 스티브 에릭슨Steve Erickson이라는 이름이 나와야 한다. 일본에서는 부동의 지위를 구축했지만, 미국에서는 아직 SF풍 작품을 잘 쓰는 이류 작가라는 위치에서 벗어나지 못하고 무관의 제왕 상태를 유지하고 있다. '미국이란 무엇인가'를 당당히 묻는 소설가에 대한 취급 치고는 부당하지 않나 하는 목소리는 항상 있지만, 에릭슨이 주요 문학상의 영광스러운 무대에 오르는 날은 아직 찾아오지 않았다.

여기서 문제가 되는 것은 '주요'라는 말이다. 영어권만 봐도 실로 다양한 문학상이 있고, 각각 주목할 만한 작가를 채워 넣으며 틈새를 파고들고 있다. 그 결과 작가에게 수상 경력이 있어도 그것이 구체적으로 어떤 문학상인지 잘 모르는 현상이 자주 일어난다. 예컨대 페루와 미국을 왕복하며 사회파 인간 드라마를 구축하는 대니얼 알라르콘의 『로스트 시티 라디오Lost City Radio』(2007)가 선정된 펜유에스에이Pen USA상이란 어떤 것일까? 항상 비상하는 상상력의 강도를 느끼게 해주는 별난 작가 캐런 러셀이 『악어와 레슬링하기St. Lucy's Home For Girls Raised』(2006)[94]로 수상한 바드픽션Bard Fiction상이란 어떤 것일까? 그리고 주류가 아닌 데서는 현대의 애드거 앨런 포Edgar Allan Poe 후계자로 일컬어지는 브라이언 에븐슨Brian Evenson이 『최후의 나날들Last Days』(2009)로 받은 ALA/RUSA상[95]이란? 이렇게 '실은 상을 받았다'는 작가들은 세상에 존재하는 문학상의 다양성을 가르쳐준다.

하지만 단편을 중심으로 활동하는 작가들에게는 한층 냉엄한 상황이 존재한다. 문학상의 세계에서는 장편소설이 주역이기 때문이다. 지금도 단편소설은 어디까지나 장편을 위한 전 단계, 또는 '습작'으로 간주되기 십상이고, 미국에서의 작가 경력은 다음과 같은 과정을 거치는 경우가 많다.

① 대학원 창작과에 입학
② 재학 중에 단편이 문예지에 게재
③ 20대나 30대 전반에 단편집을 출판

94 캐런 러셀, 『악어와 레슬링하기』, 정윤희 옮김, 21세기북스, 2012.

95 ALA(American Library Association), RUSA(Reference & User Services Association).

④ 2~3년 후에 장편을 출판

⑤ 그 후 몇 년에 장편 한 편씩 출판하며 가끔 단편을 발표

작가의 본분이 장편을 쓰는 거라는 풍조는 이렇게 재생산된다. 단편집이 퓰리처상을 받은 경우는, 21세기에는 2009년 엘리자베스 스트라우트의 『올리브 키터리지』나 2000년 줌파 라히리의 『축복받은 집』 정도이고, 그 외에는 모두 장편소설이다.

그런 경향이 있어서인지, 예컨대 스티븐 밀하우저의 경우 단편 작가로서 세스 프리드Seth Fried 등 수많은 젊은 작가들의 존경을 받고 있지만 첫 수상은 데뷔하고 무려 25년 후인 1997년 『마틴 드레슬러』가 퓰리처상을 받을 때까지 기다려야 했다. 밀하우저 같은 단편의 명수조차 오랫동안 '문학상과 인연이 없는' 작가였으며 처음으로 문학상을 받은 것은 장편소설이었다.

단편소설의 경우에는 『미국 최고 단편집Best American Short Stories』과 『오 헨리상O. Henry Award』이라는 문집이 매년 출판되는데, 거기에 실리는 것이 하나의 영예가 되고 있다. 다만 각각 15~20작품 정도가 뽑히기 때문에 '문학상'과는 또 성질이 다르다. 단편을 위한 상의 수는 적어졌지만, 현재는 프랭크 오코너 국제 단편소설상Frank O'Connor International Short Story Award이나 더스토리상The Story Prize이 국제적인 주목을 받고 있다. 전자는 2015년을 마지막으로 없어졌는데, 2005년 이윤 리Yiyun Li를 시작으로 무라

카미 하루키나 미란다 줄라이Miranda July, 네이선 잉글랜더Nathan Englander라는 작가가 그 영예를 차지했다. 후자는 아직 존속하고 있는데 조지 손더스George Saunders, 앤서니 도어, 그리고 2011년에(드디어!) 밀하우저가 수상했다.

이 분야에서 '상과 인연이 없는' 작가를 들자면 한이 없지만, 주목해야 할 작가를 꼽는다면 폴 윤과 로라 반덴버그Laura van den Berg 부부일 것이다. 두 사람 다 앞에서 말한 문집을 '제패'한 사이좋은 부부다(아울러 장편도 포함한 창작 속도도 대체로 같다). 폴 윤은 평온한 풍경 속에 사람의 감정을 그려 넣고 반덴버그는 황량한 심상 풍경을 즐겨 그린다는 차이가 있지만 거의 같은 경력을 쌓아왔다. 이 두 사람은 언젠가 더스토리상을 서로 나눠 가지게 될지도 모른다.

마지막으로 '문학상과 무척 인연이 깊은' 작가도 소개하고자 한다. 애덤 존슨Adam Johnson은 아직 젊은 작가이며 지금까지 출판한 것은 장편소설 두 권, 단편집 두 권에 지나지 않는다. 하지만 2013년 두 번째 장편소설 『고아원 원장의 아들The Orphan Master's Son』(2012)로 퓰리처상을 받았고, 2015년에 발표한 단편집 『운세의 미소Fortune Smiles』는 전미도서대상과 더스토리상을 받았다. 수상은 운이 좌우한다고들 하지만, 존슨의 승승장구는 언제까지 이어질까?

7

체코의 상에서 세계의 상으로

'카프카상'

대담자

도코 고지 × 아베 겐이치 × 이시이 지코

Data

정식 명칭	프란츠 카프카상 Cena Franze Kafky
주최	프란츠 카프카협회(체코)
시작한 해	2001년(1년에 한 번)
상금	1만 달러

한없이 지역적인 문학상?

도코 '세상에는 노벨문학상 한발 앞에 받는 상이 있다'는 말을 들어본 적 있습니까? 흔히 이런 식으로 이름이 거론되는 문학상으로 예루살렘상이나 세르반테스상과 나란히 체코의 프란츠 카프카상이 있습니다.

이런 이야기가 일본 미디어에서 들리기 시작한 것은 2006년에 무라카미 하루키가 카프카상을 받고 나서였습니다. 그가 노벨문학상 후보라는 말이 나오기 시작한 것은 이것과 큰 관계가 있습니다. 하지만 카프카상이 어떤 상인지, 아마 아베 씨 외에는 거의 모를 겁니다(웃음). 이건 대체 어떤 상인가요?

아베 애초에 왜 노벨문학상과 관련되어 이야기가 나왔는가 하면, 2004년에 엘프리데 옐리네크Elfriede Jelinek가 카프카상과 노벨문학상을 타고, 2005년에 해럴드 핀터Harold Pinter도 카프카상과 노벨문학상을 탐으로써 2년 연속 한 사람이 두 개의 상을 받았기 때문입니다. 다음 해에 무라카미 하루키가 카프카상을 받았지만 노벨문학상은 받지 못했지요(웃음).

이 상은 2001년에 창설된 무척 새로운 상인데, 프란츠 카프카협회라는 데서 주최합니다. 카프카는 독일어계 작가인데, 영토로 보면 오늘날의 체코에서 태어났습니다. 제2차 세계대전 후에 독일계 주민의 강제 이주가 있어 독일어계 작가 자체가 실질적으로 없어지게 되었고, 사회주의 시대에는 퇴폐적인 작가로 간주되어 체코 국내에서 그다지 읽히지 않았습니다. 민주화 이후 카프카를 재평가하고 프라하의 독일어 문학을 부흥시키려는 취지로 설립된 것이 프란츠 카프카 협회입니다. 특히 유대계 사람들이 중심이 된 조직이지요.

이시이 그래서 역대 수상자에 유대계가 많은 건가요?

아베 기본적으로는 '현대 세계문학의 위대한 작가 가운데 하나인 프란츠 카프카의 작품과 마찬가지로 출신, 민족, 문화와 관계없이 독자에게 호소하는, 예술적으로 걸출한 현대 작가의 문학작품'이 대상입니다. 그러나 초기에는 유대계 작가가 받는 비율이 굉장히 높았습니다. 이어서 체코계 사람들이 많습니다. 사실 옐리네크도 체코계 핏줄을 갖고 있는 사람입니다. 그러니 체코/유대 커넥션이 강한 상이지요(웃음).

도코 실은 상당히 지역적인 상입니다.

아베 솔직히 처음에는 체코와 인연이 있는 작가에게 주는 문학상 정도로 생각했습니다. 그런데 무라카미 하루키가 받은 것은, 이 상에 또 하나의 규정이 있기 때문입니다. 적어도 체코어로 간행된 책이 한 권 이상 있어야 한다는 규정이지요. 사실 무라카미 하루키가 카프카상을 받은 2006년은 『해변의 카프카』[96]가 체코어로 번역되어 나온 해입니다.

도코 이름 그대로잖아요(웃음).

이시이 예전에 프라하에 갔을 때도 서점에는 『해변의 카프카』가 산더미처럼 쌓여 있었습니다. 역시 자기 고장에 대한 사랑일까요?

아베 2011년에는 존 밴빌이 받았습니다. 중앙·동유럽과 관계없는 아일랜드 작가가 어떻게 받았을까 싶었는데, 그도 『프라하, 도시의 초상Prague Pictures: Portrait of a City』(2003)이라는 책을 썼습니다. 이렇게 되면 2013년까지의 수상자 중에 맥락이 명백히 다른 사람은 이브 본푸아Yves Bonnefoy밖에 없습니다.

이시이 정말 현지에 밀착된 상이군요. 간사이 지역과 관련 있

---

96 무라카미 하루키, 『해변의 카프카(상·하)』, 김춘미 옮김, 문학사상사, 2003.

는 작품을 수상 대상으로 하는 오다 사쿠노스케織田作之助상 같은 느낌이네요.

아베 현지 문화에 뿌리내린 사람을 표창한다는 뜻이 강했기 때문에 넓은 의미에서 중앙·동유럽 문학자를 평가해온 상입니다. 다만 2014년 수상자가 중국의 옌롄커閻連科, 이듬해는 스페인의 에두아르도 멘도사Eduardo Mendoza가 받는 등 최근에는 그 경향이 확실히 바뀌었습니다. 그래서 앞으로는 누가 받을지 예상하기 힘듭니다.

도코 그러면 노벨문학상 한발 앞에 받는 상이라는 설은 무너질 것 같군요(웃음). 하기야 노벨문학상 자체도 일본에서는 상당히 오해를 받고 있는 것 같기는 합니다만.

아베 다만 선정 위원은 체코, 프랑스 등 유럽계 문학자뿐입니다. 그래서 노벨문학상 선정 위원과 사고 회로가 비슷합니다. 유럽적인 세계관에 호응하는 사람을 뽑는다는 점에서는 비슷할지도 모르겠습니다. 특히 평가 기준에 인도주의적 성격을 언급하고 있는 점도요.

보충해두자면 체코인은 이반 클리마Ivan Klíma(2002년), 아르노슈트 루스티크Arnost Lustig(2008년), 바츨라프 하벨Václav Have(2010년),

다니엘라 호드로바Daniela Hodrová(2012년), 이렇게 네 명이 수상했습니다. 그런데 안타깝게도 일본어로 번역된 작품은 거의 없거나 있어도 대부분 입수하기가 곤란합니다. 클리마와 루스티크는 유대계 작가로 평생 홀로코스트를 소재로 썼습니다. 그런 의미에서 정통 홀로코스트 문학의 계승자입니다. 하벨은 부조리극을 쓴 희곡가로, 민주화 후 대통령이 된 것으로도 알려져 있습니다. 호드로바는 환상적이고 기교적인 작품을 차례로 발표한 소설가입니다.

미국까지 뻗어가는 중앙·동유럽 문학

도코 체코 전문가인 아베 씨가 추천하는 책이 놀랍게도 체코인이 아니라 유대계 미국인 필립 로스의 『미국을 노린 음모The Plot Against America』(2004)입니다.

아베 체코 선전을 해야 하는데 말이죠(웃음).

도코 하지만 이건 굉장히 좋은 책이네요. 해외 문학 번역서로서는 완벽합니다.

이시이 어떤 의미인가요?

도코 역사적인 것도 알 수 있고, 엔터테인먼트로서도 재미있고, 대담하게 상상력을 구사하고 있는데도 빈틈없이 만들어졌거든요. 필립 로스에게는 진작 노벨문학상을 주었어야 합니다.

아베 1940년, 그러니까 제2차 세계대전이 시작된 무렵의 미국이 무대인 이야기입니다. 당시 미국에서는 민주당 후보 루즈벨트와 공화당 후보 린드버그가 대통령 자리를 다투고 있었다는 설정입니다. 린드버그는 대서양을 횡단한 실제 비행사고, 그를 의원으로 만들려는 움직임이 실제로 있었다고 합니다. 그리고 여기서부터는 픽션입니다만, 당시의 영웅 린드버그가 대통령 후보가 되어 갈팡질팡하다가 대통령이 됩니다. 린드버그는 무척 카리스마가 있는 인물인데, 이따금 반유대적인 말을 합니다. 그런 불온한 분위기가 떠도는 가운데 주인공인 소년 필립 로스가 아이의 시선으로 유대계 사람들이 자신들의 장래를 걱정하며 불안을 안고 살아가는 모습을 그려나가는 작품입니다. 역사적 사실을 기초로 하면서 역사에 손을 가해 '만약 린드버그가 대통령이 되었다면 미국은 어떻게 되었을까' 하는 이야기로 만들었습니다.

도코 대체 역사물이라고 하면 거의 SF잖아요. 예컨대 스티브 에릭슨의 『검은 시계의 여행Tours of the Black Clock』(1989)에서는, 히틀러는 죽지 않고 독일도 패배하지 않은 세계를 창조해갑니다.

한편 『미국을 노린 음모』는 실제로 주인공이 체험하는 공포감이 굉장히 현실적이고 정말 그런 일이 있을 것 같아서 SF라는 느낌이 전혀 들지 않습니다. 같은 유대계 작가 마이클 셰이본Michael Chabon이 쓴 『유대인 경찰연합The Yiddish Policemen's Union』(2007)[97]은 이스라엘 대신 알래스카가 유대인의 나라가 된다는 이야기입니다. 인터뷰에서 왜 그런 작품을 썼느냐는 질문을 받았을 때 셰이본은 "미국에서 언제 반유대주의가 일어날지 모른다는 걸 유대인은 모두 느끼고 있고, 그래서 이건 현실감 있는 상상이다"라고 말했습니다. 또한 네이선 잉글랜더의 『안네 프랑크를 말할 때 우리가 이야기하는 것What We Talk About When We Talk About Anne Frank』(2012)은 부부가 미국에서의 홀로코스트를 상상해보는 게임을 하는 이야기입니다. 그런 것과 아울러 필립 로스의 작품을 읽으면 현대 미국의 유대계 작가는 아직도 홀로코스트가 일어날 수 있다고 느끼고 있다는 생각이 듭니다. 그중에서도 『미국을 노린 음모』는 공포를 그리는 힘이 두드러집니다. 이교도 안에서 사는 감각이 굉장히 현실적입니다.

97 마이클 셰이본, 『유대인 경찰연합 1·2』, 김효설 옮김, 중앙북스, 2009.

아베 유대계 사람들의 상상력은 이 작품의 매력이고, 눈에 띄지는 않지만 저변에서 영향을 주는 것 같습니다. 그리고 제가 이 책을 고른 또 하나의 이유는, 이것도 중앙·동유럽 문학이라 할 수 있지 않은가 하는 문제 제기를 위해서입니다. 버나드 맬러머드Bernard Malamud나 필립 로스 같은 작가들은 모두 중앙·동유럽에서 이민했거나 또는 그 자식 세대입니다. 그들이 그리는 작품 세계, 즉 미국의 유대계 사람들이 느끼는 공포나 소외감은 중앙·동유럽의 유대인과 공명하는 것이 많습니다. 언어라는 틀을 벗기고 '유대인의 소외감'이라는 주제에서 보면 크게 반응할 부분이 있습니다.

도코 저는 『미국을 노린 음모』를 읽으며 알렉산다르 헤몬의 『라자루스 프로젝트The Lazarus Project』(2008)를 떠올렸습니다. 이 책은 보스니아계 청년이 미국에서 박해를 받아 죽은 유대계 남자의 인생과 조상을 더듬으며 동유럽에서 러시아까지 여행하는 이야기인데, 거기에서도 유대인이 그리스도교도 아이의 피를 마신다는 등의 트집을 잡히는 장면이 있습니다. 미국 문학에 대해 제대로 말하려면 유대나 동유럽 문학에 대해서도 이야기해야 합니다.

아베 실제로 로스는 1970년대에 자주 프라하에 갔다고 합니다. 매년 갔더니 당국의 주목을 받아 비자 발급이 정지되었을 정도라고 하지요. 조금 전에 거론된 클리마나 루스티크 같은 체코 작가와도 친교가 있었고, 로스의 작품에는 프라하 이야기가 꽤 나옵니다. 『욕망의 교수The Professor of Desire』(1977)의 주인공은 미국인 비교문학 교수인데, 프라하에서 카프카를 연구하며 극히 방탕한 생활을 합니다(웃음).

그리고 카프카에게는 『변신Die Verwandlung』(1916)[98]이라는, 갑충이 된 남자 이야기가 있는데 로스는 『유방The Breast』(1972)이라는, 이름 그대로 유방으로 변한 남자 이야기를 썼습니다. 작풍은 다르지만, 프라하와 옛날부터 관련이 있는 셈이지요. 펭귄북스 동유럽 문학 시리즈의 편자編者가 되기도 했습니다. 사회주의 시절부터 동유럽 문학을 영어권에 선전하는 역할을 한 셈이지요.

그렇게 생각하면 미국 문학인 동시에 동유럽 문학의 얼굴도 갖고 있는 사람입니다. 작품 세계는 분명히 유대계 문학의 연장선상에 있고요. 동유럽 문학도 역사를 소재로 삼고 있는 경우가 많습니다. 『미국을 노린 음모』도 작중 시간이 3년쯤 흐르는데, 묵직한 역사가 응축되어 있는 감각은 대단합니다.

이시이 읽고 있으면 굉장히 긴 시간이라는 느낌이 들지만 3년

---

98 프란츠 카프카, 『변신』, 이재황 옮김, 문학동네, 2005.

으로 비교적 짧은 편입니다. 굉장히 밀도가 있지요. 무척 짧은 시간 동안 상황이 이렇게까지 변하다니, 하는 생각에 무서워집니다.

도코 정치적인 상황이 변하는 순간은 이런 느낌이겠지요. '이 정도로 심해지면 도망가자'라고 생각하고 있다가 문득 정신을 차리고 보니 이미 도망칠 수도 없는 상태가 되는 거예요. 『미국을 노린 음모』에서도 '조금만 더 안 좋아지면 캐나다로 도망가자'라고 주인공 가족이 생각하는 중에 캐나다와의 국경이 봉쇄되어 도망갈 수도 없게 되지요.

로스의 작품에 나오는 공포는 동유럽적인 부분도 있지만, 미국 고유의 인종차별이나 폭력도 있습니다. 흔히 19세기에 인종차별 사상이 발전해가는 데 미국의 역할이 컸다는 말을 하지요. 노예 해방 후에 여전히 흑인을 아래쪽에 묶어두기 위해 그리스도교와 인종차별주의가 합쳐진 신학이 발전한 겁니다. 이 흐름을 계승한 것이 이 작품에도 나오는 헨리 포드Henry Ford이기도 합니다. 그런 사람들로부터 배워 나치 독일의 인종차별주의가 더욱 발전해서 남아프리카공화국의 아파르트헤이트(인종 격리 정책)로도 이어졌습니다. 이 흐름의 원류 가운데 하나로 미국의 인종차별이 있는 거지요.

이시이 그런 거시적인 시점도 있으면서 한 아이가 본 사회의 변화를 그렸다는 점이 좋습니다. 주인공은 수집 우표를 넣어놓은 앨범을 무엇보다 소중히 여깁니다. 그의 꿈속에서 워싱턴의 우표가 모두 히틀러로 변하고 그랜드캐니언이나 옐로스톤 우표에는 갈고리 십자가가 인쇄되어 있는 장면이 무척 무섭지요. 어린아이라 정치적인 것은 잘 모르지만 불온한 분위기는 정확히 느끼고 있습니다.

도코 아이의 시점이라는 것은 중요합니다. 요컨대 파시즘이나 차별이 어떤 것인가를 생각할 때 대통령이 되는 린드버그는 원래 영웅이잖습니까. 모두가 동경하고 있는 멋진 사람으로 나옵니다. 커다란 열광의 소용돌이 속에서는 어른도 어린아이가 되고 맙니다. 그렇게 되면 '옳은 것'으로 여겨지는 것에 무비판적으로 끌리게 됩니다. 그리고 '더러운' 것으로 여겨지는 것이 강하게 배제되는 사회가 되고 맙니다. 이 소설에서 그것은 유대계 민족입니다. 사회가 순수나 감동이라는 방향으로 나아감으로써 어떻게 폭력이 발생하는가, 하는 것이 아이의 시점을 취하고 있어서 확실히 표현됩니다.

이시이 주인공의 형과 아주머니도 거기에 휩쓸려 파시즘에 가담합니다.

도코 하지만 평범한 시대였다면 두 사람 다 그저 순수하고 생각이 부족할 뿐인 사람입니다.

아베 특히 형은 그렇지요. 파시즘 다음에는 여자에게 눈뜹니다(웃음).

이시이 그 부분이 재미있었습니다. 마지막까지 파시즘으로 일관하나 싶었는데, 설마 그쪽으로 나아갈 줄을 몰랐습니다(웃음).

도코 그리고 박해받은 시대에 유대인이 미국에서 어떻게 살아남았는지도 알 수 있습니다. 지금은 유대계라고 하면 지식인이나 좌익이라는 이미지지만, 원래는 굉장히 가난한 이민으로 미국에 가서 친척이 모여 일을 하고 외부의 공격으로부터 몸을 보호하기 위해 마피아 같은 것이 되거나 했지요. 주인공의 친척은 폭력단원인지 뭔지 잘 알 수 없는 사람들뿐입니다(웃음). 이웃 사람도 이탈리아계로 그들과 마찬가지로 살고 있습니다. 모두가 잊고 있는 유대계의 그런 역사도 이 작품에서는 잘 보입니다. 가족 이야기에서 보면 서로의 유대가 과도하지 않습니까?

아베 아주 과도하지요. 피가 굉장히 진하다고 할까요, 자꾸 폭력을 쓰기도 하고 말참견을 합니다. 지방의 게토에서 나와도 도시화되지 않은 감각은 뮤지컬이나 영화가 된 〈지붕 위의 바이올린Fiddler on the Roof〉의 원작인 숄렘 알레이헴Sholem Aleichem의 『우유 장수 테비에Tevye der milkhiger』(1894)와도 어딘가 통하는 것 같은데 장소는 달라도 공통된 것이 있다고 생각했습니다.

도코 이방인(goyim, 유대인 이외의 민족)이 있는 켄터키 같은 데 갈 수 있냐, 라든가요(웃음).

아베 "녀석은 베이컨 같은 걸 먹을 수 있게 되었어" 같은 표현이 생생하지요(웃음).

도코 돼지고기를 사용한 소시지나 베이컨을 먹기 시작하면 타락한 것이라는 가치관이 있으니까요. 일본인이 생각하는 미국과는 전혀 다릅니다. 가족 본연의 모습이라든가 이교도에 대한 타고난 공포심 같은 것이 보존되어 있습니다.

이시이 저는 제임스 야페James Yaffe의 『엄마는 다 알아Mom Knows Best』라는 미스터리를 떠올렸어요. 형사인 아들이 가져온 수수께끼를 유대인 어머니가 풀어간다는 안락의자 탐정물입니다. 어머니가 만든 로스트 치킨을 먹으면서 아들이 사건 이야기를 하는데, 그날은 반드시 금요일입니다. 메뉴라든가 먹는 방법이라든가 유대의 전통을 지키고 있는 어머니가 하는 말은 절대적이고, 나잇살깨나 먹은 남자인데도 거역할 수가 없습니다(웃음).

도코 먹는 것으로 자신들을 정의한다는 것이 느껴지네요. 필립 로스의 『울분Indignation』(2008)[99]이라는 작품이 있습니다. 주인공의 아버지가 정육점 주인인데 늘 피투성이입니다. 예리한 칼로 솜씨 있게 고기를 처리합니다. 남의 말을 듣지 않는 일방적인 성격으로, 유대인으로서 너는 어떻게 할 거냐 하는 식으로 아들을 다그치는 점은 『미국을 노린 음모』의 아버지와 같습니다. 아들은 거기에서 도망쳐 이리저리 헤맵니다만, 마지막에는 군대에 들어가 한국에서 인민해방군의 총검에 찔려 죽습니다. 요컨대 전 세계 어디로 도망가도 칼을 든 아버지의 이미지가 따라다니는 셈이지요.

아베 카프카에게도 그런 '아버지 전통'의 무게는 있습니다. 『심판Der Prozess』[100]이라는 작품에서는 아버지의 지배에서 벗어나려고 마지막에는 프라하의 카를교라 여겨지는 다리에서 강물에 몸을 던집니다. 아버지와의 유대라는 전통의 무게는 유대 문학의 큰 흐름입니다.

---

99 필립 로스, 『울분』, 정영목 옮김, 문학동네, 2011.

100 프란츠 카프카, 『심판』, 김현성 옮김, 문예출판사, 2007.

이시이 『미국을 노린 음모』의 아버지는 노력가로 차별과도 정면으로 맞서 싸우는 훌륭한 사람인데, 그 탓에 가족이 힘들어지는 장면도 있습니다. 반대로 어머니는 그다지 자기주장을 하지 않지만 현명하여 여차할 때는 의지가 됩니다. 굉장히 매력적인 인물이라고 생각했습니다.

중국의 마을이 레닌을 사다

도코 이어서 옌롄커의 『쾌활受活』입니다. 카프카상의 경향이 바뀐 후의 첫 수상자입니다. 우선 줄거리부터가 자유로운데(웃음), 웬일인지 중국 명나라 시대에 모든 지도나 행정구역에서 분리된 산속에 파라다이스 마을이 있는데 그곳은 기후도 온난하고 다른 마을에 기근이 들어도 반드시 풍작을 거둡니다. 그리고 주민은 거의 전원이 신체장애자입니다. 그런 사람들이 대대로 생산 활동에 종사한 결과 전원이 뭔가 특수한 능력을 익힙니다. 예컨대 눈이 보이지 않는 사람은 귀가 이상하게 발달하여 먼 데서 깃털 하나, 바늘 하나가 떨어져도 알 수 있습니다. 절름발이는 도약력을 키워 몇 미터나 뜁니다. 그 결과 마을 사람들로 서커스단을 결성하여 전 중국을 돌며 막대한 돈을 벌게 됩니다. 그리고 그 돈으로 러시아에서 레닌의 유체를 사들여 마을에 안치

하고 마을을 활성화하려고 한다는 이야기입니다. 이 줄거리는 대체 뭘까요(웃음)?

저자 후기를 보면 공산주의에 대해 이러쿵저러쿵 썼지만 어쩐지 축제 묘사가 재미있어서 많이 써버렸다는 식으로 이야기가 흘러가요. 그래서 굉장히 길지만 이상하게 빨리 읽을 수 있는 작품입니다.

이시이 속도감 있게 읽을 수 있지요. 같은 중국의 모옌莫言도 그렇지만, 노래 같은 것도 들어가고 말투가 고양되어 계속 읽게 되지요.

도코 독자도 환상적인 이야기가 즐거워서 페이지가 단숨에 넘어갑니다.

이시이 아무튼 이상한 사람들이 잔뜩 나와서 재미있어요.

도코 등장인물은 많지만 핵심적인 인물은 마오즈 할멈과 손녀 네 명, 류잉췌 현장입니다. 기본적으로는 그들이 서로 다툴 뿐이지요(웃음). 구조가 간단한 것도 읽기 쉬운 이유가 아닐까요.

이시이 그리고 몇 군데에 삽입된 '장황한 이야기'도 재미있습니다. 처음에는 주석 같지만 도중에서부터 그 안에서 멋대로 이야기가 전개됩니다.

아베 사소한 에피소드지만 주석이 되기도 하고, 거기에서 다시 가지처럼 뻗어나갑니다. 큰 이야기는 알고 있으니까 아무리 탈선해도 괜찮다는 듯이 탈선을 그대로 놔둡니다(웃음). 독자가 '그거 어떻게 된 거지?'라고 느낄 새도 없게 척척 나아갑니다.

도코 '중국의 가르시아 마르케스'라는 말도 듣는데, 감각적으로는 전혀 다른 것 같습니다. 『쾌활』은 체코 사람이 보기에 무척 이상하고 환상적인 이야기일지도 모르겠지만 중국 사람이 보기에는 상당히 현실감 있지 않을까, 하는 생각이 듭니다.

중국계 미국인 맥신 홍 킹스턴Maxine Hong Kingston의 『여전사The Woman Warrior』[101]라는 작품이 있습니다. 이것도 무대는 중국의 한 마을입니다. 모든 남자들이 미국으로 돈을 벌러 가 있는 동안 한 아내가 바람을 피웁니다. 그게 들키자 마을 사람 전원이 그 여자의 집을 습격하여 모든 가축의 목을 치고 집을 부숴버립니다. 그래서 그 여자는 우물에 몸을 던져 자살하는데, 가족 안에서는 처음부터 없었던 사람처럼 취급됩니다.

---

101 맥신 홍 킹스턴, 『여전사』, 서숙 옮김, 황금가지, 1998.

이 작품은 미국에서 환상적인 것으로 이해되었지만 중국인 유학생에게 물었더니 "중국에서는 흔히 듣는 이야기입니다. 전혀 환상적이 아니에요"라고 하더군요. 요컨대 중국의 '일반적인 것'을 알지 못하면 필요 이상으로 환상에 가까운 것으로 읽을 우려가 있습니다. 『쾌활』에서는 현의 우두머리가 거의 황제나 같은 상황입니다. 법률보다 위에 있지요. 이런 식의 운영은 정말 있을 거라고 생각합니다. 유토피아는 사람 사는 마을에서 떨어진 곳에만 있다는 이 책의 감각은 사실 중국의 현실 그대로이고, 그런 현실감 있는 감각을 가르시아 마르케스풍으로 썼기 때문에 결과적으로 일본 독자에게는 무척 신기한 것이 된 게 아닐까요.

마르케스의 『백년 동안의 고독Cien anos de soledad』(1967)[102]에서도 다양한 연대를 말하면서 같은 이름의 사람이 몇 번이나 나오는데, 『쾌활』에도 많은 연대가 나옵니다. 게다가 '경신庚申' 등 서력이 아니라 중국의 책력을 씁니다.

아베 시간의 흐름이 세계 표준이 아니라 중국 기준이지요.

이시이 간지干支가 한 바퀴 도는 느낌이라 읽고 있어도 몇 년이라는 건지 잘 모르겠어요(웃음).

102 가브리엘 가르시아 마르케스, 『백년 동안의 고독 1·2』, 조구호 옮김, 민음사, 2000.

아베 일단 괄호 안에 서력이 쓰여 있지만 원문에는 그것도 없는 모양입니다. 지금도 중국에서는 그런 시간 감각이겠지요.

도코 그리고 나오는 지역도 굉장히 넓은 느낌입니다. 범죄자가 산속으로 도망가버리면 잡을 수 없겠다 싶어요.

아베 몇 년 전에 중국에 갔는데, 한번은 전기가 전혀 들어오지 않는 곳을 차로 2시간쯤 달리며 지나갔습니다. 현지인은 '여기에 길이 있다'고 하지만 전혀 알 수 없었습니다. 일본인은 가드레일이나 가로등에 익숙해있지만, 중국에서는 그런 것이 전혀 없는 곳에 많은 사람들이 살고 있거든요. 그리고 『쾌활』에는 지방 사투리가 많이 나옵니다. 그만큼 넓은 나라라면 이렇게 모르는 마을이 충분히 있지 않을까, 하는 생각이 듭니다. 현지인이 보면 『쾌활』의 세계는 '있을지도 모르겠다'가 아니라 '있겠지'라는 느낌일 수 있겠지요. 우리는 아주 작은 세계만 알고 있다는 인식이 깔려 있는 건지도 모릅니다.

도코 일본인이 미국에 가서 '일본은 어떤 나라인가?'라는 질문을 받으면 완전히는 모르지만 대체로 이런 느낌이 아닐까 하고 대답하잖아요. 하지만 중국인 유학생과 이야기를 하면 '내가 나고 자란 성省은 이런 곳인데 그곳 이외의 장소는 잘 모른다. 중국인에게 중국 전체에 대해 물어봤자 잘 모를 것이다'라고 합니다.

아베 지역에 따라 말도, 음식도 다르니까요.

도코 그래서 중국인은 자신이 사는 곳이 이렇지는 않지만 안쪽으로 들어가면 『쾌활』 같은 세계가 있을지도 모른다고 생각할 겁니다. 그저 환상적으로 읽는 게 아니라요.

아베 현장懸長과 어떻게든 그를 구워삶으려는 사람들의 이야기라서 설정만 바꾸면 중국의 여러 성으로 치환할 수 있을 것 같습니다. 이 작품을 보면서 마르케스보다는, 작가가 등장인물에 더 가깝다는 느낌이 들었습니다. 약한 입장에 놓인 사람의 목소리가 현실감 있기도 하고요. 피도 땀도 눈물도 독자에게 튈 것 같을 정도예요(웃음). 마르케스는 좀 더 거리가 떨어져 있는 것 같습니다. 부감한다고 할까요.

도코 마르케스의 인터뷰를 보면, 유럽의 전위적인 문학 개념을 사용해 콜롬비아에 대해 쓰되 콜롬비아의 이야기 전통과 섞으면 좋지 않을까 하는 생각이 문득 들었다고 합니다. 사실 그는 굉장히 의식적으로 쓰니까 작품도 '예술'이라는 느낌이 들지만, 옌롄커의 경우는 '써봤더니 쓸 수 있었다, 재미있다고 하니 좀 더 쓰자' 같은 느낌입니다(웃음). 특별히 예술이 아니라도 상관없다는 정도의 마음이 아닐까 하는 생각이 듭니다.

이시이 가난한 농촌에서 탈출하기 위해 창작을 시작한 사람이지요.

도코 미국에서 글을 쓰고 있는 하 진과도 경력이 비슷한데, 그들이 젊었을 때는 문화대혁명의 영향으로 우수한 아이라도 좀처럼 학교에 다닐 수 없었습니다. 당시 중국에서 유일한 교육기관으로 기능했던 것이 군대였습니다. 그래서 그들은 극단적으로 어린 나이에 인민해방군에 들어가 그 안에서 읽고 쓰기를 배우며 공부합니다.

이시이 그 두 사람만이 아니라 모옌의 경우도 그렇습니다.

도코 인텔리를 키우는 방식이 다른 나라와는 전혀 다르지요. 그 사람들이 세계로 흩어져 지금 격렬한 책을 쓰고 있습니다. 굉장히 재미있는 상황인데, 그들의 작품은 중국 공산당이나 군에는 인기가 없는 것 같습니다(웃음).

이시이 옌롄커는 몇 번이나 발매 금지 처분을 받았습니다. 사회주의 문학으로서는 어떻게 읽을 수 있을까요?

도코 예컨대 류잉췌 현장은 관료제 안에서 이데올로기 교육을 받고 자라 권력의 계단을 올라가는 것과 돈 버는 것 외에는 전혀 흥미가 없는 사람으로 나옵니다.

아베 하지만 순회공연을 갔다가 돌아왔더니 아내는 바람을 피우고 있고, 그래서 사회주의의 계단을 끝까지 오를 수 없었다고 할까, 다른 삶의 방식도 있지 않았을까, 하는 식으로도 읽을 수 있습니다. 레닌 기념관을 만들어 관광객을 불러 모으자는 생각도 오히려 자본주의적이잖아요. 이런 것에 대한 평가는 어렵습니다. 깊이 읽어서 '그래서 자본주의는 안 되는 거다'라는 식으로 생각하는 사람도 있을지 모르지요.

도코 사회주의의 근본적인 동기는 유토피아 주의로, 특별히 엄청난 돈을 벌지 않아도 작은 커뮤니티 안에서 다들 행복하게 살면 되지 않을까 하는 생각이겠지요. 그래서 무대인 마을 자체가 일종의 사회주의 유토피아가 아닐까 생각해볼 수도 있습니다. 왜냐하면 아무리 장애가 있어도 다들 서로 협력하니까요. 일본 애니메이션 영화 〈체브라시카Cheburashka〉(2010)에서 보면 고독한 체브라시카가 동물들과 친구가 되어 모두의 공원을 만드는

데, 그 이야기와 비슷합니다(웃음).

이시이 이상향으로 존재하는 거로군요.

도코 『쾌활』은 얼핏 사회주의 비판으로 보이지만, 실은 자본주의 비판입니다. 그리고 사회주의의 진정한 영혼은 상실되지 않았다는 이야기인지도 모릅니다.

아베 그래서 드물게도 『쾌활』은 발매 금지가 되지 않았던 거군요.

도코 그리고 촌장 같은 지위에 있는 마오즈 할멈이 가진 권력의 근원은 마오쩌둥毛澤東과 함께 공산당을 따라 옌안으로 갔다는 사실입니다. 싸우고 있던 초기 공산당에 대한 신뢰가 남아 있는 거지요.

아베 마오쩌둥 숭배는 흔들리지 않습니다.

도코 그것에 관련하여 흥미로웠던 것이 류잉췌 현장이 공산당 위인들의 초상을 순서에 따라 늘어놓고 자신은 이 정도 아닐까, 하며 조금씩 위치를 올려가는 장면입니다(웃음). 아무튼 자유롭고 흥미 있는 장면이 많은 작품입니다.

외계인, 바르셀로나를 걷다

이시이 제가 고른 것은 에두아르도 멘도사의 『구르브 연락 없다Sin Noticias De Gurb』(1991)[103]인데, 아주 좋아하는 작품입니다.

도코 저도 아주 좋아합니다. 하지만 문학 작품으로서 칭찬하기는 어렵겠네요(웃음).

이시이 1990년 2인조 외계인이 조사하러 바르셀로나로 찾아옵니다. 부하인 구르브가 조사하러 나갔다가 소식이 끊어지고 상사인 '나'가 바르셀로나 일대를 찾아다닙니다.

우선 재미있는 것은, 이 외계인이 형태를 갖지 않은 '순수 지성체'라는 점입니다. 그래서 지구를 시찰할 때는 '지구 내 동화 가능 형상 추천 목록'이라는 유명인 카탈로그에 실린 한 사람으로 변신합니다. 게리 쿠퍼라든가 로마 교황, 루치아노 파바로티라든가, 여러 가지 모습으로 바르셀로나를 돌아다니며 만난 사

103 에두아르도 멘도사, 『구르브 연락 없다』, 정창 옮김, 민음사, 2012.

건을 담담하게 보고해나갑니다. 당시의 바르셀로나는 올림픽을 2년 앞두고 있어 급속하게 도시화가 진행되고 있습니다. 그래서 '나'는 지구에 익숙하지 않아 밖으로 나가자마자 차에 치이기도 합니다(웃음).

도코 애초에 만듦새가 거칠지요(웃음).

이시이 떨어진 자신의 머리를 분수에 씻기도 하고요(웃음).

도코 괜찮다고 생각한 것은 지치면 몸이 따로따로 흩어지는 장면입니다. "팔이 하나 떨어지고 발도 하나, 게다가 두 귀도 떨어졌다. 혀는 길게 늘어져서 벨트로 매놓아야 했다"라는 등 몸의 구성도 대충 묘사합니다.

이시이 외계인의 시점이라서 보는 것 모두가 낯섭니다. 주인공이 자꾸 구덩이에 빠지는 것은 올림픽을 앞두고 시내에서 공사가 많이 벌어지고 있어서입니다. 그곳에서 사는 사람은 그다지 주의를 기울이지 않겠지만, 외계인의 눈에는 여기저기 구덩이투성이라는 건 확실히 이상한 풍경으로 보일 겁니다.

도코 멘도사 자신이 이런 식으로 파악하는 사람이겠지요. 하나하나가 무척 이상합니다. 예컨대 주인공의 행동은 대체로 맞아도, 깊이 들어가면 반드시 틀립니다. 뭘 사러 가도 넥타이를 94개나 산다거나 햄을 70개나 산다거나 바비 인형의 팬티만 112장을 산다거나 하잖아요(웃음).

이시이 은행 계좌를 개설할 때 숫자를 조작했기 때문에 돈은 얼마든지 있지요.

도코 그건 그렇다 해도 사는 방법이 이상합니다. 그리고 식욕도 이상해서 한 끼분으로 추로스 10킬로그램을 사기도 합니다. 아무리 그래도, 지나치게 먹는 거죠.

아베 칼로리가 상당히 높을 것 같네요.

이시이 그리고 갑자기 가족을 갖고 싶다며 연애를 하는 장면도 좋습니다.

아베 구애하는 편지를 열심히 써서 스토커처럼 되고 맙니다. 그리고 마음에 있는 여성의 집으로 처음에는 소금을 빌리러 가는데, 점점 다른 식재료를 빌리고 마지막에는 요리에 필요한 걸 거의 모두 빌리려고 하는 장면도 좋습니다. 만담으로 치면 계속

해서 우스꽝스러운 역할을 하는데, 그걸 받아치고 면박을 주면서 이야기를 진행해주는 사람이 없는 거나 마찬가지예요.

도코 이런 터무니없는 사람을 받아들여 즐길 수 있는 것은 카탈루냐 문화 수준이 굉장히 높기 때문이지요. 다른 두 작품에 비해서 상당히 세련되었다는 기분이 듭니다.

아베 억누르고 있다고 할까요, 독자가 주인공에게 깊이 관여하고 싶다는 그 기분은 아마 작가도 같을 겁니다. 그걸 모두 맡겨버립니다. 독자를 완전히 신뢰하고 있는 거지요. 바에서 돌아오는 길에 몇 분마다 한 번씩 구토를 하기도 하고(웃음), 아무튼 반복이 아주 많습니다.

이시이 앞의 글을 복사해서 붙이고 그중 일부만 바꿔가는 식으로 글을 써가는 것도 독특합니다. 두툼한 책도 아니고, 웃으면서 술술 읽을 수 있습니다.

도코 첫머리에 나오는 '저자의 메모'에, 신문 연재였기 때문에 그다지 진지하지 않게 썼더니 아주 평이 좋아 많이 팔렸다고 쓰여 있어 힘이 빠지고 말았습니다(웃음). 하지만 이건 의외로 옳은 게 아닐까요. 작가는 문학 작품을 쓴다, 명작을 쓴다며 잔뜩 벼르지 않고, 『구르브 연락 없다』처럼 힘을 빼고 농담을 거듭하는 것만으로도 좋지 않을까 싶습니다.

좋아하는 부분이 아주 많은데, 그중에서 가장 좋은 것은 레스토랑에서 음식을 주문하는 장면입니다. "생햄, 생햄과 멜론, 멜론, 이렇게 셋이요"라고 하는데, 지구에 대한 연구가 조금은 부족하지요(웃음).

이시이 사실 원자력발전소 사고라든가 불온한 일도 일어납니다. 하지만 외계인의 언동이 우습고 귀엽습니다. 기존의 틀을 벗기고 보면, 도시란 이런 곳이라는 발견으로 가득 차 있습니다.

아베 후반에 바의 호아킨 씨와 세상 돌아가는 이야기 같은 걸 하잖아요. 그가 병이 들어 입원했기 때문에 혹시 무슨 일이 생기면 자신이 바를 이어받아 하는 게 어떨까 하는 생각을 합니다.

도코 조사하러 지구에 와놓고 이상해요(웃음).

아베 점점 인간처럼 되어가는 거지요.

도코 주인공은 늘 외견을 바꾸잖아요. 미녀가 되면 남자가 붙고, 교황이 되면 다들 자기 이야기를 들어주고, 철학자가 되면 어려운 이야기 좀 그만하라고 하고요. 사람들은 지금껏 노골적으로 상대를 외관으로 판단했다는 게 쓰여 있어서 오히려 신선했습니다.

약간 비슷하다고 생각한 것은, 세사르 아이라César Aira의 『문학회의El congreso de literatura』(1997)입니다. 이 작품도 굉장히 시시합니다. 멕시코의 소설가 카를로스 푸엔테스Carlos Fuentes의 복제인간을 대량으로 만들어 지구를 탈취하려고 그의 세포를 채취해 왔더니, 그것이 푸엔테스의 실크 넥타이 세포여서 거대한 누에가 대량으로 증식되고 맙니다(웃음). 시시함의 방향성이 비슷한 것 같습니다. 아이라가 좀 더 역동적이긴 하지만 농담을 농담으로 이어서 전개해나가는 모습은 멘도사와 비슷합니다.

이시이 멘도사의 『경이로운 도시La Ciudad De Los Prodigios』(1986)[104] 해설에 따르면 스페인 문학은 1950년대까지 리얼리즘 문학이 주류였고 1960년대에 들어 실험적인 소설이 대두했는데, 멘도사는 대중적인 서브컬처나 라틴아메리카 문학, 페미니즘의 영향 아래 작품을 발표한 '68년 세대'를 대표하는 작가 가운데 한 사람이라고 합니다.

104 에두아르도 멘도사, 『경이로운 도시 1·2』, 김현철 옮김, 민음사, 2010.

도코 일본에서 말하자면 누구와 비슷할까요?

아베 쓰쓰이 야스타카筒井康隆가 아닐까요. 세대적으로도 그렇고요.

이시이 확실히 쓰쓰이 야스타카를 좋아하는 사람한테 추천해 주고 싶네요.

아베 감각적으로 비슷한 것 같아요.

도코 쓰쓰이 야스타카에 유럽풍의 세련된 느낌을 입힌 듯한 작품이라고 할까요. 바르셀로나가 속한 카탈루냐 지방은 스페인과 이탈리아 사이입니다. 이탈리아의 세련된 문학과 비슷할지도 모르겠네요.

아베 스페인 문학에도 왕도는 있지 않습니까? 거기에서 벗어나 다른 시점에서 그려가는, 삐딱한 태도를 취하는 작품일지도 모르겠습니다.

이시이 다른 작품도 이상한 내용인 모양이에요.

도코 이런 사람의 책이 좀 더 번역되었으면 좋겠습니다.

이시이 저도 좀 더 읽어보고 싶어요.

수상자 예측 불가?

도코 앞으로 카프카상은 어떻게 될까요? 완전히 예측 불가네요(웃음).

이시이 유대나 체코에서 벗어나버렸으니까요.

도코 노벨문학상은, 그렇게 말은 해도 받는 사람은 훌륭하잖아요. 그렇지만 옐렌커나 멘도사는 노벨문학상을 받지 못할 것 같죠(웃음). 이렇게 얼빠진 데가 있는데도 좋은 작품을 쓰는 사람한테 상을 주는 건 멋진 일이라고 생각합니다. 앞으로 이런 사람이 계속 받았으면 좋겠습니다.

이시이 무슨 일이 있어도 '훌륭하다'고는 말할 수 없는 사람들한테 말이지요(웃음).

아베 유머라고 할까요, 단지 정치적이거나 사회적인 것만이 아닌 세계를 그리는 사람도 받았으면 싶습니다. 착실히 조사하려면 일단 체코어로 번역된 작품이 있는 작가를 찾아봐야겠네요(웃음).

도코 오늘 거론한 작가 모두에게 체코어로 번역된 작품이 있다는 것도, 생각해보면 대단한 일이네요.

세 사람이 고른, 앞으로 수상했으면 싶은 작가

도코 : 마치다 고

아베 : 올가 토카르축Olga Tokarczuk, 류드밀라 울리츠카야Людмнла Улнцкая

이시이 : 세사르 아이라

8

이해한다는 것에 대하여

'예루살렘상'

대담자

도코 고지 × 아베 마사히코 × 구라모토 사오리

Data

정식 명칭	사회 속 개인의 자유를 위한 예루살렘상
주최	예루살렘 국제 도서전(이스라엘)
시작한 해	1963년(2년에 한 번)
상금	1만 달러

센스 있는 문학상

도코 예루살렘상은 2009년 무라카미 하루키가 수상할 때까지 전혀 몰랐습니다. 카프카상과 마찬가지로 예루살렘상도 하루키가 널리 알린 상입니다(웃음). 그래서 시상식에서 하루키가 수상 연설을 하고 미디어가 들끓어도 무슨 일인지 전혀 몰랐습니다. 이 상의 수상이 이스라엘의 정치적 상황과 뭔가 관련이 있게 되는 것인지도 도통 알 수가 없었지요.

조사해보니 예루살렘상은 2년에 한 번씩 작가에게 주는 상입니다. 어디에도 유대계나 이스라엘을 위한 상이라고는 쓰여 있지 않고, 수상자 목록을 봐도 그런 느낌은 없습니다. 단순히 동시대 세계문학 가운데 굉장히 유명하면서 노벨문학상을 받지 않았거나 받기 직전의 작가에게 주는 상이라는 느낌입니다. 제가 좋아하는 작가들이 줄줄이 있기도 하고요.

구라모토 그건 저도 알 것 같아요. 실제로 읽어보니까 좋아할 만한 작품들뿐이었거든요.

도코 선정하는 사람들이 센스가 좋아요. 보르헤스라든가 밀란 쿤데라Milan Kundera, 미국에서는 돈 드릴로나 수전 손택Susan Sontag

이 수상자로 들어가 있는 것도 좋습니다. 특정한 인종만 받는 것도 아니고요.

아베 앞으로 예루살렘상을 받으려면 여러 나라로 흩어져야겠네요(웃음).

구라모토 그런데 자세히 보니까 수상자가 나오지 않은 지역도 있네요. 아시아에서는 무라카미 하루키뿐이고, 이슬람권은 피해간 것 같은 느낌이에요.

아베 유럽 중심, 대국 중심적인 면은 있는 것 같습니다. 어쩐 일인지 미국이 1999년부터 3회 연속 수상했고 말이지요. 법칙이 있는 것 같기도 하고 없는 것 같기도 하네요. 이번에 소개하는 소설은 다들 쿨하고, 숨 막히게 하는 답답함이 없습니다. 어느 작품이나 심리 묘사가 탁월하고요.

구라모토 전체적으로 토착적인 느낌이 별로 없다고 할까요. 다른 상은 그런 작품이 섞여 있는 경우가 많잖아요. 마르케스라든가 라틴아메리카계의 자못 '현지'풍 분위기의 작품을 쓰는 작가들, 보후밀 흐라발Bohumil Hrabal 같은 동유럽 작가들을 생각해 보세요. 그런데 예루살렘상은 그런 분위기가 희박해요.

도코 토착적이랄까, 떠들썩한 축제풍 작품은 확실히 받은 적이 없네요.

구라모토 일본인이라면 절대 모를 감각이 쓰여 있는 것 같지는 않고, 비교적 어떤 사람이든 읽기 쉬운 작품을 쓰는 작가가 받기 쉬운 게 아닐까 하는 생각이 듭니다.

아베 이번에 고른 영어권의 존 맥스웰 쿳시와 이언 매큐언의 작품은 정말이지 영어권스럽달까, 대학 문예창작학과 같은 깔끔한 글입니다.

도코 이야기가 빈틈없지요.

아베 맞아요. 그리고 독자에게 친절하고요.

성희롱 교수가 추락하다

도코 우선 남아프리카공화국 출신의 작가 존 맥스웰 쿳시의 『추락』(1999)에 대해 이야기해보지요.

아베 쿳시는 상당히 이른 시기인 1987년에 수상했습니다. 『마이클 K』(1983)를 쓰고 몇 년 후지요. 이번에 소개할 『추락』은 1999년 작품이니까 상을 받고 상당히 지난 후인데, 『마이클 K』와 작풍이 통하는 데가 있고 상을 받을 만한 작가라는 것도 충분히 납득이 갑니다.

『추락』에는 세간에 화제가 될 만한 소재가 많이 들어있습니다. 대학교수의 성희롱이라든가 정치적 올바름Political correctness 같은 것이 여러 가지로 화제가 된 1990년대에 일찌감치 그것들을 설정에 도입했습니다. 그 밖에도 동물 애호나 만델라 등장 이후의 남아프리카공화국 등 주목할 만한 것들이 여럿 나옵니다. 이하라 사이가쿠井原西鶴의 『호색일대남好色一代男』[105]의 주인공 같은 남자가 나와서 느닷없이 제멋대로 해대는 내용입니다. 이 남자는 원래 여자에게 인기가 많았다가 약간 시들기 시작한, 쉰 살이 넘은 대학교수입니다. 그런 남자가 여대생에게 다소 억지스러운 행동을 보이며 아주 꼴사납게 따라다니다가 결국 성희롱 혐의로 대학에서 해고됩니다. 요컨대 주인공이 구렁텅이로 떨어진 최악의 시점에서 소설이 시작되는 것이지요.

구라모토 대학교수의 성희롱 문제라면 2015년 일본에서 공연

105 이하라 사이카쿠, 『호색일대남』, 정형 옮김, 지만지, 2017.

된 연극 〈올레나Oleanna〉를 생각해볼 수 있습니다. 1992년 미국에서 첫 공연 때 모든 여성 관객이 박수갈채를 보낸 반면 남성 관객들은 대부분 야유를 하며 돌아갔다는 일화가 전해지는 작품이지요. 희롱의 내용은 다르지만 남녀의 주장이 전혀 일치하지 않는다는 점에서는 『추락』과 다소 비슷합니다.

아베 확실히 그러네요. 『추락』은 그런 상황이 출발 지점이지요. 그 뒤에 어떻게 되는가 하면, 별로 나아지지 않습니다(웃음). 지방에 사는 친딸의 집으로 들어가 신경이 곤두선 채 같이 생활합니다. 그다음 전개는 더욱 가혹한데, 집으로 찾아온 흑인 세 명이 딸을 강간하고 주인공의 몸에 불을 붙여 머리부터 눈썹, 속눈썹까지 타버립니다. 이 부분이 액션으로서는 절정입니다. 여기에서 어떻게 회복하는지가 후반 전개의 중심인데, 단지 '원만히 수습되어 다행이다'라는 식이 되지는 않습니다. 딸은 강간당해서 생긴 아이를 절대 지우지 않겠다고 버티고, 주인공은 점점 깊은 구렁텅이로 빠져듭니다.

다만 이렇게 정리하면 줄거리가 무척 비참하지만 문장이 굉장히 세련되어 아주 기분 좋게 읽을 수 있습니다. 아이러니가 있기는 하지만, 읽다 보면 쑥 들어오지요. 쿳시는 문장의 퇴고를 정말 잘하는 사람입니다. 그래서 가볍게 쓰인 것처럼 보이고 경쾌하게 읽히지만, 주의해서 보면 정말 빈틈이 없습니다.

도코 정말 잘 다듬어져 있습니다. 읽으면서 꽤 이해하기 힘든 부분도 똑똑히 '이 부분이 이해하기 힘들어요' 하고 알 수 있도록 쓰여 있습니다. 예를 들어 강간당한 딸이 낙태하지 않을 때 주인공이 오히려 이렇게 해서 생명이 이어지는구나, 하고 생각하는 부분을 볼까요. 그가 왜 그렇게 생각하는지 굉장히 이해하기 힘들지만, 그 외의 부분이 이해하기 쉽기 때문에 의문이 남김없이 드러납니다. 독자가 그 부분을 제대로 생각하도록 유도하는데, 아무튼 그런 게 뛰어납니다.

구라모토 주인공이 강간과 낙태에 대해 딸과 이야기하는 장면이 나오는데, 그런 식으로 말하면 딸은 참 싫겠구나 하는 걸 알게 되지요.

아베 주인공의 타고난 성희롱적 성격 같은 걸 알 수 있나요?

구라모토 그럼요(웃음). 겉보기에 저급한 타입이 아니라서 안 됐다 싶기도 하지만, 이러니 딸이 불쾌하게 느끼지 하고 납득이 되거든요.

도코 딸이 주인공에게 "아버지는 내가 무슨 생각을 하는지 전혀 몰라요" 하고 몇 번이나 말하잖아요. 하지만 그녀는 절대 그 이유를 설명하지 않습니다. 딸은 "인간과 동물에게는 위도 아래도 없고 나는 동물처럼 살기로 했으니 아버지는 모를 거다"라고 말하지요. 머리로는 알겠지만 그런 말을 하는 딸의 심정은 어떤 걸까요?

구라모토 동물적이라는 말은 자신을 비하하는 듯한 이미지를 줄 수도 있지만, 딸이 말하려는 것은 그런 게 아니라 아버지가 머릿속에서 구축하고 있는 자기합리화의 세계를 부정하기 위한 것이 아닐까 하는 생각을 했습니다.

도코 동물을 가지고 와서 그것을 바탕으로 아버지를 비판하는 거네요.

구라모토 맞아요. 상대를 비판하는 수단으로서 논리를 쓰고 싶지 않은 거지요. 상대의 링에는 오르고 싶지 않으니까 감각을 이용하고 싶은 겁니다. 자신은 아버지와 다르다는 의식이 그런 부분에도 나타난 게 아닐까 싶어요. 마지막 부분에서 딸이 지역의 대장인 흑인 페트루스의 세 번째 부인이 되려는 대목이 있지 않습니까?

도코 그래요, 딸이 그 지역 수상한 남자의 세 번째 부인이 되고, 그에게 토지를 주는 대신 성관계 없이 보호만은 받을 거라고 말하자 주인공은 완전히 이해불능에 빠지지요.

구라모토 최선의 선택이라고는 할 수 없지만 그녀에게는 눈앞의 상황과 가까운 현실과의 타협을 생각하면 제일 나은 선택이 아니었나 싶어요. 장황하게 말해봤자 아무 소용없잖아요, 생활이 먼저잖아요, 하는 느낌입니다. 지금 있는 것을 최대한 이용해서 살아간다고 할까요. 다소 비약일지도 모르겠지만, 그런 딸의 관점은 쓰무라 기쿠코津村記久子의 『에브리씽 프로우즈』 같은 작품과도 공통되지 않나 싶어요. 그다지 높은 곳을 보지 않는다고 할까요.

아베 느닷없이 쓰무라 기쿠코인가요?! 의외라 재미있네요.

도코 확실히 주인공에게는 지금 있는 것으로 어떻게든 해보자는 감각이 없지요. 여대생과의 관계에 대해서도 그는 미의 여신에게 봉사한다고 말하고 있고요. 주인공이 성희롱한 여대생도 아마 그가 말한 것만큼 미인은 아니었을 겁니다. 오히려 주인공은 자신의 머릿속에서 멋대로 상대를 미녀로 만들어내 격렬한 사랑을 유지해나가는 마음이 된 것이겠지요. '숭고'라든가 '낭만' 같은 주인공의 생각에 대항할 수단으로 '지금 있는 것'이라는 딸의 사고법을 볼 수 있겠지요.

구라모토 굉장히 인상적인 것이 강간당한 후의 장면이었어요. 주인공이 간신히 딸을 발견했을 때는 이미 샤워를 하고 난 상태였어요. 심한 충격으로 완전히 의욕을 잃고 침대에 쓰러져 있는 것이 아니라 벌써 샤워를 한 거야, 하고 주인공은 생각합니다. 그런 데서 차이가 나는구나 하고 생각했어요.

도코 주인공이 딸을 동정하려고 하자 그녀가 "아버지는 그 자리에 없었고 보지도 않았으니까 몰라요" 하고 대답하잖아요. 그것도 충격적이었습니다.

구라모토 아버지가 가엾기는 하지만, 그게 진실이기도 해요.

아베 주인공인 데이비드도 모든 걸 이치로 설명하려고 하는, 정말이지 남성적인 데가 있습니다. 바이런의 책을 쓰기도 했고, 옛날부터 낭만주의적이었어요. 그와 동시에 고집불통인 점도 있습니다. 성희롱에 대한 진상조사가 이루어지고 거기서 사과만 하면 처분이 가벼워질 텐데도 이의를 제기하며 사과하지 않습니다. 그런 집착과 딸의 집착이 상당히 닮았다고 할까요, 평행하게 보입니다. 딸도 그렇게 정했으니 마지막까지 그렇게 한다는 구석이 있잖아요. 그런 장면에서는 전혀 논리를 사용하지 않습니다.

도코 아버지와 딸의 공통점은 그 밖에도 있습니다. 중간에 개를 안락사시키는 시설에서 일하기 시작한 주인공 데이비드는 죽은 개의 벌어진 채 굳은 발을 단정히 정리해준다거나 사체의 고통을 덜어주는 작업을 합니다. 동물과 인간은 동등하다는 딸의 생각에 비판적이었는데도 그는 죽은 동물을 마치 살아있는 것처럼 대합니다. 부녀가 서로 대립하고 있는 것처럼 보여도 사실 이 두 사람의 인식이나 사고방식은 꽤 공통적인 데가 있습니다. 작품 자체는 유럽적인 이야기와 구조인데도, 이런 내용이라는 게 대단합니다.

아베 화자가 자유간접화법을 구사하여 데이비드의 내면에 기분 나쁠 정도로 쭉쭉 들어가지 않습니까? 마치 야유를 하는 것처럼 이야기를 이어가는데, 이렇게 어디까지가 화자의 영역이고 어디까지가 인물인지 흐릿한 것은 기본적으로 20세기 소설의 특징이라고 생각합니다. 다만 19세기 소설이라도 화자는 '공감'을 무기로 등장인물의 내면으로 자꾸 들어갑니다. 이 '공감'이 멀리 '동물과 인간의 관계를 다시 보자'는 생각이나 노예제 문제 등과도 이어지는 부분도 흥미롭습니다. 타자에게 어떻게 감정이입할까 하는 것이 내내 문제의식으로 있는 거지요.

소설의 형식으로서는 '공감'을 겉만 번드르르하게는 만들지 않았습니다. 화자는 어쩐지 불쾌한 느낌이고 항상 악의에 차있으며 심술궂습니다. 줄곧 뭐라 말할 수 없는 경박함도 있습니다. 그래서 데이비드는 처음부터 끝까지 속이 깊은 사람은 되지 않는데, 그 부분이 또 좋습니다. 깊이 있는 부분은 딸에게 맡김으로써 소설이 균형을 이루고 있지요.

동시에 영문을 알 수 없는 것에 어떻게 대응할까, 하는 주제가 소설 안에 줄곧 떠돌고 있습니다. 강간 가해자는 이 소설에서 가장 큰 적, 일단은 전혀 설명할 수 없는 궁극의 악처럼 등장하지만, 사실 그렇지 않은 부분에서 이야기가 갈무리되는 것은 의외로 이 소설의 뛰어난 점이라고 생각합니다.

도코 범인 중 한 사람이 아무 일 없었다는 듯이 태연히 파티에 와 있기도 하지요(웃음).

구라모토 네, 맞아요. 그런 카오스 같은 상태를 보고 깜짝 놀랐어요.

도코 모르는 것을 알려고 한다는 의미에서는, 조금 전에 이름이 나온 그 지역 우두머리인 흑인 페트루스도 아주 흥미롭습니다. 그가 대표하는 세계는 유럽 시점의 주인공에게는 보이지 않는 것입니다. 그래서 주인공은 페트루스가 큰 힘을 갖고 있는 것도, 딸이 그에게 복종하는 것도 이해할 수가 없는 거지요. 쿳시의 다른 작품인 『야만인을 기다리며Waiting for the Barbarians』(1980)[106]도 야만인이라 불리는 야만족과 제국이 부딪치며 서로를 전혀 이해할 수 없게 되는 이야기입니다. 구조로서는 거의 같은데, 『추락』은 더욱 일상에 가까운 이야기가 되었지요.

그리고 저는 데이비드의 얄팍함에 굉장히 흥미가 있습니다. 자신은 깊이가 있는 사람이라고 생각하겠지만 아는 거라곤 대학에서 가르쳤던 낭만파와, 여성이 미녀인가 아닌가 하는 것뿐이지요(웃음).

구라모토 거의 마지막 장면에서 "뭐에 대해서도 보는 눈이 없다, 예쁜 여자 말고는"이라고 말하는데, 이 사람은 대체 뭘까 하고 생각했어요(웃음). 딸은 직감으로 주인공의 얄팍함을 감지합니다. 그래서 계속 아버지에게 모른다고 말하는 거지요.

도코 작가와 등장인물을 혼동하는 것은 별로 좋지 않은 독법이지만, 쿳시는 실제로 만나면 굉장히 멋있는 사람이라 이 작품

106 존 쿳시, 『야만인을 기다리며』, 왕은철 옮김, 들녘, 2003.

도 잘생긴 작가니까 쓸 수 있는 전개가 아닌가 싶기도 합니다(웃음).

아베 쿳시는 자주 그런 걸 쓰지요. 자신과 미묘하게 닮았지만 다른 주인공을 내세워 일부러 '이건 혹시?' 하고 독자에게 생각하게 하는 거지요. 다를 게 뻔하지만요.

도코 쿳시 자신은 남아프리카공화국의 대학에서 오랫동안 영문학을 가르쳤으니까요.

아베 마중물을 부어넣는 구석은 있지요.

낮은 곳에서 바라본 영국

도코 다음 작품은 이언 매큐언의 『칠드런 액트The Children Act』(2014)[107]입니다. 매큐언은 2011년에 예루살렘상을 받았습니다.

구라모토 『속죄Atonement』(2001)[108]가 영화로 만들어지기도 해서

---

107 이언 매큐언, 『칠드런 액트』, 민은영 옮김, 한겨레출판, 2015.

108 이언 매큐언, 『속죄』, 한정아 옮김, 문학동네, 2003.

우리 독자에게도 친숙한 작가입니다. 이번에 고른 『칠드런 액트』는 주인공인 예순 살 가까이 된 여성 판사 피오나에게 남편이 별안간 좀 더 섹스를 하고 싶다고 털어놓는 데서 이야기가 시작됩니다. 피오나는 일상이 순조롭고 이제 나이도 들었는데 무슨 말을 하는 거야, 이 사람, 하고 생각하지만 남편은 다시 한 번 황홀감을 맛보고 싶다며 당신이 상대해주지 않으면 불륜을 저지르겠다고 선언합니다. 그런 식으로 사적인 생활이 구렁텅이에 빠진 시점에서 이야기가 시작되는 거지요.

그때 피오나에게 들어온 안건 중에는, 여호와의 증인 부모 밑에서 자란 소년 애덤이 백혈병에 걸렸으나 신앙 때문에 수혈을 거부하고 있는 사건이 있습니다. 이미 상태가 상당히 안 좋아져 당장 수혈을 하지 않으면 죽을지도 모르는 상황입니다. 그는 열여덟 살이 되기 직전의 미성년자라 법원에서 판결을 내려야 수혈이 가능합니다. 재판에서 피오나는 본인과 직접 이야기해봐야 한다는 생각에 만나러 갑니다. 판단력이 있는지 어떤지를 확인하는데, 그때 그녀는 도저히 판사의 시선을 가질 수가 없습니다. 소년의 매력에 이끌린 나머지 살리고 싶어 수혈을 해야 한다는 판결을 내립니다. 소년도 그녀를 만나 새로운 세계가 열리는데…… 하는 전개의 이야기입니다.

아베 씨가 예전에 서평에서, 쿳시는 화자의 시선이 낮다고 썼는데 매큐언에게도 같은 말을 할 수 있을 것 같습니다. 위에서 내려다보는 시선으로 비판하는 것이 아니라 어디까지나 시점 인물이 낮은 데에 있습니다.

도코 『칠드런 액트』의 경우는 어떤 느낌인가요?

구라모토 『칠드런 액트』는 시점 인물이 판사인 여성이라 심판하는 입장인데, 이혼 문제로 상처받고 있으며 어린 남자에게 구애를 받고 우쭐하는 마음을 숨기지 못하기도 합니다. 그렇게 그릇이 작은 평범한 사람을 위에서 내려다보고 뿌리치며 쓰는 것이 아니라 주인공의 눈높이에서 쓰는 거지요. 그런 부분이 좋은 것 같습니다. 윤리적인 것이나 정치적인 것은 위쪽에서 말하면 좀 머쓱해지지 않나요? 신앙이 먼저인가 목숨이 먼저인가 하는 이야기를 잘난 척하며 하면 오히려 뻔해집니다.

아베 확실히 그런 것 같습니다.

구라모토 그리고 매큐언 작품의 화자는 절대 피해자 쪽이 아닙니다. 『칠드런 액트』의 경우에서 보자면, 소년 애덤은 시점 인물이 되지 않습니다. 그래서 마지막까지 애덤이 무슨 생각을 했는지는 모르지요. 피오나의 추측뿐입니다. 그런 부분도 윤리의 강요가 아니어서 좋습니다.

도코 상대를 알려 하는 것에 대해서는 쓰여 있지만, 전부 알았다거나 이렇게 해야 한다는 식의 주장만 겉으로 드러나는 일은 없습니다.

구라모토 매큐언의 다른 작품, 예컨대 『암스테르담Amsterdam』(1998)[109]이나 『사랑의 신드롬Enduring Love』(1997)[110]도 모두 그런 구조입니다. 『암스테르담』은 중심에 있는 여자와 관련된 남자들의 시선에서 이야기가 전개되기 때문에 여자의 진정한 심리를 끝까지 모르지요. 그런 화자의 자세가 좋습니다. 여러 이야기를 썼지만 '이게 정답이다'라고는 결코 말하지 않습니다.

도코 그러면 정답에는 이를 수 없다는 것이 매큐언 작품의 메타메시지인 거네요. 상대를 알고자 하는 것은 중요하지만, 완전히 알 수는 없다는 것이지요.

구라모토 '정의正義란 이런 것이다'라는 것이 대전제가 되어 진행되는 소설보다는 이런 쪽의 작품이 더 좋습니다.

아베 쿳시와 매큐언의 공통점을 말하자면, 화자가 등장인물

---

109 이언 매큐언, 『암스테르담』, 박경희 옮김, Media2.0, 2008.

110 이언 매큐언, 『사랑의 신드롬』, 승영조 옮김, 현대문학, 1999.

바로 옆까지 꿈틀꿈틀 다가와 계속 중얼거립니다. 얼핏 그런 스타일은 화자가 모든 것을 알고 있지 않으면 불가능할 것 같지만, 사실 그렇지 않다는 것을 이 두 사람이 증명해주고 있습니다. 그것이 대단한 부분이지요.

그 결과 매큐언의 작품에 나오는 것은 멜로드라마 같은 분위기입니다. 그것이 중심이 되어 울리기도 하고 좋은 분위기가 되기도 합니다. 조금 전에 도코 씨가 쿳시의 무지에 대해 말했는데, 매큐언의 작품에는 알기 쉬운 분위기가 충만합니다. 여기는 이렇게 이해해야 할 거라고 나와 있어 장면의 분위기를 파악하기도 쉽습니다.

도코 예전에 저는 무턱대고 예술적인 작품만 읽었습니다만 요즘에는 솔직히 '실은 이렇게 서툰 것도 좋아한다'고 말할 수 있게 되었습니다(웃음). 매큐언은 쿳시와 나란히 현대문학의 첨단을 달리고 있다고 생각합니다. 거기에는 멜로드라마의 요소가 들어가 통속적이 되기도 하는데, 사실 좋은 일이 아닌가 싶어요. 역시 읽으면 재미있기도 하고요.

아베 다루고 있는 소재도 매스컴에서 화제가 된 것들뿐입니다. 매스컴에 소비된 화제를 용케 이만큼이나 가져와 일종의 긴장감까지 만들어내는구나 하는 생각이 듭니다.

구라모토 그리고 매큐언은 활자 중독자 같은 사람입니다. 예컨대 『스위트 투스Sweet Tooth』(2012)는 여자 스파이가 주인공인데, 오늘날 일본으로 치면 급여가 실수령액 기준으로 백 몇만 원 정도밖에 안 되고(웃음) 취미는 값싼 보급판 책을 사서 읽는 일입니다. 굉장히 쩨쩨한 설정이지요. 자신이 지금 감시하고 있는 소설가가 살짝 공산주의를 비판하는 작품을 쓰도록 슬며시 지켜보라는 아주 터무니없는 임무를 수행하는데, 이는 실제로 있었던 일인 모양입니다. 거기에 텍스트상의 장치가 있고, 자료를 여러 번 넣는 데서 굉장한 페티시즘이 느껴집니다. 『칠드런 액트』에서도 판결이나 조례가 몇 번 인용되어 있는데 그게 아주 효과적이에요.

아베 소년이 쓰는 시도 몇 번이나 인용되지요. 소년이 넌지시 비추는 글이랄까, 미묘한 글이 아주 뛰어납니다.

구라모토 약간 짓궂은 면도 있지만, 소설을 진짜 좋아하는구나 싶은 그런 점이 말할 수 없이 좋습니다.

도코 1960년대나 1970년대 같은 포스트모던 시대에는 제대로 장치가 있으면 그렇게 재미있지 않아도 된다는 암묵적인 이해가 있었지만(웃음), 지금은 장치가 많아도 읽으면서 감정적으로 흥이 나지 않으면 좋은 평가를 받지 못하게 되었습니다.

구라모토 『스위트 투스』에서도 주인공은 "내가 좋아하는 것은 내가 알고 있는 인생이 그대로 페이지에 재현되는 작품"이라고 말하는데, 자신이 감시하고 있는 작가는 "트릭 없이 인생을 페이지에 재현하는 것은 불가능하다"라고 주장하여 살짝 논쟁이 벌어집니다. 그 양쪽을 겸비한 것이 『스위트 투스』고, 매큐언의 작품 대부분이 그렇습니다.

도코 문학적 장치가 제대로 있지만, 그 위에 연애도 통속성도 있어서 독자가 몇 번이고 즐길 수 있게 되어 있습니다. 그러면 팔리지요, 매큐언의 작품은(웃음).

매스컴이 화제로 삼는 것을 도입한 이야기로 『칠드런 액트』에는 여호와의 증인이 나왔지만, 사실 작품의 본질과는 그다지 관계가 없습니다. 수혈이 옳은가 그른가 하는 이야기일 것처럼 보여주고는 오히려 남편과의 관계가 원만하지 못한 커리어 우먼이 남에게 사랑받는 감각에 눈뜨고 갈등하는 이야기가 됩니다. 작품이 독자의 예상을 배반하는 점이 좋습니다. 단순하지 않다고 할까요. 큰 문제로 도입된 요소가 실은 거의 중요하지 않다는 것이 소중합니다. 그래서 디테일을 어떻게 읽을까 하는 소설이 되었지요.

구라모토 『칠드런 액트』에서 가장 좋아하는 것은 피오나가 처음으로 소년 애덤을 만나러 가는 장면입니다. 수혈을 거부하면 죽지는 않더라도 정신이나 육체 또는 그 양쪽에 장애가 생길지도 모른다고 했더니 "싫어요, 싫어요" 하며 웁니다. 그때 피오나는 '아, 귀여워……!'라고 생각하지요(웃음). "그 자리에 어울리지 않게도 문득 그녀의 머리에 요리 조리법이 떠올랐다. 버터와 타라곤, 레몬 풍미의 로스트치킨. (중략) 이 소년을 집으로 데려가 실컷 먹이고 싶었다"라는 기술이 있습니다. 저는 이 부분이 아주 좋습니다.

도코 그녀 안에 귀엽다, 지켜주고 싶다, 키우고 싶다는 감정이 생겨나지요.

구라모토 매큐언은 어떻게 그렇게 여자의 마음을 적확하게 표현할 수 있는 걸까요?

아베 이야기가 흘러가는 방식에서 그 사람의 성격이 드러나지요. 뭘 연상하는가에 따라 그 사람의 마음을 알 수 있다고 할까요. 예루살렘상은 국제적인 상인 만큼 읽는 쪽은 번역으로 읽습니다. 그때 이런 정서적인 면이 전해질까 하는 것이 재미있는 부분입니다. 언어가 바뀌면 디테일이 어디까지 전해질까요. 그런 점에서 매큐언과 일본어, 일본인은 궁합이 잘 맞는 것 같습니다.

음식 이야기는 굉장히 선진국 같은 느낌이잖아요. 음식이 갖고 있는 뉘앙스는 배경에 따라 싹 바뀝니다. 영국인이나 판사라는 직업을 가진 사람에게는 지극히 사소하고 가끔 멋을 부리는 것 정도이지만 나라에 따라서는 굉장히 절실한 것이 됩니다. 다만 매큐언의 글이라면 이런 맥락을 공유하지 않는 사람이라도, 읽으면서 '앗' 하고 마음이 움직이지 않을까 싶습니다. '이렇게 느끼는 방식도 있구나' 하고 오히려 배우기도 하겠지요.

도코 세부에서 보자면 음악이 나오는 장면도 중요할 겁니다. 피오나가 클래식에는 자신이 있지만 재즈는 젬병이라는 설정은 법률 같은 딱딱한 이미지와 어쩔 수 없이 백인적이라는 것이 동일시되고 있다는 상징으로 볼 수 있고, 그녀가 동경하지만 도달할 수 없는 것으로 흑인 문화가 나옵니다. 롤링 스톤즈The Rolling Stones가 흑인을 동경하여 음악을 시작한 느낌이랄까, 영국에는 그런 게 있을지도 모르지요.

구라모토 그건 있을지도 모르겠네요. 예컨대 『속죄』의 주인공 언니가 사랑에 애태우는 소꿉친구도 원래는 가정부의 아들로 노동자 계급이고요.

도코 『작가는 어떻게 소설을 쓰는가, 차분히 들어보자!作家はどうやって小説を書くのか'じっくり聞いてみよう!』라는 책의 인터뷰에서 매큐언은, 자신은 노동자 계급 출신으로 상류층에 내내 콤플렉스를 갖고 있었기에 자기만의 시선으로 아래에서 본 영국을 쓰려고 했다고 말했습니다. 『칠드런 액트』도 그렇지요. 주인공은 상류 사람이어도 작품에서는 주류에서 벗어난 감각을 넣으려는 매큐언의 마음이 느껴집니다.

아베 가즈오 이시구로도 그렇습니다만, 전통적인 대학에서 옛날 그대로의 교육을 받은 주류와는 다른 데서 나온 작가가 지금 강력한 흐름을 만들고 있습니다.

도코 『칠드런 액트』에는 아일랜드계의 젊은이도 나옵니다. 그들이 곧 범죄자로 만들어지는 이야기가, 본 줄거리와는 그다지 관계없지만 툭 튀어나옵니다. 매큐언은 영국 안에 있지만 보이지 않는 사람들의 마음을 그런 곳에 넣지 않았나 싶습니다. 피오나와 애덤이 병원에서 노래하는 곡도 가사는 아일랜드의 시인 예이츠William Butler Yeats가 쓴 〈샐리 가든The Salley Gardens〉이고요.

구라모토 그런 소도구 선택이 잘 맞는 것 같아요.

꿈이 나라를 움직이는 세계에서

도코 다음은 2015년에 예루살렘상을 받은 알바니아의 작가 이스마일 카다레의 『꿈의 궁전Le Palais Des Rèves』(1981)[111]입니다. 『당신은 반드시 그 책을 좋아할 것이다きっとあなたは、あの本が好き』에서 아베 겐이치 씨와 이야기를 나눴을 때, 독자는 리얼리즘이 아니라고 이해하기 쉽지만 자세히 읽어보면 리얼리즘 같은 소설로 『꿈의 궁전』을 들었습니다. 얼핏 보면 그저 환상적이지만 사실 카다레는 알바니아의 풍경과 분위기, 오스만튀르크의 느낌을 현실적으로 그렸습니다. 그래서 저는 흥미를 갖고 수전 손택이나 드릴로가 아니라 이번에는 굳이 카다레를 추천했습니다.

이 작품은 읽으면 이상하게 재미있는데도 내용을 소개하기가 어렵습니다(웃음). 왜냐하면 줄거리가 거의 없거든요. 무대는 19세기 후반의 오스만튀르크입니다. 명문가인 황제 가문과 쿠프릴리 가문 중에서 주인공 마르크 알렘은 쿠프릴리 가문 사람입니다. 그런데 성은 밝히지 않습니다. 이 사람의 직장을 어디로 할지 친족이 의논한 결과 가장 권력을 가질 수 있고 또 황제와 대립한 경우에도 가장 체포되기 어려운 관청인 '꿈의 궁전'이라

111 이스마일 카다레, 『꿈의 궁전』, 장석훈 옮김, 문학동네, 2004.

는 곳에서 일하게 합니다. 꿈의 궁전은 제국에 사는 모든 민족이 자는 동안 꾼 꿈이 항상 보고되는 장소입니다. 그중에서 사회적으로 중요해 보이는 꿈이 선택되고, 최종적으로 '핵심몽'이라는 형태로 황제에게 헌상됩니다. 그리하여 꿈의 궁전에서 주인공은 꿈을 선별하거나 해석하는 일을 시작합니다.

꿈이 중요한 이유는 그것을 분석하면 개인뿐만 아니라 집단적 무의식, 그러니까 제국의 장래를 좌우하는 예언적인 것이 나오기 때문입니다. 그래서 정부는 꿈을 해석함으로써 국가의 적보다 한발 앞설 수 있습니다. 그런 세계관을 담은 작품입니다.

사건 대부분이 전문傳聞의 형태로 쓰였기 때문에 읽으면 어디까지가 사실인지 알 수가 없습니다. 주인공이 대화를 나누는 상대의 이름도 모르고, 다른 부서로 가려고 해도 관청이 너무 넓어 번번이 헤맵니다. 그에 비해 대충 문을 열고 나가면 그곳이 목적지이기도 합니다. 읽는 내내 알 수 없는 것투성이인데도 이상하게 재미있습니다.

아베 곳곳에 느닷없이 묘한 구체성이 드러납니다. 이야기와 거리가 가까운 느낌입니다. '꿈'이나 '궁전'이라는 말로 얼핏 장대한 느낌을 주지만, 늘 주인공 주변에서 일어나는 일은 실생활에 가까운 현실감이 있습니다. 예를 들어 마르크의 직장을 두고 친척이 모두 모여 걱정하는 장면이라든가 말이지요.

도코 훈훈한 이야기가 여럿 있지요. 장관급의 친척이 직장에 대해 굉장히 걱정해주기도 하고요(웃음).

구라모토 과장 같은 사람이 있고 지위가 올라가면 급여가 오른다거나, 아무튼 굉장히 현실적이에요.

도코 직무 내용은 엉터리인데도 관청 기구 자체는 빈틈이 없습니다. 일반 회사 같습니다만, 동료의 이름이나 정확한 관직명은 모릅니다. 마주 보고 이야기하는데도 시선이 맞지 않아 "만약 눈앞에 있는 상대가 문이라면 손잡이가 있는 부근쯤에 눈을 주었다"라든가 이상한 묘사가 아주 많이 나옵니다(웃음).

구라모토 그리고 직원이 모두 서류철을 갖고 있습니다. 서류를 아주 빈틈없이 정리하지요(웃음). 무대가 되는 19세기 후반에 대체 서류철이 있었을까요?

아베 일본에도 옛날에는 서류철이라는 시스템이 없었다고 합니다. 서류철이라는 건 메이지 시대에 들어온 문화입니다. 요컨대 서류를 분류하여 철하는 것은 근대적이고 선진적인 사고입니다. 그런 세련된 감각이 정치 시스템의 정비나 관료주의와 결부된 것 같습니다. 관료주의는 서류철 시스템 같은 것이 아닐까요? 부서가 있고 그곳에 인원이 배치되는 식이잖아요.

도코 구체성이라고 하면 모스크가 나란히 있거나 그리스도교도를 이교도로 간주하는, 이슬람교도의 시선에서 쓰인 것이 신선했습니다. 현대적인 문학 작품으로 거의 모든 등장인물이 이슬람교도인 소설을 일본에서는 좀처럼 읽을 수 없으니까요.

그리고 쿠프릴리 가문의 조상은 그리스도교도입니다. 그리스도교가 과거의 것, 야만의 것으로 나오는 장면도 흥미롭습니다.

구라모토 이슬람권은 어쩐지 살벌한 이미지가 있지만, 그런 것만 있는 건 아니지요.

도코 그런 이미지는 아주 최근에 생긴 것이지요. 또 좋다고 생각했던 것은 관료제 자체는 세속적으로 그려졌지만, 한편으로 꿈의 궁전에 대해서는 "대중이 국가의 성쇠에도 범죄에도 영향력을 끼칠 수 있게 하는 기구가 이처럼 대중에게 주어졌다"고 이야기되는 점입니다. 이건 거의 민주주의의 정의입니다. 다만 참여 방법은 선거가 아니라 꿈이지만요(웃음). 외부 세계는 이슬람의 칼리프 제도 같지만, 내부에 있는 몽상의 세계는 대중에게 활짝 열려 있습니다. 대중의 생각이 꿈을 타고 국가에 도달하고, 그것으로 국정이 움직입니다.

이런 이야기가 되면 환상적으로 받아들여지기 쉽지만, 지금의 중국도 공산당이 인터넷을 감시하고 인기를 얻으려고 정책을 바꾸기도 하잖아요. 환상적으로 보이지만 대중의 무의식에 뿌리내리지 않으면 정치는 어느 나라에서도 움직이지 않는다는 측면은 굉장히 현실적이라고 생각합니다. 이 책을 읽고 있으면 이런 정책도 있구나 하고 생각하게 될 정도입니다(웃음).

아베 묘하게도 이해가 갑니다. 이상하지만 납득이 된다고 할까요. 이건 홍보 문구에 쓰인 대로 우화인 걸까요? 전체를 단순한 우화로 정리해버리면 시시한 기분이 들기도 합니다.

도코 책의 해설을 보면 카다레는 사회주의 독재정권을 비판하려고 우화적으로 썼다고 설명하고 있습니다. 그것도 틀린 건 아니라고 생각하지만 사회주의만이 아니라 민주주의 국가에도 적용되는 비판의 힘을 가진 작품인 것 같습니다.

아베 일본에서도 블로그에 실린 비판 기사 하나가 국회에서의 논쟁으로 발전하는 일이 있으니까요.

도코 블로그에 글을 쓰는 것과 꿈의 궁전으로 꿈을 보내는 것은 상당히 비슷할지도 모르겠습니다(웃음). 사회란 의외로 모두의 상상으로 움직이는 것인지도 모릅니다.

아베 『추락』이나 『칠드런 액트』와 연결해서 보면 정서의 문제라는 게 공통됩니다. 지금은 다시 정서주의가 크게 물결치고 있기 때문에 사람들은 안이하게 편승해버리기 쉽습니다. 인터넷에서는 정보보다는 정서가 더 퍼지기 쉽습니다. 거기에 휩쓸리면 주체가 없어져버리는 공포가 있지요.

도코 『꿈의 궁전』의 세계도 등장인물들의 주체가 없습니다.

아베 꿈 자체도 정서적인 것이고요.

도코 관리가 왜 이런 꿈을 꾸었느냐고 국민을 조사하는 장면이 있습니다. 그 조서가 400페이지나 되어도 조사는 전혀 끝날 기미가 보이지 않습니다. 왜냐하면 그가 꾼 꿈을 이제 기억하지 못하니까, 라는 장면이 최고입니다(웃음).

그리고 궁금했던 것은 무훈시였습니다. 일족에 대한 시가, 현이 하나밖에 없는 라후타라는 악기로 연주됩니다. 주인공은 그 안에 수백 년에 이르는 쿠프릴리 가문의 감정이 모두 담겨 있다고 생각하잖아요. 그렇다면 무훈시도 일종의 꿈이 아닌가 싶었습니다. 형식은 이야기이고요. 그리고 그것을 노래하는 음유시인이 황제에게 살해당합니다. 노래만이 아니라 노래하는 사람까지도 역사에서 사라져버립니다. 말을 할 권리야말로 실제 사회를 움직인다는 것이, 이 작품에서는 확신으로 드러나는 것 같습니다. 말과 문학에 대한 카다레의 이런 압도적인 신뢰가 흥미롭습니다.

구라모토 어쩐지 문학에 대한 동유럽의 신뢰가 느껴집니다. 이야기가 좀 벗어나지만, 예컨대 미할 아이바스Michal Ajvaz의 『황금 시대Zlatý věk』(2001)에서도 페이지가 무한히 늘어나는 굉장히 긴 책이 중심이 되어 있고, 책의 힘은 무조건 믿을 수 있다는 느낌이 절절하게 전해집니다.

도코 정부나 권력은 애초에 자신이 생각하는 대로 세계를 해석하는 힘을 가진 것입니다. 하지만 시인이나 작가도 해석의 전문가라서 거의 황제와 같은 힘을 가진다는 전제에서 작품이 창작되고, 그것이 마지막까지 흔들리지 않습니다.

아베 같은 '거대 제국'의 예와 관련해서 말하자면, 신성로마제국의 소네트도 처음에는 굉장히 정치적인 내용이었습니다. 왜냐하면 관료가 시를 썼기 때문입니다. 그 후 근대에 들어 소네트는 오로지 연애를 이야기하는 것으로 변해갑니다만, 원래는 정치와 관련된 사람이 소네트를 썼습니다. 그 배경을 보면 다언어를 가진 대제국의 경우 언어 습득 능력이 그 사람의 정치력을 좌우하는 일이 있었습니다. 그래서 언어 천재가 정치에서 정상에 오르는 일이 많았던 것입니다. 언어 능력을 구사하여 설득함으로써 상대를 지배하는 일이 중요했습니다. 물론 『꿈의 궁전』의 오스만튀르크 제국도 같았을 것입니다. 다언어의 대제국일수록 웅변은 정치적으로 중요하지 않았을까요?

도코 체포된 마르크의 친척은 독일어 등 외국어를 꽤 잘하는 사람으로 나옵니다. 다언어를 하는 사람이 권력을 가지는 세계의 소설이라는 것은 틀림없는 것 같습니다. 그래서 음유시인과 관료가 서로 다퉈도 부자연스럽지 않습니다.

아베 암호 해독 이야기도 나오지 않습니까? 꿈을 해석하는 것도 암호 해독의 일종이지요. 작품 안에서 계속 해독이라는 행위에 대해 동기 부여가 됩니다.

구라모토 언어에 대한 두려움과 경의 같은 것이 엄연히 존재한다고 할까요. 이슬람권에서 발달한, 문자를 장식하는 캘리그래피 문화와 통하는지도 모릅니다.

도코 무훈시의 내용을 처음에는 몰랐던 주인공이 집중해서 들으면 어쩐지 알 것 같아지고, 고대의 꿈도 전혀 알 수 없었는데 점점 읽을 수 있게 되는 것처럼 읽을 수 없는 것을 읽거나 해석하는 이야기가 쭉 이어집니다. 이 책은 말이나 이야기의 힘을 생각하게 하는 무척 흥미로운 작품입니다.

알 수 없는 것을 알고자

구라모토 세 작품에 공통적으로 나온 '알 수 없는 것을 알고자 한다'는 것은 이스라엘의 사정을 생각하면 역시 예루살렘상의 특징이 될 것 같습니다. 그리고 시선이 낮은 것과 거리감도요.

도코 확실히 그러네요. 또 노벨문학상도 그렇지만 영어, 프랑스어, 독일어, 스페인어라는 유럽의 강력한 언어는 원문으로 읽지만 다른 언어는 번역본이 없으면 읽을 수 없는 사람들이 국제적인 상의 선정 위원이 되는 일이 많습니다. 특히 매큐언은 영어도 친절하지요. 그런 강력한 언어로 쓰인 작품은 굉장히 미묘하고 섬세한 것도 선정할 수 있지만, 다른 언어로 쓰인 것은 투박하게 고르지 않을까 싶었습니다.

아베 그 이외의 언어로 된 작품은 정치적인 것이 선정되는 경향이 있을지도 모르겠습니다.

도코 아무리 봐도 선정은 유럽 중심이 되는군요.

아베 매큐언의 작품은 줄거리만 보면 굉장히 엉성하다고 할까, 세상에 흔히 있는 일이지요. 하지만 실제로 읽어보면 굉장히 섬세합니다.

도코 솔직히 문학상 수상자 목록을 보고 불평하고 싶어지는 경우가 흔히 있지만, 예루살렘상은 유럽에 가까운 것 말고는 아주 좋습니다. 수상작을 차례로 읽으면 독자도 읽는 사람으로서 훌륭해질 것 같다고 할까, 기대에 어긋나는 게 없습니다. 이렇게 좋은 작가들이 받고 있으니까 예루살렘상에는 다들 좀 더 주목해도 좋을 것 같습니다.

세 사람이 고른, 앞으로 수상했으면 싶은 작가

도코 : 빅토르 펠레빈Victor Pelevin

아베 : 다와다 요코, 조너선 프랜즌Jonathan Franzen

구라모토 : 이윤 리, 줌파 라히리, 에트가르 케레트Etgar Keret

나가며

『당신은 반드시 그 책을 좋아할 것이다』에 이어서 이 책을 낼 때도 많은 분들의 신세를 졌습니다. 준비에서 대담까지, 뛰어난 세계문학 독자들과 일을 진행하는 것은 그저 즐겁기만 했습니다.

나카무라 가즈에 씨만큼 재미있는 사람은 별로 없지 않을까요. 패션에서부터 음식에 이르기까지 종횡무진 누비며 이야기하는 나카무라 씨의 책은 다 명저인데, 무엇보다도 말이 대단합니다. 게다가 그것이 에보리진에게서 물려받은, 견실한 포스트콜로니얼리즘과 결부되어 있으니 나카무라 씨라는 존재는 일본의 보물입니다.

미야시타 료 씨와의 만남은 충격이었습니다. 오르한 파묵에서 이시카와 준石川淳에 이르기까지 뭐든 다 알고 있습니다. 게다가 이 책에서는 후나도 요이치의 작품을 즐기는 방법까지 가르쳐주었습니다. 터키라는 제3세계를 자기 분야로 하면서 현대문학의 최첨단까지 논할 수 있다는 것은 해외 문학자로서 굉장히 새로운 타입의 사람일 것입니다.

다케다 마사키 씨와 이야기를 나누면 케임브리지대학을 졸업하고 도쿄대학 교수를 하는 사람은 역시 우수하구나 하는 생각이 듭니다. 최근 일본 문학 평론가로서의 면모도 갖추고 활동의 장을 넓히고 있는 모습도 멋집니다. 이 책에서 구로다 나쓰코와 메도루마 슌 분석은 최고였습니다. 물론 본업인 18세기 영국 문학 이야기도 깊이가 있습니다.

다키이 아사요 씨와는 처음으로 만났지만, 무척 의미 있는 이야기를 나눌 수 있었습니다. 해외 문학자는 현대 일본 문학 사정에 어두운 법인데, 저명한 서평가인 그녀는 우리에게 부족한 부분을 능숙하게 보완해주고 이야기를 지금의 일본으로 이어주었습니다. 오노 마사쓰구 씨가 드디어 아쿠타가와상을 받아 기뻤다는, 애정 넘치는 그녀의 말이 지금도 귓가에 생생합니다.

이시이 지코 씨는 만날 때마다 무척 현명한 사람이구나 하고 느낍니다. 서점 B&B에서 대담했을 때는 저의 책을 여러 번 읽고 방대한 준비를 해왔습니다. 그녀의 예리한 감성과 이론적인 사고력, 면밀히 조사하는 끈기를 보면 정상급 서평가는 역시 대단하다고 생각하지 않을 수 없습니다. 매달 서른 권은 읽는다니 절로 고개가 숙여집니다.

에나미 아미코 씨와의 만남은 늘 즐겁습니다. 교토에서는 이벤트까지 포함해 8시간씩 열정적으로 이야기를 나눴습니다. 생활 방식이나 책을 읽는 방식 등 그녀는 어떤 주제에도 진지하고, 어물어물 넘기는 일이 없습니다. 늘 신랄하며 손익에 마음이 움직이지 않는 것은 비평가로서 이상적인 모습이 아닐까요. 앞으로는 긴 평론도 읽게 해주었으면 싶습니다.

후지노 가오리 씨는 끼가 있습니다. 『연인』 이야기를 하는데도 작품에 등장하는 여자아이의 패션을 본인이 대학 시절에 해보았다는 식의 이야기가 자꾸 나옵니다. 게다가 그것이 텍스트의 정확한 읽기에 기초해 있으니, 뛰어난 사람이라는 걸 실감합니다. 시든 식물 사진을 차례로 인스타그램에 올리고 있는데, 그것도 무척 재미있습니다.

구와타 고헤이 씨는 어느 독서회에서 함께했는데, 경이적일 만큼 머리가 좋아 감탄의 연속이었습니다. 제가 어떤 해석을 제시하면 구와타 씨는 그것을 다른 각도에서 가볍게 뛰어넘습니다. 매번 보기 좋게 지는 것이 즐거웠고, 완전히 구와타 씨의 팬이 되고 말았습니다. 이번에도 멋진 해석으로 우리를 이끌어주었습니다.

다니자키 유이 씨는 소설과 번역으로만 알고 있었고, 만난 것은 이번이 처음이었습니다. 그녀는 겸손하고 조심스러우며, 게다가 깊은 사색에 기초한 야무진 의견을 갖고 있습니다. 정신을 차리고 보니 저는 초면이라고는 여겨지지 않을 만큼 마음을 열고 이야기에 열중하고 있었습니다. 학생을 지도할 때의 고생담 등 좀 더 여러 이야기를 듣고 싶었습니다.

아베 겐이치 씨는 정말 완벽한 사람입니다. 인품도 훌륭하고 지식도 깊으며 설명도 잘합니다. 게다가 감각도 좋습니다. 해외 문학 연구자로는 정상급이 아닐까요. "필립 로스도 동유럽 문학입니다" 하는 한마디에는 완전히 압도되고 말았습니다. 체코 문학이 전공인 아베 씨에게 미국 문학을 읽는 방법을 배운 순간이었습니다.

아베 마사히코 씨는 저에게 오랫동안 학회에서 만나는 대단한 사람이었는데, 이번에 소탈하게 이야기를 나눠주어 무척 기뻤습니다. 젊디젊은 외견과 유연한 정신의 소유자로 정말 동경하는 선배입니다. 차례로 책을 내는 경이적인 생산성 하나만 보더라도 도저히 흉내 낼 수가 없습니다.

구라모토 사오리 씨의 말은 매력적입니다. 『추락』이나 『칠드런 액트』에 나오는 여성들과 일체화되어 저는 도저히 생각하지 못한 해석을 펼칩니다. 그것을 들을 때마다 내가 전혀 읽어내지 못했구나 하는 생각에 즐거워졌습니다. 문장을 통해 그녀가 가진 대단한 에너지를 접하는 사람이 더욱 늘어나면 좋겠습니다.

그리고 담당 편집자인 구누기 씨에게는 하나부터 열까지 정말 많은 신세를 졌습니다. 『당신은 반드시 그 책을 좋아할 것이다』와 마찬가지로 이 책도 구누기 씨의 편집 감각이 전면적으로 발휘된 것 같습니다. 이렇게 우수한 사람과 일을 할 수 있어서 행복했습니다. 표지 그림을 담당한 시키미 씨는 아주 근사한 그림을 그려주었습니다. 감사합니다. 대담에 참가해준 여러분, 그리고 이 책을 읽어주신 여러분, 정말 감사합니다.

2016년 6월 30일

도코 고지